Luna latina en Manhattan

Jaime Manrique

Luna latina en Manhattan

Traducción de Nicolás Suescún

ALFAGUARA

Título original: Latin Moon in Manhattan
© 1992, Jaime Manrique Ardila
© De la traducción: Nicolás Suescún
© De esta edición:
    2003, Distribuidora y Editora Aguilar, Altea, Taurus, Alfaguara, S.A.
    Calle 80 No. 10-23
    Bogotá, Colombia
    Teléfono (571) 6 35 12 00
    Telefax (571) 2 36 93 82

Aguilar, Altea, Taurus, Alfaguara S. A.
Beazley 3860. 1437 Buenos Aires. Argentina

Aguilar, Altea, Taurus, Alfaguara S. A. de C. V.
Avda. Universidad, 767, Col. del Valle,
México, D.F. C. P. 03100. México

Santillana Ediciones Generales, S. L.
Torrelaguna, 60. 28043 Madrid

ISBN: 958-704-061-9
Impreso en Colombia-Printed in Colombia

© Diseño: Proyecto de Enric Satué
© Cubierta: Wilson Andrés Borja

Índice

Primera parte   13

1. La pequeña Colombia, Jackson Heights   15

2. Volver   27

3. *Colombian Queens*   37

4. Madres e hijos   57

5. Nostalgias   79

6. Solamente decirlo   101

Segunda parte   105

7. El gato que amaba *La Traviata*   107

8. Mrs. O'Donnell y Moby Dick   123

9. El intérprete   151

10. ¡Ay, luna! ¡Ay, luna!   167

11. Esta isla, este reino   193

12. Todo el mundo está feliz en Manhattan
    y Mr. O'Donnell se va al cielo   217

Mis agradecimientos a The Virginia Center for the Arts por una estadía en la cual esta novela fue terminada; a Laura Segal quien me hizo el regalo de Mr. O'Donnell; a Bill Sullivan por su incansable entusiasmo; y, muy respetuosamente, a Helen O'Donnell, in memoriam.

A Tom y Elaine Colchie

Primera parte

y eran una sola sombra larga
JOSÉ ASUNCIÓN SILVA

1. La pequeña Colombia, Jackson Heights

Después de salir de Manhattan, el subway número siete se convierte en elevado y atraviesa un paisaje de carrileras abandonadas, edificios en ruinas y, más adelante, un montón de feas fábricas que echan al viento sinuosos plumones de humo venenoso de colores chillones. Al internarse el subway en Queens, los rascacielos de Manhattan parecen a lo lejos monumentos de un lugar encantado, la antigua Bagdad tal vez, o incluso la Tierra de Oz. El sol, que ya se escondía tras las torres del World Trade Center, le daba al cielo un cálido brillo naranja, y las ventanas de las torres parecían entradas laminadas de oro a enormes panales rebosantes de miel.

Al viajar en el tren número siete a Jackson Heights, pensé en nuestra inmigración a los Estados Unidos hace dieciocho años. Pero «inmigración» es una palabreja para describir lo que pasó. Digamos solamente que nos mudamos de Bogotá, Colombia, a Jackson Heights, Queens —de una capital de la cocaína a otra—, siendo la única diferencia que la primera queda a dos mil seiscientos metros en las alturas de los Andes y la otra a sólo veinte minutos en subway desde Manhattan.

Terminé la secundaria y el bachillerato en Queens y sólo fue hasta unos años después, cuando me instalé en Times Square, que finalmente me sentí viviendo en un país extranjero. Lo que pude observar a lo largo de esos años es que mientras Queens se había vuelto próspero y arribista, la ciudad de Nueva York se parecía cada vez más a una capital tercermundista. Había una brecha amplia —cada vez más amplia— entre los ricos y los pobres, y las calles estaban llenas de locos, drogos, destechados, gamines, estafadores, putas y carteristas, lo mismo que en Bogotá. Desde que había llegado a los Estados Unidos también había cambiado el tráfico humano en el subway número siete; todavía había unos pocos negros que iban a Queens, pero ahora los asiáticos eran tan numerosos como los suramericanos. La gente bien vestida y bien aseada de mi vagón parecían republicanos sólidos, trabajadores y respetuosos de la ley. Eso, y que no tenían grafitis, hacía diferentes a los subways de Queens de los de Brooklyn y del Bronx.

Estaba tan absorto en mis observaciones que casi me paso de estación. La calle 90, con sus llamativas tiendas, sus puestos de verduras y frutas y los comederos suramericanos —todo en una escala pequeña, liliputiense— parece irreal, como un escenario de película. Todos los avisos están en español, y la gente en la calle habla con los diferentes acentos regionales de Colombia.

Caminé bajo el elevado y crucé a la derecha por la calle 87. Empecé a vivir una metamorfosis. Entre más me acercaba a la casa de mi mamá, más colombiano me volvía. Me dieron unas ganas intensas de comidas que no había en Manhattan: ajiaco, arepa de huevo, morcillas, chicharrones. La calle, sombreada por árboles a lado y lado, se estaba oscureciendo, y aunque todo eso fuera distinto del campo me sentí a años luz del cemento recalentado de la calle 42. Pasé frente a casas bonitas de dos pisos, con desvanes y techos de dos aguas, cipreses en el prado, rosales en flor y aceras adornadas por bollos de perros. Era difícil creer que sólo a pocas cuadras había un mundo de drogas y de crimen en el que colombianos enloquecidos por la coca se mataban unos a otros en la forma más cruel y postmoderna.

La casa de mi mamá estaba a oscuras, salvo por la luz en la puerta lateral que daba a la cocina. Era la casa que Víctor, el entonces marido de mi mamá, le había dado de regalo de matrimonio. Era un siciliano que había trabajado toda la vida para la mafia y los políticos de Queens, y que la había mantenido bien apostando en la lotería ilegal, hasta que le dio el mal de Alzheimer y hubo que hospitalizarlo. Mi mamá vivía entonces sola, pero a veces mi sobrino Eugene se fugaba del apartamento de mi hermana y se quedaba con ella.

Subí por la escalera al rellano que daba a la cocina y cuando iba a abrir la puerta —que desde hacía años mi mamá seguía dejando abierta—, sentí que algo suave me frotaba los tobillos. Era Michín, uno de sus gatos. Como no los dejaba entrar a la casa, me senté a jugar con él en la escalera. Michín era viejo y no le quedaba mucho de su pelambre espesa y leonada, pero todavía tenía la cola bella y suave, como una pluma de avestruz.

—Hola, Michín, ¿cómo te va, viejo gato? ¿Dónde está Micifú? —le pregunté buscando al otro gato de mi mamá, que era tímido. Aunque Michín había vivido afuera toda la vida, o tal vez por eso mismo, ansiaba el afecto de las personas. No dejó de ronronear, echado a mis pies mientras yo lo rascaba entre las orejas. Tenía puesto el collar antipulgas que le había llevado yo hacía un par de meses, pero tenía pulgas, y en algunas partes tenía el pelo tan enredado que parecía un rastafari.

Ya estaba oscuro, y unos moscos tenaces parecían decididos a conseguir su cena. Me paré y antes incluso de abrir la puerta alcancé a oír el chillido de Simón Bolívar: «¿Quién es?». Me puse tenso, odiaba intensamente al loro de mi mamá. Pero me calmé cuando, al encender la luz de la cocina, vi que Simón Bolívar estaba en su jaula. «Hola, hola, hola», chilló estúpidamente.

—Hola, Simón —le hice ver que estaba enterado de su presencia para ver si se callaba.

Mi mamá me había dejado una nota en la mesa de la cocina: «Me fui a jugar bingo. Vuelvo tarde. Tu comida está en el horno. Besos, Mamá».

Tenía hambre así que destapé las ollas. Había hecho lengua al vapor, arroz con coco y uvas pasas, y patacones. Todo estaba todavía tibio. Me serví y me senté a comer. Cogí *El Espectador,* un periódico de Bogotá que mi mamá compraba todos los días, y me puse a mirar los titulares. Aunque ya no me sentía muy conectado con la vida en Colombia, todavía leía los periódicos y las revistas que compraba ella, porque todas las personas con las que me encontraba lo primero que me preguntaban siempre era, «¿Cómo van las cosas en Colombia?». Por eso es que, aunque entonces ya era ciudadano americano, me mantenía al día sobre los últimos desarrollos en la guerra contra las drogas y las guerrillas allá en mi país.

Había una jarra en la mesa llena de peto, una bebida de maíz colombiana; me serví un vaso y empecé a sorberlo degustando la canela y la nuez moscada con las que mi mamá la espolvoreaba. De pronto Simón Bolívar dijo en español, «¡Viva el Partido Liberal!», fijos misteriosamente en mí sus ojos brillantes y amarillos.

—Cállate —le ordené, y amenacé con lanzarle el resto del peto. Se armó un escándalo. Pensando que estaba por recibir un baño de peto, Simón empezó a batir y batir las alas de vivos colores.

Cuando mi abuela murió, mi mamá heredó dos viejos aguacates solariegos y un loro. Así fue como Simón Bolívar inmigró a los Estados Unidos hace diez años, y yo por molestar a mi mamá le decía que era el único colombiano en Jackson Heights que tenía tarjeta verde.

Como la Felicité de Flaubert, mi mamá se enamoró del loro. Hacía algunos años, a principios de la primavera, puso su jaula en el patio para que le diera un poco de sol, pero de alguna manera Simón Bolívar se las arregló para escaparse. Ella estaba segura de que se lo habían robado, aunque yo nunca he podido entender que alguien quiera o haya querido robarse a un pajarraco tan indócil y escandaloso. No hizo sino llorar y dejó de comer, y cuando estas medidas no le devolvieron a Simón, le hizo un altar en la sala a san Martín de Porres y le rezó al santo peruano para que el bendito pajarraco volviera al hogar. Unos meses después, la despertó una tormenta tarde en la noche. Ella sostiene haber visto un rayo de luz que se filtró por las cortinas de la alcoba. Supo que san Martín de Porres había oído sus oraciones, y cuando abrió la ventana vio a Simón Bolívar tratando de guarecerse de la lluvia bajo el ciprés. Desde ese momento lo declaró un loro santo, que se había ido al cielo y había vuelto. A mí me quedaba muy difícil creer que esa cosa en la percha que en ese momento decía chillando unas palabras trilladas y dulzarronas de alguna canción de Julio Iglesias, pudiera ser un enviado de Dios.

Haciendo caso omiso de sus boberías, dejé de mirarlo. Había perdido el apetito, hacía mucho calor en la cocina. Puse el periódico en la mesa. Simón Bolívar se había calmado, pero de pronto oí que chillaba, «¿Quién es?». La perilla giró, se abrió la puerta y un par de enormes Reeboks medio podridos irrumpieron en la cocina.

—¿Qué hay, viejo Sammy? —me dijo de saludo mi sobrino Gene.

—Hola, Gene —le contesté.

Gene se sentó a la mesa, prendió un Marlboro y empezó a echar nubes de humo por la boca. Tenía diecisiete años y ya medía uno noventa; parecía un Gulliver bebé. Le echó una mirada desconfiada a la comida en el plato.

—¿Eso es lengua? —me preguntó señalándola.

—Es mejor que las hamburguesas, que probablemente es lo único que tú comes.

—Oye, Sammy, yo soy americano, no colombiano, y los americanos no comemos lengua.

—Eso sólo demuestra lo campesino que tú eres. En la cocina francesa a la lengua la consideran un manjar.

—¿Ah, sí? Pero estamos en Estados Unidos, no en Francia.

—Estamos en Jackson Heights, Colombia.

—Pero no vaya a ser que te dañe la comida —añadió magnánimo—. Fresco, cuadro, si quieres comer lengua come lengua.

—Ya comí bastante. ¿Estás viviendo aquí ahora?

—Eso creo. Estamos de vacaciones.

—¿Y cómo te está yendo con Wilbrajan?

—Nos entendemos bien, todo fresco, al pelo.

—¿Está trabajando?

—Está cantando tangos en el Rose Saigon. A los japoneses les encantan los tangos.

—Pero Saigón no está en el Japón.

—Yo qué sé —dijo encogiendo los hombros—. Acabo de terminar décimo. Me gusta venir aquí para acompañar a la abuela. Se siente sola y se está volviendo vieja.

—Eso es muy amable de tu parte —le dije sintiéndome culpable.

—Da una lata del carajo.

—Tú sabes lo que dicen los franceses: «Si no les puedes mandar el diablo, mándales una vieja».

—Cómo eres de malo —sonrió Gene.

Me levanté para prender el aire acondicionado

—Mejor no —me advirtió—, a la abuela sólo le gusta prenderlo si la temperatura pasa de los cuarenta. Está enloquecida con esa vaina de conservar la energía.

—¿Quieres salir y nos sentamos en el jardín?

Al ir a salir, Simón Bolívar, furioso porque lo íbamos a dejar solo, armó un escándalo.

—Cállate, huevón —le ordenó Gene.

—Huevón, huevón, huevón —le hizo eco Simón Bolívar mientras salíamos.

—Tal vez debo dejar la puerta abierta para que se entren los gatos. Estoy seguro de que les encantaría tragárselo. ¿Cómo te parece? —le pregunté sonriendo.

—Los gatos le tienen un miedo del carajo. Ese loro puede sacar corriendo hasta a un jíbaro colombiano.

Nos fuimos al patio trasero de la casa donde mi mamá tenía sus surcos de verduras y sus flores, y nos sentamos en las sillas de madera junto a la parrilla del asado. Sobre nosotros había un pedazo de cielo abierto. Era una noche clara y fresca, y podíamos ver unas cuantas estrellas y la luna creciente.

—Esa es la estrella polar, ¿la ves?, si alguna vez te pierdes en el mar, sólo tienes que seguirla y encontrarás la tierra —le dije, señalando hacia el cielo.

—¿Sabes una vaina muy extraña? —bufó Gene—, gracias por el dato, pero yo detesto el mar. Toda esa actividad me vuelve loco —hubo una pausa, que rompió Gene al preguntarme—. Hace tiempo que no nos vemos. ¿Qué hay de nuevo?

—Todo bien —le dije para no sonar muy pesimista ante un adolescente como él—. He estado pensando volver a la universidad para terminar mi doctorado.

Gene soltó una carcajada:

—Sammy, tú tienes más grados que un termómetro. ¿Por qué no terminas tu libro? Eso te haría sentirte mejor —se refería al poema épico de Cristóbal Colón que llevaba unos años escribiendo.

—Hace un tiempo que no he escrito nada nuevo. Sabes, un día se me ocurrió que no podía seguir escribiéndolo hasta no ver una de las carabelas en que viajó Colón.

—¿Qué es esa vaina?

—Los barcos en que navegó Colón hasta el Nuevo Mundo. Hay una réplica de uno en la bahía de Barcelona y de alguna manera siento que tengo que ir a verla para poder acabar el poema —le dije en conclusión.

—¿Y cuándo vas a ir?

—Pronto —dije enigmático.

—Sammy, ¿por qué no escribes algo bueno?

Su puya me erizó:

—Qué quieres decir con «algo bueno»? Yo lo que quiero escribir es un gran poema épico.

—Eso es lo que quiero decir. ¿Cuándo fue la última vez que hubo un poema épico de best-seller? Escribe algo como... como una historia para adolescentes. En inglés. Sabes que yo te puedo ayudar. Lo único que tienes que hacer es escribir algo que le guste a los maestros de inglés para que se lo recomienden a sus estudiantes. Te garantizo que te puedes ganar un millón de dólares.

—Está bien, tú escribes tu historia para adolescentes y yo escribo lo que se me dé la gana escribir.

—No te sulfures, hombre. Yo no voy a escribir nada. Yo lo único que quiero ser es actor.

—Como el Rocky Rambo, supongo.

—No, coño. Como Marlon Brando. Él es un man fantástico. ¿Lo viste en *The Wild One*? ¿No? Yo ya la he visto treinta y siete veces. La forma en que maneja esa moto con la chaqueta negra y las cadenas. Es tan chévere, tan radical: un man malo de verdad. Asusta —dijo Gene suspirando y con la cara como encendida en la oscuridad—. Me voy a comprar una moto —prometió.

—Ojalá que no, las motos son muy peligrosas. La gente se mata en esas cosas todo el tiempo.

—Sammy, estás hecho un vejestorio, no sabes nada de nada. Más gente se mata yendo al correo, por lo menos aquí en Jackson Heights.

—¿Quién te va a dar la plata para comprarte una moto?

—Tengo un trabajo de verano. Voy a ahorrar toda la plata que me gane, y en el otoño la compro.

—¿Qué clase de trabajo tienes?

—Haciendo… entregas… aquí en Queens. Oye, ¿quieres trabarte? —Gene sacó un barillo gordo de su paquete de Marlboro.

—Yo ya no fumo de eso —le dije. Hacía poco me había dado cuenta de pronto de que era por las drogas y el trago que me había salido del doctorado en la universidad, y de que también eran la razón de que hubiera hecho tan pocas cosas en los últimos diez años.

Gene prendió el barillo y aspiró profundo.

—Deberías fumar de ésta —dijo con énfasis, sin dejar que el humo escapara de sus pulmones—. Ésta es de la mejor colombiana, una Santa Marta gold que nunca vas a ver en las calles de Manhattan. Los colombianos se la fuman toda tan pronto llega.

—Bueno, una fumadita no me va a hacer daño, creo.

Gene tenía razón, era una hierba buenísima. Era como echar agua caliente en un vaso lleno de hielo: se derretía ahí mismo. Pero un sentido de culpa se apoderó de mí.

—Gene —le dije—, espero que no metas drogas duras.

—No, hombre. Rusty y los Boners (tienes que conocerlos, son mis mejores amigos) sí meten de todo. Yo sólo fumo hierba, me tomo unas cervezas los fines de semana, y de vez en cuando me meto una línea de coca.

Me escandalizó.

—Gene, *yo* no empecé a hacer nada sino hasta los veintiún años.

—Bueno, eso fue hace mucho tiempo, ¿no cierto? Tú ya estás viejo, Sammy, y lo sabes.

—Si tienes suerte algún día tendrás mi edad —le dije con ira, como si lo estuviera maldiciendo—. Prométeme que nunca vas a meter basuco.

—¿Crees que estoy loco, carajo? Yo no quiero joderme, yo quiero ser un actor famoso.

«Espero que su instinto teatral termine por imponerse», pensé. Terminamos de fumarnos el barillo, y me sentí viajando.

—¿Qué vas a hacer esta noche? —preguntó Gene.

—Nada, vagar por ahí solamente. ¿Quieres ir a cine?

—Tal vez mañana. Hoy voy a ir a una fiesta. ¿Quieres ir?

—¿Qué fiesta es? —le pregunté, aunque sin la menor intención de ir a una fiesta con un poco de adolescentes drogos.

—Ya sabes, chicas, cerveza. Nos fumamos unos barillos y oímos a Sinead O'Connor —me dijo, y se paró—. OK, Sammy, me tengo que ir. Le prometí a los Boners que iba a ir temprano, ya debería estar allá.

—¿Qué clase de nombre es ese, los Boners?

—Son mellizos. Tienes que conocerlos. Son unos locos del carajo, pero yo sé que te van a gustar. Son frescos y chéveres como el carajo. Han metido tanta droga que están en los puros huesos. Los Boners, los «huesudos», ¿ahora sí entiendes?

—Entiendo.

—Si te aburres, ve al Rose Saigon. Mi mamá va por ahí a las doce. OK, nos vemos.

—Que te diviertas, y no te emborraches mucho —le dije, sintiéndome viejo.

Gene se perdió en la oscuridad y yo me quedé solo, con una traba agradable. Pensé en los tíos y los sobrinos, y sobre todo en mi tío Hernán, que adoraba cuando era sardino. Murió hace doce años en un accidente de aviación. En los sesenta se metió en la política de izquierda y huyó a Venezuela cuando los militares empezaron a seguirle la pista. Allá consiguió un trabajo en las minas de diamantes cerca de Ciudad Bolívar. En una navidad, cuando iba a visitar a mis abuelos, estalló una bomba en el avión que lo voló en pedazos, y lo único que encontraron de él fue un brazo.

La última vez que vi a mi tío Hernán yo tenía por ahí la edad de Gene. Ése fue el año que mi mamá vino a Nueva York, para ver si se mudaba acá. Había salido de las cosas de la casa en Bogotá y a mi hermana y a mí nos mandó donde los abuelos maternos en el campo. Mi tío Hernán, el menor de mis tíos, tenía unos veintidós años entonces. Aunque yo tenía muchos primos, él sentía una amistad muy especial por mí. Todos los días empacaba su rifle y mis cañas de pesca y nos íbamos a Las Marías, la finca de mi abuelo, a unos kilómetros del pueblo. Él me enseñó a montar a caballo y en burros y mulas, a enlazar y ordeñar a las vacas, a pescar y a nadar en las lagunas de los ríos Magdalena y Cesar. Leía libros sobre el marxismo y las revoluciones rusa y cubana, y sentía pasión por la izquierda. Pero su principal ocupación era la caza. Todas las tardes cazaba patos y otras aves, y todas las noches después de la comida se iba en el jeep al llano, donde se destacaban, espectrales y lunares en la oscuridad, gigantescos hormigueros. Allá cazaba ciervos, tigres, armadillos y jabalíes.

Mis primos se burlaban de lo torpe que era yo en las cosas del campo, pero mi tío Hernán era paciente. A veces dejaba de buscar presas y a la sombra de un árbol en el llano me leía sobre Lenin y Trotski. Pero en el diciembre que cumplí dieciséis años, me informó que había llegado el momento de ir al burdel del pueblo. En la tarde en particular que recuerdo tan vívidamente, él había estado cazando sin éxito y nos habíamos alejado de la casa de la finca hasta llegar a las estribaciones de la Sierra Nevada. Estaba haciéndose tarde, y en las montañas hacía más frío que en el pueblo. Los ríos y arroyos que vadeamos estaban fríos y claros, y el oro brillaba en sus lechos de arena. Cuando mi abuelo estaba joven aquella era una región minera, y todavía se encontraba oro, pero no en cantidades suficientes para explotarlo comercialmente. Las colinas por las que subíamos estaban cubiertas por una hierba muy pálida. Los mangos y ciruelos donde comían loros, guacamayos y periquitos, y bandas de micos bullangueros, ahora estaban allá abajo en el llano cerca del río. De vez en cuando nos cruzábamos con vacas extraviadas y toros amenazantes y tímidos caballos cerreros, pero el tío Hernán parecía muy seguro de la dirección en que íbamos.

Me estaba empezando a cansar de llevar su pesado rifle, pero me pareció que quejarme sería algo poco viril. Ya podíamos ver sin obstáculos las cumbres cubiertas de nieve de la Sierra, que reflejaban los rayos del sol poniente. El mundo entero callaba y guardaba silencio. Empezamos a bajar a un potrero abierto de pastos muy verdes y cercado por altas colinas. En el centro había un pozo pando donde bebían y jugaban en el agua montones de burros. Libélulas multicolores revoloteaban sobre ellos. Los burros parecían jóvenes, pero mansos y amistosos. Mi tío Hernán se acercó a ellos con sigilo, hablándoles bajo y suave, dándoles palmaditas en las ancas y acariciando sus largas orejas. «Burra, burrita», les repitió a dos hembras al separarlas y apartarlas a unos metros de la recua. Entonces se paró detrás de una, le levantó la cola y le metió un dedo en la vulva. Me hizo señas para que yo hiciera lo mismo con la otra burra, que estaba muy quieta, expectante. Cuando le levanté la cola, una nube de diminutos jejenes blancos se fundió con la luz azafrán del atardecer. Olía fuerte allá abajo. Los labios de la vulva eran rosados y marfil, y sentí las puntas de los dedos calientes y pegajosas. A unos pocos centímetros adentro, la vagina, una membrana flexible pero resistente, no dejó que mis dedos siguieran explorando. Aunque la burra parecía disfrutar, me dio miedo seguir haciéndolo. Vi que mi tío Hernán se bajaba la cremallera de la braguera. Se acercó a mí, izando su enorme verga. No comprendiendo lo que estaba pasando, me aterroricé y empecé a temblar. Me indicó que me apartara, y se la metió a la burra una vez, dos veces, meciéndose. La burra pisoteó con una pata trasera y resopló, como si estuviera satisfecha. Mi tío Hernán se sonrió.

—OK, Sammy, es toda tuya: ya no es virgen.

Se apresuró para ir donde la otra burra, que se había quedado inmóvil esperándolo, y se la metió. Yo imité sus sacudidas y ya se me iba a parar, cuando varios burros con sus miembros negros del tamaño de un bate de béisbol empezaron a galopar en círculo en torno a la recua y a rebuznar histéricos. Me dio miedo de que tuvieran rabia y estuvieran a punto de atacarnos. Mi verga se salía una y otra vez de la enorme vagina. Mi tío Hernán no tardó en ponerse frenético, con los ojos cerrados y las nalgas en el vaivén de entrar y salir con fuerza, hasta que lanzó un gemido y un grito de placer al terminar. Después apoyó la cabeza en la grupa y abrazó las ancas de la burra. Se quedó así, jadeando, hasta dar unos pasos de espaldas y desplomarse en la hierba, con la verga floja pero todavía grande, y los pantalones enredados en las botas. Yo me acerqué a la burra que se había acabado de tirar, y lo que parecía una cantidad de semen brotó de su vagina. Me excité, y le metí la verga dura.

El golpe de la puerta de un carro cerrándose me devolvió a la realidad. Mamá había vuelto de su bingo.

—Buenas noches, mi amor —se despidió de su amigo al alejarse el carro.

2. Volver

Había encerrado a Mr. O'Donnell en el baño por error. Al principio, se sentó detrás de la puerta, a la espera paciente de que yo me diera cuenta. Con el paso del tiempo se puso ansioso y empezó a arañar la puerta y a dar vueltas nerviosas por el baño. Después, frenético, saltó de la bañera al lavamanos, perdió el equilibrio y se cayó en la taza, que soltó el agua automáticamente. Mr. O'Donnell, primero la cola, empezó a desaparecer... Me desperté jadeando, las palmas de las manos sudorosas. Me senté en la cama. Era cierto que estaba preocupado por mi gato, Mr. O'Donnell, pero estaba seguro de que la causa de mi pesadilla era la cocina colombiana de mi mamá.

Una brisa suave sopló contra las cortinas blancas de encaje y a través de ellas pude vislumbrar el día soleado y un cielo sin nubes. Después de muchos meses en Manhattan, donde sólo veía concreto y vidrio, las ramas de un verde profundo del árbol que había frente a la ventana me tranquilizaron.

Aunque me había ido de la casa hacía diez años, en mi cuarto no había cambiado nada. El viejo afiche de Janis Joplin seguía pegado en la pared sobre el escritorio, con los colores desvaídos y Janis con un aspecto más fantasmal que nunca. La vieja máquina de escribir Olivetti que había traído de Colombia, ahora prehistórica. No había nuevos libros en los estantes, pero los que había estaban sin polvo y bien ordenados. Sentí nostalgia por la adolescencia, con ganas de enfermarme, de rendirme a un ataque de asma y de que el curso de mi vida se detuviera. Ansiaba la libertad que había tenido en esa época: sin escuela, sin deberes, acostado largas horas en la cama leyendo *Crimen y castigo*, *Cumbres borrascosas* y otros libros morbosos, y haciendo que mi mamá me hiciera caldo de pichón y me diera cucharadas de puré caliente de zanahorias y de papas con mantequilla.

Hubiera podido quedarme en la cama complaciéndome con esos ensueños, pero desde la cocina me llegaba el olor de las arepas, los chicharrones y los patacones, que como la canción de las sirenas me atraían con sus potentes aromas. Había decidido visitar a mi amigo Bobby. Tal vez era esa la principal razón de que hubiera ido a Queens ese fin de semana. Bobby se estaba deteriorando muy rápido y estaba a punto de morir. Me levanté, me duché y me afeité antes de bajar a ver a mi mamá.

En el radio de la cocina había un programa de Gardel en una estación en español. Podía oír a mi mamá acompañando a Gardel con la letra de «Yira, yira»:

Cuando la suerte que es grela,
fayando y fayando, te largue parao;
cuando estés bien en la vía,
sin rumbo, desesperao;
cuando no tengas ni fe
ni yerba de ayer secándose al sol;
cuando rajés los tamangos
buscando ese mango
que te haga morfar,
la indiferencia del mundo
que es sordo y mudo,
recién sentirás.

No era exactamente la música más alegre para escuchar primero en la mañana, y Simón Bolívar, particularmente excitado por las versiones de los tangos de mi mamá, chillaba con ella, «Yira, yira, yira, yira». Desde otro punto de vista, era mejor escuchar esa angustia existencial por la mañana. No era difícil imaginar que escuchados tarde en la noche, los tangos lo podían llevar a uno al suicidio. Mi mamá y Gardel estaban llegando al clímax:

Aunque te quiebre la vida,
aunque te muerda un dolor,
no esperes nunca una ayuda
ni una mano ni un favor.

—Sammy —me preguntó a gritos mi mamá dejando de cantar—. ¿Dormiste bien? —y se abalanzó para darme un beso—. Te estaba haciendo el desayuno.

Había suficiente comida en la mesa como para un equipo de béisbol. La saludé:

—¿Cómo estás, mamá? —me senté a la mesa y me serví una taza de chocolate. Las arepas en la panera de paja estaban calientes y blanditas.

—Estoy bien, por no decir que mal. ¿Cómo está Mr. MacDonald? —me preguntó.

Fue un bonito detalle que me preguntara sobre mi gato, pero me sentí algo ofendido al ver que después de tantos años no se hubiera molestado en aprender su nombre correcto.

—Se llama Mr. O'Donnell, mamá. Está lo mismo, supongo.

—No es ningún milagro que esté enfermo, encerrado en ese apartamento todo el tiempo. Mira mis gatos: han vivido toda la vida afuera y están de lo más sanos.

—Mamá —le dije con calma, tratando de serenarme como nunca podía hacer cuando hablaba con ella—, en primer lugar, en Manhattan no puedo dejar que salga; lo matarían en segundos. Además tiene el corazón dilatado, y eso es congénito.

Cuando acabé de decirle esto, me di cuenta de lo absurdo que era explicar racionalmente cualquier cosa a los colombianos.

—De todas maneras, no es natural amar a un gato como tú lo amas —me dijo para picarme—. Eso es lo que le pasa a los hombres cuando no se casan y tienen hijos.

Me dieron ganas de decirle, «¿Ah, sí? ¿Y por qué es más *natural* amar a un loro estúpido?». Pero me contuve. No quería alterarme antes del desayuno. Además, sólo había estado con ella cinco minutos y me quedaba todo el resto del fin de semana para pelear.

Puso en la mesa una bandeja con chicharrones.

—Hace cincuenta años que murió Gardel —me dijo, elevada y cambiando de tema—, pero a mí me parece que canta mejor cada día.

Partí una arepa y le eché mantequilla.

—¡Huy!, está deliciosa! —exclamé. No quería ponerme a discutir con ella sobre Gardel. Entrecerrando los ojos, cantó las últimas notas de «Yira, yira».

Mientras esperaba a que se acabara la canción, cogí un chicharrón y mordí un trozo de jugosa grasa de cerdo. Al masticar, observé a mi mamá, que estaba sentada frente a mí con las piernas cruzadas. Así de temprano en la mañana y ya tenía puesta, a la colombiana, una tonelada de joyas: la argolla de casada, el anillo de esmeralda en forma de corazón, los brazaletes de oro, la cadena de oro con una esmeralda y una cruz de diamantes, y además sus zarcillos de diamantes. Me pregunté si nunca se quitaba esas cosas. Como de costumbre, tenía el pelo castaño muy bien peinado y lacado, y las uñas cuidadas y con un esmalte rosado transparente. Tenía puesta una blusa mexicana de algodón de manga corta, unas bermudas caqui y unas chanclas azules de algodón. Había cumplido setenta años esa primavera, pero con los años se había adelgazado. Me molestó que sintiera una sensación agradable por lo bien que todavía se veía.

Escogió un chicharrón y lo mordisqueó con delicadeza. Su piel del color de la azúcar morena y maravillosamente lustrosa era tersa, sin arrugas, y sólo se le veía la edad en el dorso de las manos y en el cuello y los muslos, donde la piel se le caía un poco. Cuando se casó con Víctor, diez años antes, se hizo quitar las bolsas bajo los ojos y la operación le había agrandado bastante los maravillosos ojos avellana, de modo que al principio parecía asustada, como si acabara de ver un fantasma. Pero con el paso del tiempo adquirieron un aspecto más natural y atractivo. El programa de Gardel se acabó, y apagó el radio. Después sacó de la nevera una jarra de jugo de guanábana y me sirvió un vaso lleno. Me daba cuenta de que los pantagruélicos desayunos que me imponía eran la continuación del desayuno de mis abuelos, donde la tradición era carne de res y de caza, pescado, suero, mantequilla y queso, pan, arepas y empanadas, patacones y yuca, jugo de naranja, mango y piña, café, chocolate y kumis.

Estaba terminando mi primera taza de delicioso café colombiano, cuando timbró el teléfono.

—Contesta, es para ti —me informó mamá.

—Lorito real, lorito real —cotorreó Simón Bolívar, excitado por el teléfono.

—Es Carmen Elvira —prosiguió mamá—. Le dije que ibas a estar aquí a las once para que te llamara.

—¿Para qué me llama Carmen Elvira?

—Quiere invitarte a que te hagas miembro del Parnaso Colombiano, su sociedad literaria. Por favor, Santiago, no vayas a humillarme, ella es una de mis mejores amigas. Acepta su invitación, por favor. Es un gran honor que te hace.

El teléfono seguía timbrando y Simón Bolívar seguía con su chillón parloteo y batiendo las alas.

—Por favor, Santiago, éste es el último favor que te pido. Mira, si no contestas, se viene para acá.

—Esto es un chantaje —le dije en protesta al coger el teléfono.

—Hola —dije lleno de nervios.

—Hola, Sammy, es Carmen Elvira.

—Hola, Carmen Elvira, ¿cómo estás?

—Muy bien, gracias cariño, ¿y tú? —dijo con su educado acento cachaco—. Te llamo para darte una gran noticia: una invitación que te hacemos para que seas miembro del Parnaso Colombiano. Enhorabuena, *congratulations*—añadió en inglés.

No pude disimular que no estaba sorprendido, o contento siquiera. Pero al ver que mi mamá se paraba y se acercaba, le dije:

—Muchas gracias, Carmen Elvira, es un honor para mí —mamá me sonrió.

—Eso me imaginé, cariño. De todos modos queremos declararte miembro esta misma tarde. Nos vamos a reunir en la casa de Olga por ahí a las doce y media, hora americana. Tú sabes dónde vive Olga, ¿no cierto?

—Sí —le contesté de mal humor.

—Bueno, cariño, ha sido un inmenso placer hablar contigo. Saludes a Lucy. —Lucy era mi mamá.

—Muchas gracias, se las voy a dar.

Cuando colgué, mi mamá se me botó encima y me besó en ambas mejillas. Aprovechando que estaba cerca, Simón Bolívar me picoteó un hombro.

—¡Auch! —y me quejé—: ¡Mamá, me mordió!

—Dios mío, ¡cómo eres de sensible! —dijo—. Te dio un piquito de afecto, eso fue todo.

—¡Por Dios, mamá! —estallé— ¡Qué cosas las que me obligas a hacer! Y esa mujer tan atrevida. Espera que yo me presente a las doce y media, ¡y ésta es la hora que me llama para decirme! ¡Como si yo no tuviera otros planes! —sintiendo toda clase de emociones que se desbordaban, cogí una arepa y empecé a devorarla.

—¿Cuáles planes? Aquí en Queens la gente no hace planes. Y no vayas a llenarte. Están preparando un almuerzo delicioso sólo para ti. Así que, Sammy, tienes que ser todo un caballero y comerte todo lo que te sirvan. Tienes que mostrarles que yo te enseñé buenos modales.

—¡Me niego a tomar sancocho de iguana!

—No sé a qué horas te volviste un gringo tan remilgado; cuando eras chiquito te encantaban los huevos de iguana, y mucha fue la iguana que comiste cuando ibas donde tus abuelos en el campo.

—Jamás comí iguana —le dije en son de protesta—. Detesto los huevos de iguana. Huelen peor que los huevos de zorrillo.

—Sancocho de iguana —me dijo sádica— y de serpiente de cascabel, y perezoso asado, y guiso de cola de caimán: de todo eso comiste. Y también suflé de sesos de mico.

—Si sigues, me voy a vomitar.

Simón Bolívar saltó a la mesa desde el hombro de mamá y se fue acercando. Yo pegué un brinco.

—No dejes que ese pajarraco hijueputa se me acerque, o le tuerzo el pescuezo.

—¡No te atrevas a hablar así de grosero conmigo, Santiago! y no hables así de él. Él te comprende. Él habla.

—No habla, imita sonidos.

—El es bilingüe —dijo mamá, y se paró con un aire de desánimo—. Ven acá, Simón. Él te quiere en la cárcel. Ven acá, querido —le susurró ofreciéndole el brazo—. ¿Qué va a ser de ti cuando yo ya no esté? —le acarició las plumas con ternura—. Yo sólo le ruego a Dios que te lleve conmigo cuando se me acabe el tiempo. ¿Quién se va a hacer cargo de ti cuando yo no esté, amor mío?

Me estremecí. Yo sabía que los loros viven hasta los cien o más años, así que lo más probable era que sobreviviera a mi mamá y, con la suerte que yo tengo, a mí también.

—No más, mamá —le supliqué—. Mete ese pajarraco en la jaula. Sabes que me odia y que a la primera oportunidad me va a morder.

—Lorito real, lorito real —dijo en protesta el astuto loro, haciéndose el inocente.

Cuando estuvo tras las rejas, volví a sentarme para terminar mi jugo de guanábana.

—Sería un bonito detalle que fueras a la clínica de reposo a ver a Víctor —dijo mi mamá, refiriéndose a mi padrastro—. Le conté que ibas a venir este fin de semana, y tú sabes que él te quiere mucho. Estaría feliz de verte.

—No sé, mamá, es tan deprimente ir allá. La última vez que fui ni siquiera me reconoció.

—Yo creo que los médicos están equivocados —dijo ella—, sólo porque no puede hablar no quiere decir que no sepa quiénes somos. Yo veo que los ojos le brillan cuando lo visito y le cuento cosas. Y tú debías estar agradecido con él. Él fue el que te pagó la universidad. Yo no hubiera podido hacerlo sola.

—Yo sé, mamá, y a mí me cae muy bien, ¿pero para qué voy a ir? Él es un vegetal y esta vez no lo voy a visitar. Tengo otros planes.

—¿Como qué? —me preguntó, molesta.

—Quiero visitar a Bobby.

Mamá me miró fijo. Me di cuenta que Bobby también era un vegetal. La última vez que lo había visto tampoco me había reconocido.

—Yo lo visito por lo menos una vez por semana.

—Eso está muy bien de tu parte, mamá.

—Lo de él también podía pasar en mi propia familia, así que me estoy preparando. Pero él me parte el corazón, Santiago. Tú sabes lo mucho que lo quiero desde que ustedes dos se conocieron en el Colegio Americano en Barranquilla. Él siempre decía que yo era su segunda madre. Y a propósito, Leticia finalmente vino.

—¿Cuándo?

—Hace como una semana. Yo creo que funcionaron todas esas cartas que le escribí. ¿Sabes que no quiere tocarlo por nada del mundo? Ni siquiera entra en su cuarto. Se queda en la puerta con las manos cogidas en la espalda, y le habla como si fuera un bebé, pero no lo toca ni con la vara más larga.

—Qué mujer tan espantosa; eso que hace es horrible.

—Yo traté de explicarle que el sida no se prende con el simple contacto. Para demostrárselo, me senté en la cama de Bobby, y lo peiné y le arreglé las almohadas. Santiago —me dijo suplicante—, ¿por qué no te casas? ¿Por qué no te casas con Claudia? Ella siempre ha estado enamorada de ti. Yo sé, Paulina me contó. Y es rica —añadió para tentarme.

Aunque mi mamá conoce muy bien mis preferencias sexuales, desde que Bobby se enfermó de sida empezó una campaña loca para tratar de que yo me casara con la amiga de mi niñez, Claudia Urrutia, tal vez esperando que así evitara yo el destino de Bobby.

Decidí ignorar la cháchara del matrimonio, y le dije:

—Claro, yo también sería rico si traficara con drogas.

Mamá hizo cara de enojo.

—Ellos no están en el negocio de la droga. ¿Cómo puedes decir eso de Paulina? Ella es mi mejor amiga, es como una hermana —dijo sinceramente indignada.

—Mamá, deja de decir bobadas. ¿Cómo puedes ser tan ingenua? Está bien, no están en el negocio de la droga. Pero entonces, ¿cómo hicieron todos esos millones que tienen?

—Trabajando, por supuesto. ¿Qué más?

—Yo nunca supe que nadie en esa familia trabajara. Además, nadie se gana esa cantidad de plata trabajando. Tienen mansiones en todo el mundo, y aviones y yates y Mercedes y…

—¿Estás diciendo que Paulina y Claudia son de la mafia? ¿Que son miembros de un cartel? ¿Eso es lo que estás diciendo?

—Tal vez ellas no, personalmente —cedí—, pero todos los hombres de la familia, seguro. Todo el mundo en Jackson Heights, menos tú, claro, lo sabe.

—Claudia es arquitecta, Santiago. Y estudió en *jail.*

—En *Yale*, mamá —la corregí por enésima vez—. De todos modos, nunca practicó la profesión, y vive como una reina…

—Ella te ama, y eso debería bastarte.

—Mamá, Claudia es… —«lesbiana», iba a añadir, pero sabía que eso empeoraría las cosas— yo creo que ella está chiflada.

—Bueno, ella es un poco rara.

—¿Un poco rara? ¡Ja, ja! Ese sí es seguro el eufemismo del milenio. ¿Eso es lo que dices de una chica que anda en moto todo el tiempo y nunca se quita el casco? Ella sería la esposa perfecta para Gene —le dije con una risita—. Le encantaría hacerse a sus motos.

—Tú y tu hermana me van a matar —dijo, ya patética—. Tal vez Dios me está castigando por haber sido tan mala mamá. Pero Santiago, tú eres inteligente y debes saber lo que te conviene —hizo una pausa, adolorida, como en una tragedia griega—. Tú no te casas, y tu hermana pasa de un hombre a otro como si fueran pañuelos de bolsillo. Y ese pobre muchacho, tu sobrino. ¿Qué va a pasar con él cuando a mí me llegue la hora?

«Y no olvides a Simón Bolívar», le iba a decir, pero me contuve. Empecé a temblar y me paré. Tenía que salir de esa cocina tan pronto como pudiera.

Mi mamá también se paró y se acercó a mí.

—¿A dónde vas? ¿No es muy temprano para que salgas?

Me eché hacia atrás.

—Quiero salir a dar una vuelta; quiero ver las rosas en flor.

—No se te vaya a olvidar pasar por la casa de Romelda. Este año sus rosas amarillas están divinas.

—Está bien.

—No llegues tarde a comer. No comas muchas chucherías después del almuerzo, no vaya a ser que se te quite el hambre. Esta noche te voy a hacer tu comida favorita.

—¿Cuál es?

—Pezuñas de cerdo con garbanzos.

—¡Qué maravilla!

—Sammy —empezó a decirme mi mamá con suavidad—, si no tienes planes para esta noche, ¿por qué no invitas a Claudia al Rose Saigon para oír cantar a Wilbrajan?

—No se me había ocurrido.

—Bueno, piénsalo. A mí también me encantaría ir, si no te importa, claro.

—Me tengo que ir, mamá. Nos vemos más tarde —le dije, y salí.

Era un precioso día de verano. Me puse las gafas de sol y me quedé quieto, aspirando el aire fresco y templado. De repente me vi de niño, caminando con mi mamá en la playa de Puerto Colombia, buscando almejas en la arena. Incluso aquí, en Queens, el aire tenía un fuerte olor de ese mar, porque no era el océano Atlántico de Nueva York lo que olía, sino el Caribe de Barranquilla, salado, seco, abrasador, cargado con aroma de madreselva. Bajé las escaleras a la entrada y caminé hacia la calle. De mal genio pero también divertido, me dije, «No puedo creer en mi suerte. ¡Heme aquí, camino a la inmortalidad!».

3. *Colombian Queens*

Había conocido a Carmen Elvira y a Olga desde que nos vinimos a Jackson Heights; pero a Irma, la otra miembro del Parnaso Colombiano, la conocía desde hacía menos. Publicaban *Colombian Queens*, una revista mensual que mi mamá siempre me guardaba. Era de distribución libre y financiada con avisos de restaurantes, agencias de viajes y pequeños mercados colombianos del área de Jackson Heights. Carmen Elvira escribía la columna de chismes; Olga estaba a cargo del horóscopo y de las recetas colombianas, e Irma, que trabajaba de cajera en un banco de Wall Street, hacía la columna económica. El resto de los artículos eran pura tijera exclusivamente sobre Colombia. La sección central de la revista, que era la mayor parte, estaba llena de fotos de personalidades de la farándula colombiana en el área de Nueva York (las mujeres por lo general en vestido de baño), de personas recientemente fallecidas y muchachas quinceañeras.

En más de una ocasión Carmen Elvira me había pedido que le diera un fragmento de mi poema sobre Colón para estudiar su publicación, pero yo siempre había rechazado la propuesta. Sin consultarme, una vez publicaron cinco poemas de mi libro *Lirio del alba*, llenos de errores. Desde ese momento, le había prohibido a mi mamá que mencionara a Carmen Elvira en mi presencia.

Iba a timbrar en la casa de Olga cuando ella abrió la puerta y me plantó sendos besos en las mejillas. Golpeó mi olfato un agradable aroma de eucalipto quemado. Al entrar por el amplio hall entablado y encarpetado con cueros de vaca, tuve una sensación de *déjà vu:* me sentí como en una casa en Bogotá. Todos los detalles eran colombianos: los muebles, las pinturas en las paredes, hasta las flores de plástico.

Saludé a Carmen Elvira y a Irma, que estaban sentadas en un sofá tomando tinto, el pocillo de café parecido al *espresso* que los colombianos toman a todas horas. El aire acondicionado estaba prendido y las cortinas corridas, así que el cuarto estaba en la penumbra, lo que le daba a la escena un ambiente vagamente conspiratorio. Las tres mujeres, que tenían entre cuarenta y cincuenta y tantos, eran de aspecto muy diferente. Carmen Elvira era del Valle, alta y de piel morena y rasgos mediterráneos. Irma, pastusa, era más bien pequeña, acuerpada y de rasgos incas. Tenía el pelo cortado casi al rape, y estaba en bermudas y sandalias.

Olga, que era de Bogotá, era más bajita todavía y rubia natural. Tenía puestos una blusa blanca de algodón sin mangas y zapatos de tacón alto. Me dio un poco de miedo al ver que por su estrecha relación parecían —por lo menos de ánimo— tres extrañas hermanas.

Me ofrecieron, y acepté, un tinto. Sin preguntarme si lo quería con azúcar, Olga le echó dos cucharitas llenas al pocillo con tres centímetros de café. Decidí ser cortés y tomármelo así por miedo de que dijeran que yo era muy gringo. Las tres mujeres me miraron, con cara de curiosidad pero también de benevolencia.

—¿Puedo fumarme un cigarrillo?

—Sí, sí, por supuesto —me dijo Olga con su voz metálica y chillona, y me acercó, sin levantarlo, un cenicero que había en la mesa. Era de barro rojo y tenía pintada una bandera colombiana.

—Nosotras ya no fumamos —dijo Carmen Elvira—. El propósito de año nuevo de nuestro grupo fue dejar de fumar.

—Gracias a Dios y a la Virgen —dijo Irma, y se santiguó.

Así que tuve que seguir echando bocanadas de Newport, sintiéndome como un criminal.

—¿Cómo está Lucy? —me preguntó Olga.

—Está muy bien, gracias —dije. Después, acordándome que estaba con colombianas, le pregunté—: ¿Cómo está su esposo, Olga?

Durante los siguientes cinco minutos preguntamos por la salud de nuestros padres, los maridos de ellas, los hermanos y las hermanas, los hijos y hasta las mascotas. Para entonces se me había acabado el cigarrillo y me había tomado el espantoso café almibarado. Se me ocurrió que por buena educación debía darles las gracias por el dudoso honor de haber sido elegido miembro del Parnaso Colombiano.

—No hay de qué —me dijo radiante Carmen Elvira, apropiándose de la vocería del grupo—. Tenemos que estar al día, y acoger a la nueva generación.

—Personalmente, a mí no me gusta mucho la poesía moderna. Prefiero a los poetas de antes, como Carranza. ¡Ah, esos sonetos! ¿A ti te gusta Carranza? —me preguntó Irma.

—Sí, me gusta —como todos los niños colombianos me había aprendido de memoria en el colegio poemas de Carranza, y era cierto, me gustaba su exuberante romanticismo.

—¡El soneto a Teresa! —exclamó Olga suspirando, llena de nostalgia por la poesía del pasado.

Olga y Carmen Elvira miraron a Irma suplicantes. Ella, con semblante de pura devoción, empezó a recitar el soneto:

Teresa, en cuya frente el cielo empieza,
como el aroma en la sien de la flor.
Teresa, la del suave desamor
y el arroyuelo azul en la cabeza.

Terminó de recitar el famoso soneto con los ojos cerrados y las manos sobre sus rotundos senos. Las otras dos mujeres suspiraron y empezaron a aplaudirla.

—Eso sí es poesía —fue el veredicto de Olga.

Carmen Elvira pontificó:

—Eso es lo que llamo gran poesía.

—Eso es lo que yo llamo amor —amplió Olga—. No es suficiente ser un gran poeta. ¡Ah, no! Eso es demasiado fácil. Para escribir poesía como ésa uno debe amar profundamente y ser un gran amante. Como... como... ¡Petrarca! Espero que un día le escribas a tu novia un soneto como ése, Sammy.

No muy seguro de lo que debía contestarle, le dije:

—Yo también lo espero.

—Y a propósito —intervino Irma—, ¿tienes novia?

Puse cara de no darme cuenta y no dije nada. Una cosa era afiliarme al Parnaso, otra muy distinta que esas señoras se metieran a examinar mi vida.

—Sí, él tiene novia —dijo Carmen Elvira, lo que me asombró—. Lucy me contó todo, Sammy.

—¿Todo de qué? —le pregunté. Carmen Elvira mostró una sonrisa maternal y aprobatoria.

—Todo sobre tú y Claudia.

—¡Claudia! —exclamé por segunda vez ese día.

—¿Claudia Urrutia? —preguntó Irma, incrédula, y me escrutó largamente con la mirada—. Ella es tan…

—Tan rica —dijo Carmen Elvira, para rematar la frase.

—Oye, mira —empecé a decir sin dirigirme a ninguna en particular—. Yo…

—Espero que no te moleste que haya contado —me interrumpió Carmen Elvira—, pero Lucy me dijo que estás prácticamente comprometido, y que esta noche te le vas a declarar en el Saigon Rose.

—¡Felicitaciones, cariño! —exclamó Olga y se paró de un salto—. Esto hay que celebrarlo. Tengo una botellita de aguardiente guardada para una ocasión especial. Perdón, ya vuelvo.

—Te ayudo con los vasitos —dijo Carmen Elvira y también se paró.

—Y mejor almorzamos después del brindis —terció Irma—. Yo sirvo los tamales. Te gustan los tamales, ¿no es cierto?

Y, sin esperar que yo le respondiera, se fue a la cocina detrás de las otras dos. Estaba que mataba a mi mamá. Cogí el teléfono y empecé a marcar el número, pero me arrepentí. «Tal vez estoy soñando», me oí murmurar. Moví la cabeza como esforzándome para despertar. Pero en los sueños no se sienten los olores, y ya se olían los tamales. La situación me recordaba algo, pero no sabía bien qué. Pensé en *El bebé de Rosemary*, en *Macbeth*, en *El juicio*. Me pregunté si Claudia ya estaba metida en la trama, o si ambos éramos espectadores pasivos de la intriga de unas matronas medio locas de Queens.

Para celebrar mi afiliación al Parnaso nos tomamos el aguardiente al estilo colombiano: un vasito lleno hasta el tope, seguido por una tajada de limón cubierta de sal; yo la chupé hasta que sentí que se me iban a caer los dientes. Los ojos me lloraron y se me nubló la vista. Carmen Elvira propuso otro brindis para celebrar mi próximo compromiso. Pensé que era mejor llevarles la corriente para no entrar en largas explicaciones sobre las tendencias sexuales de Claudia y mías. Brindamos por el amor y la felicidad. Yo nunca había visto a mujeres colombianas tomar aguardiente. Es bebida de hombres, pero en ese momento se me ocurrió que ellas se creían intelectuales, y no amas de casa comunes y corrientes.

Sentí un calor terrible en el cuerpo, y que la temperatura se me había subido por lo menos diez grados. Las damas sacaron abanicos y empezaron a refrescarse, con la boca abierta y como queriendo quitarse el escozor del aguardiente en las encías con el viento de los abanicos.

—¿Otro aguardientico, Sammy? —me propuso Olga.

—No, no gracias, tal vez más tarde. —Sentí que el estómago me hervía.

Irma soltó una risita. Carmen Elvira y Olga la siguieron, y las tres se pusieron histéricas.

—¿Qué? —pregunté muy incómodo—. ¿Qué pasa? Me parecieron muy mal educadas.

—Deberías verte el color que tienes en la cara —dijo Irma socarrona—. Está toda roja como… como jalea de guayaba.

—Como carne cruda —comentó Carmen Elvira entre risitas y sirviéndose otro aguardiente. Me di cuenta que tenía que controlar el consumo de aguardiente, antes de que perdieran completamente el control.

—Tengo hambre —les dije, mirando hacia la bandeja en la mesa de centro con los tamales envueltos en papel aluminio.

Irma le quitó el papel a uno y me lo sirvió en un plato, con un tenedor y una servilleta. Parecía delicioso; aspiré de lleno la nube de vapor que soltaba el aroma de las carnes y el maíz.

—Me encantan los tamales —comenté mientras empezaba a masticar un húmedo pedazo de pollo—. ¡Ah, está delicioso!

Mastiqué lentamente y cuando abrí los ojos las mujeres estaban agachadas, sirviéndose.

—Ay —exclamó Olga al poner su plato en la mesa—. Se me olvidaron las bebidas. Sammy, primero tú que eres el huésped de honor, ¿qué quieres tomar con el almuerzo?

—No sé —le contesté, preguntándome qué clase de exótico jugo de frutas o brebaje colombiano me iba a ofrecer—. ¿Qué hay?

Abrió los ojos y mirando hacia el cielo raso contó con los dedos de la mano:

—Bueno, hay coca-cola dietética... Ginger, Tab, Perrier, jugo de toronja y cerveza.

Le pedí una coca-cola normal. Carmen Elvira pidió una Heineken.

—Yo también —dijo Irma—. Nada va mejor con los tamales que una Heineken.

Mientras Olga iba a la cocina por las bebidas, me pareció que debía charlarles y pregunté:

—¿Quién hizo los tamales?

—Yo los hice —dijo Irma muy orgullosa—. Yo nunca pensé que era posible hacer aquí un tamal como en Colombia.

—Pero tienen un sabor como si los hubieras cocinado en hojas de plátano —dijo Carmen Elvira.

—Éste es el mejor tamal que me he comido en mucho tiempo —dije, felicitando a la cocinera.

—Muchas gracias, sumercé. Cómete otro.

—Sí, cuando termine éste. Son muy grandes.

—Sí, Irma los hace muy grandes —dijo Carmen Elvira—. Yo sigo tu receta, querida, pero nunca me quedan lo mismo.

—Debe ser que no les echas todos los ingredientes.

—Claro, debe ser eso, pero no sé qué es. Yo cocino el cerdo con cebolla y salsa de tomate.

—¿Le echas cilantro fresco o seco? Eso cambia todo.

—Fresco, y lo espolvoreo en la carne, antes de envolverlos en el papel aluminio.

—Tal vez lo que pasa es que no les echas suficientes guascas.

—Tal vez sí. ¡Las guascas! ¿Por qué no se me ocurrió antes? Pero lo que pasa también es que es imposible conseguir guascas en Jackson Heights.

—Yo las traigo de Colombia. Pero como aquí no dejan entrar ni frutas ni verduras, tengo que esconderlas en mis calzones. Una vez tuve que comerme un anón en el aeropuerto Kennedy porque lo iban a confiscar. Tuve que pedirles que me dejaran comérmelo. Y me lo comí ahí mismo.

—Me acuerdo que me contaste que era un anón del patio de tu tía. A mí sí que me gustaría tener las agallas que tú tienes. No te mosqueas con nada.

—¿En tus calzones?

—Claro, querido. Fue emocionante, me sentí como una mula.

—A ti siempre te va bien —dijo Carmen Elvira, quejumbrosa—. La última vez que fui a Colombia, cuando volví me hicieron quitar los calzones. Me puse furiosa.

—Sí, me acuerdo. Y también que escribiste una columna maravillosa contando todo. Esa nota causó un escándalo internacional, Sammy. Dos periódicos colombianos la sacaron.

—Ahí tienes tú el poder de la prensa —dijo Carmen Elvira, solemne y mirándome fijo.

—¿Qué son las guascas? —pregunté, dándome cuenta de que me estaba quedando atrás en la conversación. Pero como nunca había oído hablar de esa hierba o especie o lo que fuera, tenía que preguntar. Olga había regresado de la cocina y cuando estaba poniendo en la mesa la bandeja con las bebidas, me preguntó:

—¿Qué es qué, cariño? —y me pasó la coca-cola.

—Las guascas —dijo Carmen Elvira. Me di cuenta de que como era la experta en culinaria del grupo, Olga era la que tenía que explicarme el misterio.

—Guascas —remachó mientras pasaba las bebidas. Y, alisándose la falda, se sentó como si fuera a dar una conferencia.

—En la época precolombina, los indios la usaban como afrodisíaco. Es muy rara y sólo se da en los páramos, por eso es que yo creo que podríamos cultivarla y exportarla. Eso cambiaría en un santiamén la cocina occidental.

—Increíble —dije. Carmen Elvira me dijo:

—Sammy, tú sí eres todo un caballero. Lucy tiene mucha suerte de tener un hijo como tú, cariño, que aprecias los platos nacionales —después, con cara de tragedia, confesó—: mis hijos sólo comen hamburguesas y pizza.

—Los míos también —dijo Irma—. Yo no sé qué fue lo que hice mal.

Olga dijo:

—Yo sí hago mis arepas, mis fríjoles y mi sobrebarriga y todas las cosas que me gustan. Si a ellos no les gustan, pues que se vayan a comer a MacDonald's. Yo como lo que a mí me gusta, y yo sí no soy su sirvienta.

—¡Bravo! —dijo Irma, apretando un puño para animarla.

—La última vez que fui a Colombia —dije yo—, todo el mundo estaba comiendo hamburguesas y pizza. Lo único que no hay allá todavía es comida china a domicilio.

—Siempre fuiste tan especial —me dijo Carmen Elvira—. Desde que eras chiquito eras diferente de todos los demás niños. Debe ser tu vocación poética. Sabes que yo siempre le decía a mi marido que si Dios nos hubiera bendecido con un hijo, y no las cinco hijas que tenemos, yo lo hubiera querido como tú, Sammy.

Sentí que me sonrojaba.

—Gracias —le dije.

Olga se puso a recordar y le dijo a Irma:

—Ha cambiado tanto. Tú no te imaginas las orejas tan enormes que tenía cuando era chiquito.

—Sus orejas me parecen muy bien —dijo Irma, con esa manera seca y áspera que tenía.

—Eso es porque tú no lo conociste cuando era chiquito. Yo tengo una foto de Sammy que ahora es importante para la historia. Eran increíbles esas orejas gigantescas que tenía.

Yo me había acabado el tamal y me sentí muy incómodo.

—Aquí hay otro para ti, amor —dijo Olga.

—No, gracias, por ahora no —le dije, pero al ver que se sentía tan rechazada, arreglé un poco la cosa—. Tal vez después.

—Le prometí a Lucy que le iba a mandar unos tamales —me dijo.

—Eso la va a poner muy contenta. A ella le encantan tus tamales. Y a mí también, pero lo que pasa es que desayuné hace un par de horas. Tal vez me llevo los míos a Manhattan, y me los como esta semana.

—Tienen mejor sabor unos días después. Tienes que congelarlos, y cuando te los vayas a comer, calentarlos al baño de María.

—¿Tú te haces todas las comidas? —me preguntó Carmen Elvira. Noté que como Carmen Elvira hacía la columna de chismes, era la que hacía más preguntas.

—Sí —le dije—, aunque no tanto en el verano porque la cocina se pone muy caliente.

—Es el marido perfecto para Claudia —comentó Olga. Las otras dos asintieron con la cabeza. Ya se habían acabado sus tamales.

—Mijita, ¿me ayudas a limpiar la mesa y a traer el postre? Después del tinto y el puscafé podemos hablar en detalle sobre la afiliación de Sammy —le dijo Irma a Olga.

Observé a Olga y a Irma retirar los platos, limpiar la mesa y después irse para la cocina. Yo puse la servilleta en la mesa y noté que Carmen Elvira sacaba una grabadora de su cartera. Prendí otro cigarrillo.

—Probando, probando —le dijo al aparato—. Sammy —me dijo con un guiño. Cruzó las piernas y me mostró las rodillas—. Ven, siéntate a mi lado.

Pensé que se me estaba insinuando, y le pregunté:

—¿Qué quieres? ¿Me vas a entrevistar, o qué?

—Sí, cariño. Te voy a hacer unas prenguticas para *Colombian Queens* —me explicó con una sonrisa.

—¿Sabes una cosa, Carmen Elvira? Tal vez éste no sea el mejor momento. Mira que… —y añadí mirando hacia la puerta de la cocina— Irma y Olga van a volver en un instante.

—No, cariño, se van a demorar. Van a lavar la loza y a preparar el postre mientras te entrevisto.

Me di cuenta que me habían puesto una trampa y que, como yo era el invitado de honor, sería muy grosero rechazarle la entrevista. Ella dio por hecho que mi silencio significaba aceptación.

—Mira —me dijo, mientras servía y me pasaba otro aguardiente—, esto te va a calmar.

Me tomé el aguardiente. Le dio unas palmaditas al sofá y me dijo:

—Ven acá, Sammy, mira que no te voy a morder. Haz de cuenta que somos dos viejos amigos charlando.

Me senté junto a ella, sintiendo mi frente bañada en sudor.

—¿Qué clase de entrevista va a ser?

Se rió.

—Estás como si estuvieras frente a un pelotón de fusilamiento. Tranquilízate, sólo te voy a hacer unas prenguticas. ¿Está bien?

—Está bien.

Apagué el cigarrillo, y prendí otro.

—¿Listo?

Asentí.

—Estamos con el laureado poeta Santiago Martínez Ardila, cuyo primer libro de poemas, *Lirio del alba* (que entre otras cosas es hasta ahora su único libro publicado), sin duda recuerdan con admiración miles de amantes de la poesía. Sin embargo, hoy vamos a hacerle a Santiago otra clase de preguntas. Santiago, que es doctor en estudios medievales del Queens College y actual residente de Times Square, Manhattan, acaba de anunciar su próximo matrimonio con Claudia Urrutia.

—Oye, oye, espera… —empecé a decirle en son de protesta.

—Ahora no, cariño —me cortó—. Claudia Urrutia es la heredera de un imperio de importaciones y exportaciones de Barranquilla, Colombia; Jackson Heights, Queens; Miami, Florida, y el principado de Montecarlo. Nuestra Claudia, que estudió arquitectura en Yale, también es una niña muy bella y una consumada… —Carmen Elvira no encontraba la palabra que quería decir, y con la mano muy cerca de mi boca me hizo señales de auxilio.

—Atleta —se me ocurrió al pensar en la goma de Claudia por las motocicletas.

—¿Atleta? Bueno, atleta. Pero Santiago —siguió, agitando la grabadora casi en mis narices—, cuéntanos todo sobre Claudia y tú.

—Todo esto es ridículo, Carmen Elvira, yo no me voy a casar con Claudia Urrutia.

Apagó la grabadora. Me miró un segundo como si quisiera matarme, pero al momento suavizó su expresión con una sonrisa falsa y forzada, los labios delgados y tensos mostrando los grandes dientes blancos.

—Sammy, eres un niño muy tonto. Toda la comunidad colombiana sabe que tú y Claudia van a contraer vínculos matrimoniales muy pronto. Además, tanto tu mamá como Claudia confirmaron la noticia. Yo entiendo que quieras proteger tu vida privada, pero cariño, tú eres nuestro mejor poeta en los Estados Unidos, y ésta es una gran noticia para nuestros lectores.

Ella debió pensar que halagándome iba a hacerme reconocer lo que había aceptado de hecho todo el tiempo con ellas. Hice un esfuerzo para no estallar (si ofendía a sus amigas, mi mamá nunca me lo iba a perdonar), y le dije:

—Lo que pasa, Carmen Elvira, es que por el momento no tengo planes para casarme ya… Pero cuando me case, tus lectores serán los primeros en saberlo. Te lo prometo. Te lo juro. ¿Está bien?

Sin hacer el menor caso de mis excusas, Carmen Elvira me dijo:

—Está bien, cariño. No te preocupes. Yo me encargo de los detalles sobre la boda. Yo sé que a los hombres no les gusta hablar de estas cosas.

Prendió otra vez la grabadora y dijo:

—Santiago Martínez Ardila ha sido hoy nombrado miembro del Parnaso Colombiano, convirtiéndose así en el primer miembro hombre de nuestra sociedad. Santiago, querido, estamos enteradas de que durante los últimos diez años has estado trabajando en un libro sobre Cristóbal Colón.

—En un poema épico sobre Colón, para ser más precisos.

—Tenemos entendido que esta gran… obra maestra que contribuirá a la gloria de nuestra poesía nacional, está casi terminada. ¿Es cierto?

—No, para nada.

Sin mosquearse, muy tranquila, me preguntó:

—¿Y el poema épico está escrito en verso libre, o con rima?

—En verso libre, claro. Yo soy un poeta moderno.

—¡Qué innovador! —exclamó Carmen Elvira—. ¡Es la vanguardia! ¿Te puedo preguntar qué te llevó a interesarte en el tema del Almirante de los Siete Mares?

Esa era la primera pregunta auténtica que me hacía. Sin embargo, llevaba tanto tiempo escribiéndolo que ya no me acordaba por qué me había atraído Colón en primer lugar.

—¿Sería tal vez su relación con la reina Isabel? —vino en mi ayuda Carmen Elvira, como siempre lista a socorrer al prójimo.

—Claro que no.

Me pareció que estaba decepcionada, pero se repuso:

—¿Qué opinas sobre la reciente teoría de que Colón era una mujer?

Debí abrir la boca de par en par. En todo caso, ella no esperó que le respondiera.

—Todas esperamos que vas a acabar este poema tan esperado para 1992, en el quinto centenario del descubrimiento de América. Te deseamos mucha suerte, tanto con tu poema épico como con tu próximo matrimonio.

Apagó la grabadora y me dio las gracias por la entrevista. Estaba yo a punto de decirle cuatro verdades, cuando Irma y Olga regresaron con el postre. Olga traía una bandeja con queso, obleas, bocadillos, brevas con arequipe; Irma, los pocillos de tinto. Mientras Olga servía, me di cuenta que le echaba miradas inquisitivas a Carmen Elvira, como averiguando qué tal había estado la entrevista. Pero Carmen Elvira se puso a arreglar los platicos, los pocillos y los vasos, y no le puso atención. Saboreamos el postre en silencio, y expresando sin palabras que todo estaba rico, nos tomamos el tinto.

Olga me preguntó de pronto:

—Dinos, Sammy, ¿cómo te sientes ahora que eres el nuevo miembro del Parnaso? Hace ya muchos años que yo soy miembro, pero todavía me acuerdo el honor que fue para mí. Me da envidia lo que estás sintiendo ahora.

—Sí —le dije por cortesía—, ¿y ahora qué tengo que hacer?

—No es nada complicado —me informó Carmen Elvira—. Las reuniones son el último sábado de cada mes, menos en agosto. Se recomienda que todos los miembros asistan a la reunión mensual. Tampoco hay que pagar contribuciones o cuotas anuales.

—Qué bien —dije yo, tranquilizado.

—Pero para hacerse miembro, la cuota de inscripción es de trescientos cincuenta dólares. Es una verdadera ganga, si se tiene en cuenta que es para toda la vida.

Me estaba dando la excusa perfecta para salir de ese lío, y aproveché:

—Para mí es un gran honor que ustedes me hayan invitado a ser miembro del Parnaso, pero lo que pasa es que no estoy muy bien de fondos en este momento, y además trescientos cincuenta dólares es mucha plata para mí. Así que tal vez lo podemos dejar para el año entrante.

—No te preocupes, amor —me tranquilizó Olga—. Como Lucy sabía eso, nos dijo que ella se encargaba de todo.

—¿Que qué? ¿Mi mamá va a pagar la cuota? —pregunté con incredulidad, pensando en todas las veces que no había querido ni prestarme siquiera un poquito de plata.

—Esa sí es una mamá que quiere a sus hijos, para que veas, Sammy —me dijo Olga.

—Mientras viva, trátala como el tesoro que es, y hazla feliz —me aconsejó Irma—. Yo nunca supe la suerte que era tener a mi mamá viva, y me voy a arrepentir toda la vida de no habérselo demostrado.

—Tú no te imaginas la falta que te va a hacer cuando ya no esté entre nosotros —me dijo Carmen Elvira profética.

—Déjame explicarte unos detallitos más sobre otras cositas que se necesitan para ser miembro —me dijo Olga mientras mordía con delicadeza un pequeñísimo trozo de queso y luego se lamía las yemas de los dedos—. El nuevo miembro tiene que hacerle algunos servicios al grupo.

—¿Qué clase de servicios?

—Como eres traductor… —empezó a decir Carmen Elvira.

—Intérprete, Carmen Elvira —la corregí.

—Eso es la misma cosa, cariño, ¿no es cierto?

—No, para nada —le dije. Puse mi plato en la mesa y le eché una mirada fulminante.

—Es casi la misma cosa —dijo Olga—, ¿para qué pelear por eso?

—De todos modos —dijo Carmen Elvira—, como eres intérprete, pensamos que eras la persona perfecta para esto. Como sabes, todas somos poetisas. No poetas que ganen premios como tú, pero sí poetisas serias.

—Yo escribo poesía desde que tenía siete años —dijo Olga. Carmen Elvira me miró fijo, como esperando que las tomara realmente en serio.

—Yo no empecé tan chiquito —dije.

—En todo caso, creo que has leído nuestros poemas en *Colombian Queens*. Nosotras los publicamos ahí con mucha regularidad.

—Claro que sí —mentí. Apenas había ojeado sus melosas tonterías, para darle gusto a mi mamá.

—Te recomiendo especialmente nuestro florilegio del último número. Carmen Elvira escribió un poema bellísimo sobre el desastre del Nevado del Ruiz, ¿te acuerdas? Es tan conmovedor que lo hace llorar a uno; es épico de verdad, como Homero. Si quieres, tal vez Carmen Elvira lo puede recitar ahora. Carmen Elvira, sonriente, ya parpadeaba y agitaba las manos emocionada, así que tuve que decirle rápido:

—Muchas gracias, Carmen Elvira, pero te prometo que lo voy a leer esta noche en la cama. Yo leo la poesía así. Nunca voy a recitales; no me gusta que la gente me lea.

—¡Qué cosa tan rara! —dijo Irma.

—Eso es muy poco colombiano —agregó Olga.

—¿Qué es lo que quieren que les traduzca? —les pregunté.

—Sammy, nosotras hemos decidido salir del anonimato y vamos a publicar una selección de nuestros poemas —dijo Olga, frotándose las manos—. Y pensamos que tú podías traducirlos, por lo que eres un poeta tan talentoso, un compatriota, y además perfectamente bilingüe.

—¿Cómo? —dije molesto.

—Y también nos encantaría que nos escribieras un prólogo. No tiene que ser muy largo. Eso tú lo decides, lo único que queremos es que te nazca del alma, amor.

—Lo que pasa es que yo nunca he traducido poesía al inglés. Yo creo que no soy la persona indicada para este proyecto —dije todo cortado.

—Tu modestia, amor, es maravillosa —dijo Olga coqueta, como una Lolita en la tercera edad—. Tú vas a hacer una cosa maravillosa, y ya te tenemos el título: *Muses of Queens*. ¿Te gusta?

—Quiero otro aguardiente, por favor —fue mi única respuesta. Y otra vez nos tomamos de un sorbo los aguardientes, con un brindis por la poesía. Se me ocurrió que hacer el brindis con ellas implicaba que yo había aceptado la propuesta, así como ya les había confirmado tácitamente el compromiso con Claudia.

—Quiero explicarles algo —les dije—. Tengo que pensarlo. Es decir, me encantaría traducir sus poemas, pero lo que pasa es que no sé si tengo tiempo ahora.

—Nosotras entendemos ¿no cierto muchachas? —les dijo Carmen Elvira a Olga y a Irma.

—Sí, tómate todo el tiempo que quieras, amor —la secundó Olga.

—No hay ninguna prisa —añadió Irma—. Nosotras sabemos, y con tu matrimonio y todo lo demás no vamos a presionarte. Cuando nos reunamos de nuevo en septiembre podemos discutir los detallitos.

—Además —dijo Olga—, nos encantaría pagarte, pero como tenemos a los hijos en la universidad, apenas nos queda para vivir. O sea que no vamos a poder pagarte en efectivo. Pero tenemos una cosa mucho más valiosa para ofrecerte.

—¿Qué es eso? —le pregunté con los pelos de punta.

—¡Poder! —dijo enfática—. Sí, amor, ¡el poder! Como nuevo miembro del Parnaso vas a figurar automáticamente en la bandera de *Colombian Queens* como colaborador externo. Te das cuenta de lo que eso significa, ¿no cierto?

—No, ¿qué significa?

—Significa que te pueden leer un millón de compatriotas en el área metropolitana de Nueva York, amor. Nuestra revista le llega a casi todos los miembros de la colonia. Piensa en la cantidad de público que vas a tener para tu poesía y tus ideas.

—¿Sabes que el futuro de los candidatos en las próximas elecciones presidenciales depende de nosotras? —añadió Olga con risitas.

—¡No me digas!

—Nosotras, ahí donde nos ves, somos una fuerza política. Los candidatos que nosotras apoyamos van a tener aquí cien mil votos, casi tantos como los que va a haber en toda Colombia. Ya sabes que nuestro pueblo es abstencionista, y que sólo votan los que trabajan en el gobierno.

—Carambas —dije, muy impresionado por sus argumentos, pero dudando bastante de sus estadísticas.

—Tu voto va a tener importancia histórica —me dijo Carmen Elvira.

—Pero lo que pasa es que yo nunca he votado.

—¿Y eso por qué no has votado, mi amor? —dijo Olga, como preocupada.

—Yo no sé nada de la política colombiana.

Suspiró con verdadero alivio.

—Eso está bien, amor.

—Yo pensé que era algo peor.

—Bueno, amor, ahora tienes la oportunidad de aprender. Nosotras te podemos explicar todo mejor que nadie. Tenemos muchísima experiencia en las campañas políticas.

—¿Siempre votan? —no se me ocurrió decir nada más inteligente.

—Yo no puedo votar —dijo Carmen Elvira con tristeza. Era un dato interesante.

—¿Por qué no?

—Ella es ciudadana americana —dijo Irma.

—Tú también eres americana —la retacó Carmen Elvira con ira—. Y tú también, Olga.

—No lo niego, mijita —asintió Olga con desaliento—. Pero yo soy colombiana con toda mi alma, y colombiana me voy a morir.

—Yo también —dijo Carmen Elvira, llena de entusiasmo patriota—. Yo sólo lo hice para que mis hijos pudieran salir adelante en este país.

—A mí casi me obligan a hacerlo —dijo Olga—. Yo era tan ingenua, y me dijeron que para seguir trabajando con el gobierno federal tenía que ser ciudadana.

—Bueno, ya no más excusas —dijo Carmen Elvira cortante—. Que lo hicimos, lo hicimos, eso es todo.

Para alegrarlas, les dije:

—Mi mamá también es ciudadana americana.

—Tú nunca lo vayas a hacer, cariño —me ordenó Carmen Elvira—, sería una desgracia terrible, una verdadera tragedia, que nuestro mejor poeta en los Estados Unidos se vuelva ciudadano americano.

—Eso me hace pensar si García Márquez no es ciudadano mexicano —dijo Olga pensativa—. Yo creo que leí por ahí que hace unos años se volvió ciudadano mexicano.

—Yo sí no creo eso para nada —dijo Carmen Elvira indignada, con una palmada en la rodilla—. Gabo nunca haría eso. Él nunca traicionaría a su país, él es más que ciento por ciento colombiano.

—Pero lleva treinta años viviendo en México —insistió Olga.

—¿Y qué?

—Sus hijos nacieron en México —siguió diciendo Olga.

—Yo sí no creo nada de lo que salga en la prensa amarilla —la regañó Carmen Elvira, pasándose otro aguardiente. Ya tenía la voz pastosa—. Gabo y Colombia son una y la misma persona, indivisible.

—Sí —la apoyó Irma—, como en la Trinidad, el Padre, el Hijo y el Espíritu Santo.

Como ya se estaban metiendo con la teología, pensé que era el momento de largarme.

—Tengo que irme —les dije—, tengo que visitar a un amigo.

Carmen Elvira, siempre la de los chismes, me preguntó:

—¿Se llama ese amigo Claudia, cariño?

—No, es mi amigo Bobby.

—¿Bobby Castro? ¿Es cierto que tiene sida?

Me paré.

—Sí, se está muriendo. Muchas gracias por ese almuerzo tan delicioso. Me encantó… verlas —les dije. Ya de pie, me di cuenta que el aguardiente se me había subido a la cabeza. Me tambaleaba, los pies apenas me sostenían, y el cuarto y las tres poetisas daban vueltas—. Y estoy muy... contento de ser miembro del Parnaso.

—Espera un momento, amor —me dijo Olga—, le prometí a Lucy que le iba a mandar contigo unos tamales.

Irma dijo:

—Mándale también unas brevas. Están fresquiticas. Una prima mía las trajo ayer de Bogotá. Son brevas de Buga, Sammy. No se te olvide contarle a Lucy; a ella le encantan las brevas de Buga. Llévale todas las que hay aquí; yo tengo un montón en la casa —terminó, muy generosa. Pasaron unos minutos y después de un aguardiente de despedida, y con una bolsa de supermercado llena de delicias colombianas, salí tambaleándome bajo el sol de la tarde.

4. Madres e hijos

Eran diez cuadras a pie desde la casa de Olga hasta el apartamento de Bobby. El episodio con las mujeres del Parnaso me había puesto nervioso; recuerdos que había reprimido hacía muchos años salieron a flote. O tal vez había sido sólo el aguardiente, o el hecho de que estaba caminando lentamente por las sombreadas calles de Jackson Heights en una plácida tarde de verano, para ir a ver a mi más viejo amigo que se estaba muriendo de una enfermedad que parecía producto de una fantasía de horror de ciencia ficción. En todo caso, tuve toda clase de pensamientos terribles.

Colombia tiene fama —entre los colombianos— de ser un país de poetas. Cualquier colombiano que se precie de tal tiene por lo menos un bardo de cabecera. Fue nuestro amor a algunos poetas —y nuestro común odio al Nobel español Juan Ramón Jiménez (cuyo *Platero y yo* ridiculizamos con crueldad)— lo que nos unió a Bobby y a mí en primer lugar.

Hay un par de cosas que debo aclarar. Yo nací en la ciudad de Barranquilla y, cuando tenía siete años, después de que mi papá nos abandonó, nos fuimos a vivir a Bogotá. Pero cuatro años después, persiguiendo a un hombre por el que estaba loca, mi mamá decidió que volviéramos a Barraquilla. Allá fue donde Bobby y yo nos conocimos, en el Colegio Americano, un colegio bautista americano que aceptaba a todos los expulsados de los colegios católicos. A Bobby y a mí, regordetes y poco dados al deporte, nos encantaban el cine y los libros. Yo estaba convencido de que Bobby era un genio. Mientras yo pasaba año raspando, él sacaba cinco en todo. Era brillante en matemáticas, y quería ser escritor o pintor. Leía libros en inglés y en francés.

Los sábados y en las vacaciones, cuando nos quedábamos en Barranquilla, me iba a pasar el día en casa de Bobby. Llegaba temprano por la mañana y casi siempre jugábamos ajedrez hasta la hora del almuerzo. Después nos íbamos al patio donde, sentados a la sombra de un guayabo, leíamos libros en voz alta, sobre todo *Hamlet*, que nunca nos cansábamos de releer. Fue en ese tiempo que Bobby me convenció de que participara en un concurso de declamación, que gané. Durante varios años me inscribí, y gané, estos concursos. Bobby era mi maestro. Preferíamos los poemas de José Asunción Silva, un suicida romántico y morboso, y también los de Porfirio Barba Jacob, el poeta maldito colombiano.

Bobby y yo éramos de diferente clase social. Su mamá era secretaria ejecutiva de Cola Román, una fábrica de gaseosas, y vivían en una casa modesta en un barrio de clase media baja; yo, en cambio, era hijo de un hombre rico. Después de que mi papá nos abandonó, fue generoso con mi mamá, así que no teníamos preocupaciones económicas. Además, el amante de mi mamá tenía un puesto alto en el gobierno local; era gerente de la licorera del departamento. Disfrutábamos de lujos, como una limusina con chofer uniformado. La mayor parte de las adolescencias son desgraciadas, pero la mía fue particularmente espantosa. Odiaba el colegio, a mis compañeros de clase y a Barranquilla. Los libros y las películas eran mi único refugio; y Bobby, Claudia Urrutia y mi hermana eran la única gente joven con la que tenía intimidad.

Al caminar por una parte de Jackson Heights formada sobre todo por pequeños edificios de apartamentos, sentí que me temblaba la mano con la bolsa de supermercado. Entre más me acercaba a la casa de Bobby, más nervioso me sentía. La última vez que lo había visitado había sido en el hospital, en mayo. Pensé entonces que Bobby nunca iba a salir vivo de ese hospital. Lo que quedaba de él estaba conectado a un respirador artificial, y ya no podía ni hablar. Parecía una criatura extraterrestre, con la cabeza grande y el cuerpo consumido. Los ojos, que se le habían hundido varios centímetros en la cara, estaban abiertos pero sin foco. Tuve la certeza de que no estaban viendo nada. Me quedé sentado allí a su lado lo que me pareció una eternidad, mirando fijamente el ramo de rosas amarillas que le había llevado y apenas consciente de los ruidos de las máquinas y de las enfermeras con uniformes y guantes blancos que entraban y salían del cuarto.

Cuando llegué al edificio de apartamentos de ladrillo al que se había mudado Bobby más de un año antes, estaba que me moría del calor y los nervios. Prendí un cigarrillo y me quedé enfrente, pensando si debía entrar o dejar la visita para otro día. Pero yo sabía que a Bobby no le quedaba mucho tiempo. La posibilidad de que no me reconociera como en el hospital me inquietó todavía más. Me sentía culpable de no haber estado a su lado más tiempo durante su larga enfermedad. Subí las escaleras para timbrar y cuando estaba punto de hacerlo, una voz a mis espaldas me llamó:

—Oye, Sammy.

Me di vuelta y vi a mi sobrino en su bicicleta.

—Gene, ¿qué estás haciendo por aquí?

—Pasé por la casa de esas viejas locas y me dijeron que venías para acá. Óyeme, cuadro, esas viejas son todo un viaje… pero de pesadilla.

—¿Te pasó algo? —le pregunté, y bajé hasta donde estaba, todavía en la bicicleta.

—¿A qué hueles? ¿Estás borracho?

—Me tomé un par de aguardientes, eso es todo.

—¿Ah, sí? A mí me parece que hueles como si te hubieras tomado varias botellas. Hueles a… a… a…

—A tamal —le dije señalando la bolsa.

—¡Ah! Óyeme, ¿te puedo pedir un favor? Tengo que trabajar hasta tarde por la noche, y alquilé un par de películas. ¿Me las puedes llevar a la casa? A mí se me pueden perder, andando así en la bicicleta.

Abrió la canasta entre los manubrios de la bicicleta y me pasó las dos películas.

—Rocky, Rambo, Dumbo —le dije, para tomarle el pelo.

—Óyeme, cuadro, ya te dije que yo odio esa mierda —de pronto sonó un timbrazo duro y metálico—. Tengo que volar, cuadro, ése es mi bíper.

—¿Qué es lo que te toca repartir? —le pregunté al notar un paquete de sobres blancos en la canasta.

—Ahora no te puedo contar. Estoy retrasado. Gracias por llevarme las películas —se bajó las gafas de sol, se acomodó los audífonos y puso las manos en los manubrios—. Te veo esta noche en el Saigon Rose. Hoy es la gran noche, ¿no cierto? Felicitaciones. Claudia es una niña chévere. Cuídate, y saludes a Bobby —me dijo casi gritando y se alejó a toda velocidad, pedaleando con furia.

El asunto de Claudia, me di cuenta, estaba fuera de control. Pero no había nada que pudiera hacer en ese momento. Metí las películas en la bolsa, y timbré. Subí en ascensor al cuarto piso. Después de años de visitar a Bobby en apartamentos y desvanes elegantes, me sentí como si estuviera diez años atrás, cuando todavía vivía en Queens, trabajando durante el día y estudiando de noche. Una enfermera nueva me abrió la puerta, y tuve que explicarle quién era yo. Me informó que no había nadie en la casa fuera de Bobby, que estaba dormido.

—Mr. Martínez —me dijo cuando yo ya iba para la alcoba de Bobby—, Mr. Weisberg —el amante de Bobby— llamó a decir que no va a venir sino hasta las seis, y yo ya tengo que irme a la casa. ¿Le molestaría cuidarlo hasta que él llegue?

Quedarme solo con un moribundo me ponía nervioso, pero le dije que me quedaría con gusto. Entramos al cuarto donde estaba durmiendo Bobby. Estaba ordenado y fresco, y Bobby estaba entre unas sábanas azules claras. En la cómoda había un florero con rosas rojas. Las persianas estaban abiertas y la luz del sol llenaba el cuarto. Sin embargo, había algo helado en él. Bobby ya estaba en las garras huesudas de la muerte, como diría un francés. En la mesa de noche había una bandeja grande llena de remedios. Sentí cierto alivio de ver que no estaba conectado a un respirador. La enfermera me mostró una tarjeta con números de teléfono, para que yo llamara en caso de una emergencia. Luego, práctica, en la forma calmada, impersonal, de las personas que viven a diario con la muerte, se quitó los guantes de plástico, reunió sus cosas y se fue. Yo acerqué un asiento y me senté a la cabecera de la cama. Bobby tenía tres tubos ensartados en su cuerpo. Uno en la nariz, otro en un brazo y el tercero (por el que goteaba un líquido verdoso que parecía licor de menta), estaba pegado con un parche en su pecho esquelético. Hasta el parche parecía podrido, como carne humana en descomposición. Bobby tenía el pelo ralo bastante largo, y se notaba que llevaban días sin lavárselo. Me senté más cerca, para poder estudiar en detalle su cara, algo que en otras ocasiones, cuando él estaba despierto, mi timidez no me había dejado hacer. Parecía que estaba empezando a parecerse a una momia acabada de sacar de una excavación. La piel entre las cejas y las pestañas estaba más hundida que la última vez que lo había visto, así que incluso en reposo sus ojos sobresalían, enormes, como pelotas de golf. La piel que los cubría parecía traslúcida y delgadísima, como una telaraña. Los ojos permanecían abiertos unos milímetros, y sólo se podía ver el blanco. De toda la cara, también de los labios resecos, se desprendían escamas blancas y quebradizas. Estaba convertido en un monstruo.

Su respiración débil, irregular, me atemorizó. Me sentí triste y deprimido. Era difícil creer que este era el mismo Bobby que conocía desde niño. Durante un buen tiempo había pensado que podía producirse un milagro, pero ahora me daba muy clara cuenta de que Bobby se iba a morir. Lo que más me inquietó era que todo parecía tan tranquilo, tan poco dramático.

Muerto Bobby, se iba a llevar consigo un montón de mis recuerdos. Incluso si estábamos lejos, siempre nos escribíamos. Después de que me vine a los Estados Unidos dejé de verlo cuatro años, hasta que una mañana se presentó de improviso en nuestra casa, aquí en Queens. Casi no lo reconozco. Había crecido mucho y estaba esbelto, y se había vuelto extrovertido. Se quedó en la casa unas semanas. Desde el primer día me contó que era gay —eso fue a fines de los setenta— y que no aguantaba la vida en Colombia como homosexual. Se había venido a los Estados Unidos para ser, como dijo, «un marica libre». En ese momento yo estaba tratando de salir del clóset, y cuando Bobby se presentó en mi vida comprendí que si quería alguna vez aceptar mi sexualidad tenía que irme de la casa de mi mamá. Bobby fue muy importante en esto.

Consiguió un trabajo en una fábrica de ceniceros de plástico, se fue a vivir a un desván no muy lejos de nosotros, y se matriculó en el Hunter College, donde tomaba clases de noche y los fines de semana. Pero lo que más quería era irse lo más pronto posible a Manhattan.

Cuando terminé los cuatro años de universidad decidí volver a Colombia, donde esperaba quedarme del todo. Bobby me advirtió que como gay que era, no iba a poder adaptarme. Tenía toda la razón: a los dos años me volví a los Estados Unidos. Para entonces, la suerte de Bobby había cambiado. Ahora era el gerente y socio de la fábrica de ceniceros, se había graduado con honores y estaba estudiando en el programa de doctorado en negocios de la Universidad de Nueva York. Se mudó a un amplio desván en SoHo. Lo compró cuando volvieron el edificio de propiedad horizontal, y lo convirtió en un bello apartamento decorado con cuadros, esculturas y con antigüedades, su nueva afición. También tenía participación en una cantidad de empresas y sus inversiones empezaban a tener un gran éxito. Se las daba de que su cartera valía millones de dólares. Bobby se había dejado poseer por el sueño americano. Su objetivo era ser millonario antes de los veinticinco.

A mí me molestaban su éxito económico, su amigo bien parecido y exitoso, sus posesiones, sus viajes por todo el mundo. Irónicamente, la libertad que había buscado y de la que había gozado en los Estados Unidos era la misma cosa que lo estaba matando. Bobby se sentía orgulloso de mis escritos, pero no le gustaba el hecho de que yo fuera un poeta pobre.

A principios de los ochenta ya iba en camino a convertirse en un magnate de Wall Street. Se compró un apartamento lujoso detrás del World Trade Center, enflaqueció, se pulió más y se volvió elegante, tomó clases de elocución, y era la imagen misma del inmigrante exitoso. Sentado a su lado, se me ocurrió que nosotros éramos de la primera generación de inmigrantes latinos que no había pasado por el ghetto del todo, que había podido irse directamente a los suburbios, que había estudiado en la universidad y que podía viajar a sus países para pasar los fines de semana. En jet, Colombia estaba tan cerca que a pesar de nuestra adaptabilidad y de nuestras costumbres americanas, no sentíamos que fuera necesario desechar nuestra «colombianidad».

Decidí prender la televisión, para ver si podía ver un partido de béisbol. Recordé las dos películas que Gene me había pedido el favor de llevarle a la casa, y saqué las dos cajas de plástico. Era raro que no tuvieran etiquetas. Prendí el equipo para ver una, y abrí una de las cajas. Lo que había en ella era una bolsa de plástico llena de un polvillo blanco. La abrí, metí un dedo y lo probé. Era cocaína pura. Una bolsa de coca que valía una fortuna.

—¡Mierda! —masculle.

—¿Qué? —dijo una voz detrás de mí.

Me di vuelta.

—Sammy, *are you all right?* —me preguntó Bobby. Me asombró oírlo hablar.

—Bobby, pensé que... —no me salían las palabras. Corrí a su lado y me senté al borde de la cama. Estaba muy contento: nunca pensé que volvería a ver a Bobby consciente.

—Ah, qué maravilla, me trajiste un regalo —dijo, y sacó la mano de debajo de la sábana para palpar la bolsa que yo tenía en la mano. Su sonrisa parecía un abanico abierto—. Me trajiste coca. Pero ni en cien años voy a poder meter toda esa nieve —dijo examinando la bolsa—. ¿Ahora sí estás tratando de volverte un yuppie, así no más, de la noche a la mañana?

Le expliqué cómo había llegado la coca a mis manos. Saqué la otra caja y miré su contenido. Sí, era una película, era *El último tango en París*, con Marlon Brando.

—¡Está de jíbaro, haciendo entregas a domicilio! —dije.

—Oye, gringo, no se te olvide que esto es Jackson Heights. A mí todo el tiempo me meten ofertas por debajo de la puerta. Si no estuviera a punto de estirar la pata me metería un pase encantado. Pero tú sí puedes, sigue, métete un pase; no dejes que este moribundo que ya huele a muerto te dañe el viaje.

—Yo ya no meto drogas, Bobby.

—Me parece muy bien. Desde hace diez años te lo decía, y tú nunca me parabas bolas. Pero me doy cuenta que lo que no has dejado es el trago. ¿A qué huele tu aliento… a aguardiente?

Le conté muy por encima la historia de mi nombramiento en el Parnaso. Bobby parecía divertido, y trató de sentarse, estremecido por un acceso de tos que sonaba como un cortador de pasto sin gasolina. La cara se le puso roja como una cereza. Miré la bandeja con los remedios.

—¿Tienes que tomar algo? —le pregunté cuando su respiración se normalizó un poco.

—En realidad sí, ayúdame a quitarme esta cosa —dijo, y se sacó el tubito plástico de la nariz. Me lo entregó y me pidió el favor de que apagara el tanque de oxígeno.

—¿Se puede hacer eso? —le pregunté preocupado.

—Sammy, mira que sólo es oxígeno. Y que estoy respirando bien sin él, ¿o no?

Hice lo que me dijo. Los nervios me produjeron un tic debajo del ojo izquierdo. Estaba deseando que se presentara el amante de Bobby; no quería estar solo con él en caso de que empeorara de pronto. Me pidió que lo ayudara a sentarse bien en la cama, con unas almohadas en la espalda. Como tuve que meter las manos entre sus axilas, me asombró lo poco que pesaba, y tenía los brazos en los huesos, como palitos de pan. Ya cómodo en su nueva posición, me preguntó:

—¿Qué te recuerda todo esto?

Estaba demasiado confuso para pensar; encogí los hombros.

—Camila, bobo. ¿Ya se te olvidó que jugábamos a ser Margarita Gautier en la clase de religión?

—¿Sí?

—¡Eh, ave María purísima! —dijo imitando el acento paisa—. Yo no entiendo cómo puedes ser escritor, con esa memoria tan pésima que tienes. Espero que no vayas a escribir sobre mí después de que me muera. ¿Cómo no te puedes acordar que jugábamos a ser Margarita Gautier? Tosíamos por turnos, y nos hacíamos los que nos estábamos muriendo de tuberculosis. Acuérdate que el profesor Rincón me caminaba pero se hacía el bobo la mayor parte del tiempo. Pero una tarde que le debimos sacar la piedra más de la cuenta hizo que te pararas. «Señor Martínez —te dijo con esa maravillosa voz de barítono que tenía—, usted parece que sabe mucho sobre este tema, ya que no pone atención a lo que estoy diciendo le voy a pedir que tenga la bondad de explicarle a los alumnos atrasados de la clase el significado de la Inmaculada Concepción de la Virgen». Yo creí que te ibas a cagar en los pantalones. Te pusiste más blanco que la tiza pero le dijiste: «No me gusta decírselo, pero yo creo que san José le puso los cuernos a la Virgen, que era una puta, y que Jesucristo era un hijo de puta». Tú eras increíblemente cómico, Sammy. Yo no sé qué le pasó a tu sentido del humor.

Bobby se carcajeó y palmoteó la cama. Yo también me reí hasta que recordé que por esa broma me habían suspendido quince días del colegio.

—¿Y cuál era nuestra heroína, te acuerdas? —siguió en esa vena nostálgica.

—Vanessa Redgrave —creí acordarme, por lo que nos fascinó ella en la vida de Isadora Duncan.

—No, no, no, no —dijo—, estás tibio todavía. Pero tal vez esto te ayude —y levantó los brazos haciendo una V; la piyama se le cayó hasta los codos y desnudó los antebrazos esqueléticos—. ¿Ahora sí te acuerdas?

Dije no con la cabeza.

—¡Diana Ross, idiota!

La cosa hubiera podido ser cómica si Bobby no pareciera un sobreviviente de un campo de concentración. Era un espectáculo horrible. Lo único que le quedaba era el sentido del humor.

—Mira, lo que pasa es esto —dijo—, tengo un miedo del carajo de morirme, pero vivo diciéndome que lo importante es morirse sin tanta alharaca, con tranquilidad. Sammy, ¿entiendes lo que te quiero decir? Si hay otra vida (mierda, espero que no la haya, yo me contento con una sola vida), no quiero empezar a tener lástima de mí mismo. Cuando éramos adolescentes pasamos por la etapa existencialista, y nos volvimos ateos.

—¿Y ahora… sí crees que hay otra vida? —le pregunté.

—Si lo que quieres saber es si he tenido anticipos, te puedo garantizar que no. Cuando estuve en coma una vez me vi caminando por un túnel largo, interminable, y al final estaba la consabida luz que me llamaba. Pero yo resistí. Empecé a arrastrar los pies, y me quedé parado, me senté en el suelo y me puse a mirarla, sin mover un pelo. Estoy seguro que era la muerte llamándome. Pero, mierda, yo no voy a seguirla hasta que no esté bien listo. Yo quería volver a estar consciente, aunque sólo fuera para volver a ver a Joel, y a ti también, idiota, aunque no me lo creas. Pero en serio —siguió diciendo—, yo tuve una buena vida. Para empezar, me fui de Barranquilla. Yo siempre me desesperaba pensando que nunca iba a poder irme de esa horrible ciudad de machos. Yo sabía que tenía que irme para poder ser la marica de ataque que fui.

—Eso sí que es cierto, Bobby.

—Y en estos últimos cinco años viví muy feliz con Joel. Mierda, a mí todo lo demás me importa un carajo ahora. ¿Y sabes una cosa?, me alegro de que haya sido una enfermedad tan larga. Fue la primera vez desde niño que tuve tiempo para pensar en cosas espirituales. Me había encarretado tanto con esa vaina de ganar plata que pensaba que sólo con plata y éxito podía ser feliz, pero oye, yo en secreto sentía envidia de tu libertad.

—¡Seguro! Vamos Bobby, aterriza. A ti no te hubiera gustado vivir todo ese tiempo en la avenida Octava —le dije pensando en la casa.

—Ahora que te vas a casar con Claudia Urrutia, vas a poder irte a otra parte. Lucy me contó todo la última vez que vino a verme. Ahora, mi cuadro, vas a vivir todo el tiempo en una mansión.

—¡Bobby, Bobby, no puedo creer que creas en todas esas babosadas!

—¿Cómo así? Muchos de mis amigos gay se están casando con mujeres. Y fíjate en todas esas maricas famosas que se volvieron a meter en el clóset. Además, eso te puede salvar la vida. Claro que como nunca tiras, debes ser VIH negativo. Dime la verdad, ¿has tirado una sola vez en estos diez años desde que te saliste del clóset?

La monotonía de mi vida sexual siempre hacía que Bobby se muriera de la risa. Pero lo cierto es que, fuera de sexo vertical —y eso muy rara vez—, me había dedicado todo ese tiempo al celibato manual. Sólo un poquito antes me había dado cuenta de que lo que me daba miedo no era tanto el sida, sino la intimidad sexual con otra persona.

—Recuerda —me dijo— que de muchacho tú vivías loco por Claudia. ¿Te acuerdas cómo nos divertíamos? Y ella te adora. Además es rica. ¿Qué más quieres? Ustedes son la pareja perfecta. ¡Una loca que le tiene miedo al sexo, y una lésbica que no te lo va pedir nunca! Si a mí me pidieran casarme con ella, de lo que no hay ni la más remota posibilidad, me casaría con ella de una.

—Pura mierda, nunca en la vida te casarías con Claudia. No vayas a creer que como tú piensas que te vas a morir, te me vas a montar. ¿Eso es lo que tú crees que es la última carcajada?

—No, querida, yo siempre dije que nosotras éramos como Miriam Hopkins y Bette Davis en *Old Acquaintance*. Tú me conoces, tú sabes que yo voy a ser la heroína del drama hasta el fin. Yo siempre pensé que nosotros éramos como la encarnación de ellas. Pero la película se acabó, Sammy. Tú ganaste la apuesta. Esta loca se murió.

Me sentí contento, viendo a Bobby de tan buen humor. Era irónico que nuestros momentos de mayor intimidad desde que éramos sardinos, cuando pudimos hablar de las cosas sin tapujos y tranquilos, habían sido durante los últimos dos años de su enfermedad.

—Esto es como los viejos tiempos, como cuando iba a tu casa los sábados, ¿te acuerdas? Tu abuela nos hacía el almuerzo. Era una cocinera divina, a mí me encantaba esa carne asada, ese plátano pícaro que hacía, casi que puedo olerlos todavía. ¡Qué delicia!

—De la comida sí te acuerdas, ¿no?

—Tú lo que has debido ser es crítico de comida, y no poeta. De golpe lo que tienes que hacer es ser el magnate colombiano de la comida rápida. Pero con esta charla sobre la comida, ya tengo hambre. Daría la vida por comerme algo bien rico.

—¿Todavía tienes que hacer la dieta macrobiótica?

—No, la dejé hace quince días, cuando el médico me dijo que estuviera preparado para morirme de un momento a otro. Desde ese día, he comido cantidades de helado y de chocolate, y de todas las cosas que no comía para estar de moda y guardar la línea.

—Tengo unos tamales en la bolsa. Y brevas de Buga, y obleas.

—Oye, oye, tú sí que andas preparado ahora. ¡Coca, tamales, brevas! ¿Qué más tienes en esa bolsa?

—Las viejas del Parnaso le mandaron todas esas cosas a mi mamá.

Bobby se animó:

—Óyeme, pero si me como los tamales Lucy nunca me va a perdonar, ¿no cierto?

—Yo creo que, con el tiempo… —empecé a decirle.

—¿Y si no me perdona nunca? —preguntó con picardía—. Bueno, ya me habré muerto de todos modos.

Palpé los tamales envueltos en papel aluminio.

—Creo que todavía están tibios, pero los puedo calentar, si quieres.

—Así están perfectos. Es ahora o nunca. Y de todos modos, yo no puedo comer nada caliente. Santiago, querido, ve a la cocina y trae todo lo que se necesita… ah, y una botella de vino rojo. Hace tiempos que me muero por una copa de vino.

Volví con los platos, los cubiertos y las servilletas, retiré los remedios de la bandeja y destapé la botella de vino. Bobby sirvió los tamales. Alzó la mano con el vaso de vino para brindar:

—Brindo por... todos los momentos felices que he tenido, por todas las vergas que he chupado. De lo único que me arrepiento es de no habérsela chupado todavía a un albanés, pero tal vez no es demasiado tarde.

—¿Quién fue el mejor? —le pregunté lleno de envidia.

—Déjame pensar... ya sé. Fue ese conde casado belga que se chupó un tetero mientras yo lo azotaba.

Me empecé a reír. Ese era el mismo Bobby que yo había conocido toda la vida y que amaba como si fuera mi hermano gemelo. Bobby empezó a mascar lentamente el tamal; le brilló la cara de lo puro contento que se sentía.

—Es el mejor que me he comido. ¡Qué buena idea!

—Es por lo que tiene guascas —le dije.

—Pero esa es una droga afrodisíaca. ¡Qué interesante, un tamal pornográfico!

—Este es mi segundo tamal del día —le dije.

Bobby sonrió. Me di cuenta de que aunque estaba muy bien de ánimo, también sentía dolor.

—Tal vez esta noche te revuelques con Claudia —dijo.

—Oye, no sigas con eso. Entiende, lo que a mí no me molestaría sería casarme con uno de sus hermanos. Esos matones a mí sí me excitan de verdad.

—Sammy, tú sabes muy bien cómo son los colombianos. Seguro que si te casas con la hermana, vas a terminar en la cama con todos esos mafiosos asesinos.

—Por nuestra amistad —dije, levantando el vaso.

—Retiro todo lo que te he dicho —dijo pensativo—. A mí ya no me da terror la muerte. Es decir, no estoy histérica porque me voy a morir. Ya te conté que desde que estoy enfermo he tenido mucho tiempo para pensar en cosas espirituales. Yo sé que a ti te da asco hablar de religión, y no te culpo. No se me ha olvidado que a los trece años hicimos un pacto: ser ateos toda la vida. Pero yo ya no soy ateo. Siento decepcionarte,

Sammy. Puedes pensar lo que quieras, hermano. Tal vez se me secaron los sesos con esta enfermedad. No lo dudo, y no me importa. Pero la única manera que tengo de reconciliarme conmigo mismo es morirme creyendo en Dios. Si no, me daría terror caer eternamente por un abismo sin fondo —dejó de mascar el tamal, y siguió—. Así estoy seguro que mi alma va a encontrar el reposo cuando ya no tenga cuerpo. En estos últimos dos años he tenido mucho tiempo para estudiar diferentes religiones y filosofías. Finalmente, sólo me interesó el cristianismo porque el Dios cristiano mandó a su Hijo para que fuera uno de nosotros, y para que sufriera como nosotros, porque comprendía lo absorbente y poderoso que puede ser el amor.

Paró un momento. Tenía una mirada como perdida en el vacío, como si estuviera viendo algo que yo no podía ver.

—¿Sabes cuál es mi fragmento favorito de la Biblia? El sermón de la montaña. ¿Lo recuerdas? Bienaventurados los que lloran, porque ellos recibirán consolación. Bienaventurados los mansos, porque ellos recibirán la tierra por heredad, y así siguen. Les dicen las bienaventuranzas, y creo que están en el Evangelio de san Mateo.

Empezó a comerse otro trozo de tamal, recuperando aliento cada vez que mascaba. Como lo vi deprimido, le propuse para animarlo:

—¿Quieres una breva o una oblea?

—Me encantaría una oblea.

Al ir a sacar las obleas envueltas en papel encerado, Bobby soltó un horrible eructo. El violento sonido me asustó. Me quedé muy quieto, preguntándome qué hacer. Hice esfuerzos para disimular lo que sentía. Su rostro se había puesto morado. Con una gran desesperación trataba de aspirar el aire que lo rodeaba, como si se le hubiera perdido. Los ojos se desorbitaron, la luz en ellos relumbró, y me miraban fijo con enorme intensidad y vehemencia. Cuando yo estaba chiquito en Bogotá, y mi mamá salía por la noche, se untaba belladona en los ojos, y las pupilas se le agrandaban y refulgían; me excitaban y asustaban al mismo tiempo, y así estaban los ojos de Bobby, dilatados y hundidos en una cara que ya reclamaba la muerte. Sin embargo, los ojos eran la única parte de su cuerpo que todavía vivía. Era como si el cuerpo estragado se estuviera muriendo poco a poco, y la *vida* se hubiera concentrado en esa mirada encendida, abrasada. La luz que relucía en sus ojos pertenecía a un dominio sobrenatural, espiritual, una luz que veía y denotaba cosas que los demás no conocemos y que nunca vislumbramos hasta que nos acercamos al otro mundo, si es que éste existe.

Gradualmente su cara se relajó, se suavizó, se llenó. Ahora que ya no sentía más dolor, una expresión serena se apoderó de sus rasgos, como si se hubiera sumido en un sueño profundo, extático. Había muerto. Para estar seguro, traté de tomarle el pulso, y sostuve su brazo en la muñeca hasta que me di cuenta de que no sabía qué estaba averiguando. La mano se sacudió bruscamente en un espasmo, dentro de la mía, temblorosa. Aterrorizado, dejé caer el brazo y puse la palma de mi mano sobre el pecho, cerca del parche inmundo. Estaba quieto, como una tabla. Empecé a temblar de los pies a la cabeza. Era algo extraño: podía aceptar el hecho de que Bobby había muerto. Pero me intranquilizó mucho que los líquidos intravenosos siguieran penetrando en el cadáver. Apagué las dos máquinas. No sabía muy bien si debía llamar primero al médico o al hospital. Me dio pavor pensar que un tropel de enfermeras invadiera el cuarto y se llevara el cuerpo de Bobby en una ambulancia que se alejaría ululando. Sin embargo me sentía tranquilo; ahora que había muerto nada más podía pasarle. Llamé a Joel a la oficina, y me dijeron que ya se había ido a la casa; lógico, era un sábado por la tarde. Después llamé al número que tenía de la mamá de Bobby (doña Leticia se estaba quedando con una amiga porque tenía miedo de que se le prendiera el sida), y le dije que debía venir de inmediato; no quise darle la noticia por teléfono. Por último llamé a mi mamá; le dije que me iba a demorar, y le conté por qué. Me senté en la cama y esperé, mirando ese cuerpo consumido. No lloré, ni me puse histérico, ni me arrodillé para rezar por el alma de Bobby. Me dio miedo de que llegara la policía y encontrara la coca, y escondí la bolsa en la cocina, debajo del lavaplatos. Después lo limpié y puse todos los platos y tazas en el secador. Todavía estaba en la cocina cuando entró Joel. Lo miré, sin poder musitar palabra. Se dio cuenta inmediatamente porque se quedó inmóvil, cerró los ojos y apretó los puños. Me acerqué y nos abrazamos y empezamos a llorar, agarrados el uno al otro, sin decir nada. Después, en la alcoba, le estaba contando a Joel mi última conversación con Bobby y cómo había muerto, cuando sonó el timbre. Abrí la puerta, era la mamá de Bobby.

—¿Cómo está, doña Leticia? —le dije—. Me alegra que haya venido.

Nunca nos habíamos caído bien. Ella era la madre estereotipo, una «madre teatral». Durante toda su vida adulta había trabajado muy duro para darle a su hijo todo lo que ella no había tenido, incluso esa gran ambición suya. Pero este sacrificio la había deshumanizado; terminó pareciendo más el entrenador, que la mamá de Bobby. Él la amaba, pero le tenía miedo, y buscó desesperadamente el éxito para que estuviera orgullosa de él. Se acercó a la puerta de la alcoba y miró adentro. Al ver a Joel sollozando muy bajo, se dio vuelta hacia mí.

—Santiago, ¿qué está pasando? ¡Dime qué pasa!

Miré hacia el suelo y le dije:

—Se murió.

Doña Leticia se quedó en la puerta y empezó a golpear el marco con los puños y la frente. Lloró muy duro y se jaló el pelo, convertida en Juana la Loca. Como en Colombia había sido secretaria bilingüe, hablaba bastante bien el inglés. Señalando con un dedo a Joel, le dijo con gritos estridentes:

—Tú mataste a mi hijo. Asesino, asesino. Tú fuiste el que mataste a mi hijo. Maldito seas, por haberlo vuelto homosexual. Bobby no era maricón. ¡Mi hijo nunca fue maricón! ¡Odio a todos los homosexuales! —dijo con un alarido, y volteó a mirarme, acusadora—. ¡Los odio a todos! ¡Ojalá que esa plaga los mate a todos! ¡Odio Nueva York!

Después de desahogar su odio a los homosexuales, se dio vuelta hacia Joel:

—¿Dónde están esos papeles? —le preguntó—. Yo quiero esos papeles. No vaya a creer que se va a robar la plata de Bobby. Yo sé que mi hijo me dejó mucha plata y no vaya a creer que se la va a robar, judío asqueroso. Voy a contratar al mejor abogado de Nueva York y voy a hacer que lo meta a la cárcel, ¡ladrón! En la cárcel es donde debe estar, degenerado, corruptor. Mi hijo era millonario —despotricó—. Yo sé. No vaya a pensar que yo soy una colombiana estúpida. Voy a hacer que vengan mis hermanos y lo maten. ¡Deme los papeles!

Como una leona furiosa protegiendo a su presa, iba de un lado a otro de la puerta, gruñendo. Joel la ignoró. Yo me senté en la sala, y me empecé a cabrear de verdad. Me parecía que Bobby no se merecía todo eso, sobre todo viniendo de parte de su mamá. Tal vez era la única forma en que doña Leticia podía expresar su dolor, pero incluso ahora, muerto ya su hijo, no entró al cuarto. Pensé en cómo le ha debido doler a Bobby que su propia madre lo evitara estando moribundo. De pronto, dejé de sentir cualquier compasión por ella. Estaba furioso. Estaba a punto de agarrarla por los hombros y zarandearla, cuando sonó el timbre. Era mi mamá.

—¡Lucy! ¡Lucy! —gritó y se lanzó en brazos de mi mamá. Lloraron un rato las dos. Mi mamá le repetía una y otra vez:

—Cálmate, Leti. Cálmate. Ya pasó lo peor. Bobby ya está descansando.

Cuando doña Leticia se calmó un poco, mi mamá entró a la alcoba y, santiguándose, se arrodilló al pie de la cama de Bobby y rezó en silencio, con los ojos cerrados y las manos juntas. Al terminar, le dio un beso a Bobby y acarició a Joel en la cabeza. Al verla doña Leticia, y tal vez queriendo hacer lo mismo pero con miedo todavía a la enfermedad, siguió con su teatro.

—Lo que necesitas es un agüita de manzanilla bien caliente —le dijo mi mamá, experta. La cogió de la mano y la arrastró hasta la cocina. Yo entré a la alcoba y cerré la puerta. Me senté en el asiento y observé a Joel. Estaba rígido. Respiré lo más profundo que pude, tratando de serenarme. Un rato después mamá golpeó en la puerta, doña Leticia le mandaba decir a Joel que fuera a la cocina. Mi mamá por fin la había calmado. Y durante una hora más o menos habló con Joel sobre el testamento de Bobby, los seguros, sus propiedades, etcétera. Mi mamá los miraba con una expresión de disgusto. Era una fea pelea sobre el cadáver de Bobby. Doña Leticia decía que ella era la «dueña» de él, y que quería llevárselo ya a Barranquilla para enterrarlo allá. Afortunadamente, en su testamento Bobby había sido muy específico: su último deseo era que lo cremaran y que echaran sus cenizas al río Hudson. Joel ha debido de prever todo el lío, porque tenía todos los documentos listos y hasta tenía copia. Bobby le había dejado a doña Leticia su seguro y las propiedades en Colombia. La verdad era que durante los últimos dos años, por el sida, muchos de los negocios de Bobby se le habían dañado y había perdido mucha plata; sólo le quedaban el apartamento de Wall Street, que había comprado con Joel, su colección de arte y sus antigüedades, y algunas acciones. Doña Leticia le volvió a decir a Joel que era un ladrón y lo amenazó; sus parientes de Colombia, no sólo sus hermanos, iban a venir a Nueva York para que Joel le diera a ella *todo*. Finalmente, aceptó que Joel se encargara del cuerpo. Después agarró un poco de papeles, se paró en la puerta de la alcoba, dijo que se iba a ir, y de nuevo empezó a dar alaridos, y a maldecir a Joel, a Nueva York, y a todos los homosexuales del mundo. Mi mamá le dijo que ella la llevaba. Yo pedí un taxi, saqué la bolsa de supermercado de debajo del lavadero, abracé a Joel y le dije que me llamara si necesitaba algo. Joel se quedó en la puerta despidiéndose con la mano; parecía desconsolado, como perdido por completo, solo en ese apartamento, con el cadáver de su amante. Cuando el taxi llegó a la dirección de doña Leticia, mi mamá le dijo:

—Si quieres comer conmigo antes de que vuelvas a Colombia, me encantaría que fueras a la casa.

Doña Leticia le agradeció la invitación a mi mamá, y dijo que la llamaría pronto. Cuando el taxi arrancó le dije a mi mamá:

—Como odio a esa vieja. No puedo creer que la hayas invitado a comer.

—Es sólo por educación —me dijo mi mamá, mirándome fijo—. A mí tampoco es que me guste mucho que digamos. Pero Bobby era hijo único, yo sí sé cómo se debe sentir. Estás siendo muy duro con ella, juzgando una cosa que no entiendes. Cuando tengas hijos la entenderás mejor.

Mi mamá no volvió a abrir la boca hasta que llegamos a la casa. En la cocina, saqué las cajas de película de la bolsa.

—Las obleas y las brevas son para ti. Irma me dijo que te dijera que son de Buga —hice una pausa—. También te mandaron tamales, pero Bobby y yo nos los comimos.

Mi mamá se sonrió. Me preguntó curiosa:

—¿Estaban buenos? ¿Eran tamales con arroz? ¿Le gustaron a Bobby? Yo me acuerdo que a él le encantaban.

—Se comió todo el de él —le dije, conciente de que ella consideraba eso la mejor felicitación que se le podía hacer por un plato.

—Me acuerdo cuando iba a la casa los sábados por la tarde, casi lo puedo ver: «Tía», me decía —siempre me dijo tía—, «¿que cosas deliciosas me vas a dar hoy?». También le encantaba el picadillo.

—Voy a subir a dormir un rato —le dije—, estoy agotado.

Subí las escaleras arrastrando los pies. Extendidos en la cama, había un bellísimo vestido italiano, una camisa de seda rosada, unos zapatos blancos brasileños y una fina corbata dorada. Era un ropa estupenda. Escondí la coca detrás de unos libros en el estante y volví a bajar. Mamá estaba ocupada haciendo pezuñas de cerdo con garbanzos. Simón Bolívar me saludó, chillando, «Hola, extraño. Hola, extraño. Hola, hola». Mamá, que no me había oído bajar, se dio vuelta y me vio. Tenía una expresión ansiosa en la cara, como si pensara que no me había gustado la ropa. Como lo hacía de niño, le dije:

—Gracias por la ropa, mami. El vestido está bellísimo.

Yo sabía que ella quería que la abrazara, pero me contuve. Para mí era muy difícil tener cualquier clase de contacto físico con ella.

—Me encanta que te haya gustado. Yo sabía que no tenías un buen vestido de verano. Además —me dijo sin dejar de cortar la cebolla y el tomate—, quiero que te veas muy elegante esta noche. Ya sabes cómo son Paulina y Claudia con la ropa.

—Realmente, no tengo ganas de ir a ninguna parte esta noche. Espero que no te importe —le dije, sorprendido de que todavía pensaba que fuéramos al Saigon Rose.

—Yo tampoco es que tenga muchas ganas —dijo—. Pero si no vamos, Paulina y Claudia se van a disgustar. Paulina se mandó hacer un vestido especial para la ocasión. Además —dijo suspirando—, yo sé que a Bobby le hubiera gustado que esta noche nos divirtiéramos. Y yo espero que tú hagas lo mismo cuando yo me muera.

No era el momento de pelearle por la intriga con Claudia. Picando allí la cebolla y el tomate en una tabla, de pronto se me hizo vieja, encogida, derrotada. Con esa pena, esa fatiga que se le veían en la cara, no pude hablarle de eso. Le di otra vez las gracias por la ropa y le dije que quería dormir un par de horas. Subiendo las escaleras pensé en cómo, durante tantos años, mi mamá siempre había querido que yo tuviera éxito en los negocios, como Bobby. Y siempre se sintió orgullosa de sus éxitos. Por eso le había dolido tanto la muerte de Bobby. En mi cuarto, colgué el vestido, retiré las otras cosas de la cama, puse el despertador, y me acosté, metida la cabeza debajo de las almohadas. Me quedé dormido inmediatamente. Empecé a soñar en las cosas dolorosas de mi adolescencia. Me sentí como caminando con un palo, que usaba para quitar las telarañas que se habían acumulado sobre heridas todavía palpitantes y sangrantes. Soñé que estaba en el Colegio Americano, donde Bobby y yo éramos compañeros de clase. Soñé que el rector me llamaba a su oficina y por enésima vez me pedía que llevara al colegio mi certificado de nacimiento. Yo le decía que lo iba a llevar pronto, aunque para mis adentros sabía que era imposible porque mi papá se había negado a reconocerme legalmente. La escena se repetía y volvía a repetir en mi mente, y con cada nuevo ensayo el rector se enfurecía más hasta que amenazaba con expulsarme del colegio. En ese sueño revivía la sensación aguda de ineptitud y rechazo que sentía entonces. En el primer colegio que estuve, el colegio judío, veía a los niños circuncisos en las duchas, después de la clase de gimnasia, y yo pensaba que era un bicho raro. Me veía durante el recreo, sentado en mi pupitre y llorando histéricamente, mientras los otros niños jugaban en el patio. En la secuencia de sueños siguientes tenía unos once o doce años. Me veía desnudo, sosteniendo mi pene incircunciso y tratando de cortarme el prepucio con una cuchilla de afeitar. Hacía un corte y empezaba a sangrar. Por miedo a pedir ayuda, sangraba hasta que me desmayaba en el baño donde mi madre me encontraba. Envolvía mi sexo con una toalla, me llevaba a la cama y le echaba mercuriocromo a mi pene, del que casi se desprendía un pedazo; luego me besaba y me abrazaba, asegurándome que todo estaba bien, que yo no era un bicho raro, y que me iba a llevar donde el médico para que me circuncidara, si era eso lo que yo quería. Esa noche dormí en la cama de mi mamá, abrazándola, y cuando desperté la estaba besando, y ambos estábamos desnudos, jadeando y sudando, y mi pene estaba erecto como si acabara de hacerle el amor, y empecé a llorar. Me desperté temblando. ¿Había sucedido eso realmente? ¿Había hecho el amor con mi mamá? ¿O eso era sólo un sueño incestuoso de pasión insatisfecha? Tal vez nunca lo averiguaría, y si lo hacía, ¿de qué me iba a servir saber la verdad?

5. Nostalgias

Era ya casi medianoche cuando mi mamá y yo llegamos al Saigon Rose. La escalera, con un tapete rojo, llevaba a un rellano donde nos recibió una mujer que tenía puestos un vestido escarlata brillante y cantidades de joyas de fantasía. Entramos después de decirle nuestros nombres, pero no antes de que dos hombres con cejas de escarabajo y dientes de oro nos palparan la ropa en busca de armas.

El interior del cabaret parecía una escena de *Cara cortada*, la versión nueva. Predominaban los amarillos y los rojos; del techo caían enormes arañas barrocas todas iluminadas. La orquesta tocaba una conga, y la cola de gente reptaba sobre la pista de baile y entre las mesas de adelante. Los vestidos relucientes de las mujeres —fuera de las vistosas y caras joyas que tenían— hacían que la cola pareciera un dragón chino. Nos quedamos en el bar mientras la conga se acababa. Aunque los dueños del Saigon Rose son asiáticos, la noche del sábado es la noche colombiana. Era una gente riquísima, plástica: las mujeres muy maquilladas y con trajes complicados, los hombres vestidos al estilo caribe, de blanco y lila.

Cuando se acabó la conga y se sentaron las parejas exhaustas pero excitadas, un mesero de esmoquin nos llevó hacia la mesa. Me impresionó mucho toda la gente que conocía mi mamá. Pasaba entre las mesas saludando de nombre a todo el mundo y lanzando besos con la mano como si fuera la reina de la fiesta. Para gran disgusto del mesero, se detuvo en unas mesas para presentarme a varios *businessmen*.

Paulina y Claudia estaban sentadas frente a frente, en una mesa redonda para ocho cerca del extremo de la pista de baile. Claudia se paró y extendió los brazos. «Lucy, Sammy», dijo muy duro, riéndose con esa risa de ella, profunda, nerviosa, escandalosa. Parecía una Grace Jones latina: visos naranja en el pelo, pantalones y chaqueta de boa, y diamantes, rubíes y esmeraldas en los brazos, las manos y las orejas. Nos besamos y nos abrazamos. Al sentarme, noté que los dos tipos con cara de malos sentados en la mesa de junto debían de ser los guardaespaldas de Paulina y de Claudia. Mi mamá y Paulina empezaron a cuchichearse, soltando risitas. El perfume francés de Claudia hacía que oliera como una flor de Barranquilla de aroma voluptuoso.

—Sammy, viejo man, qué rico verte. Esta noche estoy muy triste —dijo poniendo el brazo sobre mis hombros.

Las largas uñas de la mano estaban pintadas de púrpura y perforadas por cadenillas de oro con diminutas chispas de diamante en las puntas. Si tuviera que usar un adjetivo para describirla, tendría que decir que era… única. Me pareció que ya estaba alegrona, y sus ojos ágata brillaban como proyectores de cine en la oscuridad. Me sirvió una copa de Dom Perignon y brindamos por Bobby. Cuando Paulina compró una casa en Jackson Heights nuestras madres se hicieron muy buenas amigas. Durante sus años en Yale vi a Claudia muy rara vez. Después de graduarse, parecía que había pasado la mayor parte del tiempo viajando a lugares lejanos y quedándose en alguna de sus muchas casas en tres continentes. Hacía unos pocos años había tenido un accidente de motocicleta del que había escapado ilesa, pero en el que la amiga que iba con ella, su amante, supuse, había muerto. Fue desde ese momento que desarrolló esa risa peculiar que me recordaba a Tallulah Bankhead. A finales de los ochenta me visitaba en la Octava avenida, y me invitaba a conciertos de rock y a clubes punk en el bajo East Side. Pero se debió dar cuenta de que ésa no era exactamente mi idea de divertirme, porque para gran alivio mío dejó de invitarme.

—Sammy, qué vaina, no joda —dijo quejumbrosa, y se tomó la champaña de un trago—. Yo siempre pensaba que nosotros éramos los tres mosqueteros y ahora que se acabó la vaina, me siento más vieja que el carajo.

Pensé que era encantador que Claudia, a pesar de su educación en una universidad de la Ivy League, conservara el acento machista popular de la costa Caribe colombiana. Y empezamos a recordar nuestros años de adolescentes, que parecían nuestro tema favorito de conversación.

—Yo recuerdo tan claro como si fuera hoy el día que nos conocimos —me dijo—. Yo estaba en el patio jugando con mis soldaditos de plomo cuando oí tu voz del otro lado de la pared. Ya tenías una voz profunda y como de ultratumba —se rió y me dio una palmada en la espalda—. Aunque mi mamá me había dicho que me iba a dar una paliza si me trepaba a la pared, yo tenía que saber qué era lo que estaba pasando al otro lado. Pues me trepé a la pared y, Sammy, te vi recitando el *Nocturno* de Silva, con los ojos cerrados y los brazos extendidos y con las manos abiertas hacia un lado:

Y eran una sola sombra larga,
y eran una sola sombra larga,
y eran una sola sombra larga.

—Oye, viejo — siguió—, te parecías a Anna Magnani con valium.

—Sí —le dije—, recuerdo que Bobby te dijo que te bajaras y que tú te bajaste por el guayabo, y que aunque ya tenías ocho o nueve años, sólo tenías puestos unos shorts. Y ya lucías un corte de pelo punk, y yo creí que eras un niño —le dije para desquitarme.

—Era un mango, no un guayabo, viejo. ¿Cómo se te puede haber olvidado un detalle tan importante?

—¿Estás segura? Yo siempre pensaba que era un guayabo. Que daba guayabas agrias, si mal no me acuerdo.

—Lo que pasa es que todo ese LSD que metiste te debió secar los sesos, Sammy. Te repito que ese árbol era un mango de azúcar. ¿No recuerdas que cuando era la época nos la pasábamos comiendo mangos maduros todas las tardes? Sólo parábamos cuando la abuela de Bobby salía al patio y nos gritaba,

«Niños si no dejan de comer mangos les van a salir pelos en la lengua» —estaba muerta de la risa, aunque a mí el cuento no me pareció nada chistoso. Ya no había duda de que estaba prendidísima.

Seguimos recordando cosas de Bobby, y chismoseando sobre Joel (que nos caía bien a ambos) y doña Leticia (a la que ambos detestábamos). Pero tuvimos que dejar de hablar cuando se acabaron los boleros y las parejas volvieron a sentarse. El presentador se puso al micrófono y pidió la atención del público.

—*Ladies and gentlemen*, distinguidas damas y caballeros, ha llegado el momento tan esperado por todos ustedes. Tengo el inmenso placer de presentarles a la gran artista que todos han venido a ver, a la heredera del inmortal trono de Carlos Gardel, el supremo intérprete del tango de todos los tiempos: la incomparable superestrella internacional, ¡Lucinda de las Estrellas!

Miré a mi mamá, pero ella ya estaba en otra dimensión, concentrada toda ella en el escenario. Cinco japoneses de esmoquin salieron, hicieron una venia y se sentaron. Afinaron sus instrumentos, fijas las miradas del público en el círculo dorado de luz que un reflector hacía en el telón. Lucinda de las Estrellas (para nosotros Wilbrajan) abrió el telón con dramatismo y apareció en escena pavoneándose. Los que estaban hablando duro dejaron de hacerlo, aunque se oían susurros y risitas. Mi hermana le echó un vistazo al público con la cabeza erguida y un gesto arrogante y desafiante, como si le disgustara que hubiera público en el cabaret. Pero sonrió cuando su mirada se detuvo en nuestra mesa. Hacía varios meses que no veía a Wilbrajan, y como siempre, me sorprendió que cada vez pareciera más bonita. Tenía puesto un vestido blanco de seda estrecho, con el borde unos centímetros arriba de las rodillas. El pelo lo tenía recogido en un mechón que caía sobre los senos. Caminó hacia los músicos con la gracia de una cisne madre. Habló algo inaudible con ellos de espaldas al público y por el corte muy bajo del vestido mostraba su espalda y los omóplatos llenos. Su carnosidad me hizo pensar en las odaliscas de Ingres. Me di cuenta de que tantos años después de su metamorfosis, yo seguía buscando al «grillo» de nuestra infancia.

Wilbrajan había empezado su carrera de cantante con boleros, cuplés y rancheras, en antros de todos los Estados Unidos donde hubiera población latina que asistiera a su show. Una vez al año viajaba a México y América del Sur, donde sostenía que era famosa. Había grabado un disco en Colombia. Pero a principios de los ochenta se hizo tanguera. Su vida reflejaba exactamente su personalidad artística; había tenido muchos novios y tenía ya varios ex maridos, todos ellos dedicados a negocios turbios.

Se acercó lentamente al micrófono, arreglándose el largo mechón. Toda así de blanco parecía una diosa de la luna. Tenía una cadena de oro en el cuello, de la que colgaba una perla muy grande. En la mano que sostenía el micrófono tenía tatuada una daga púrpura.

—Buenas noches, damas y caballeros —dijo con su voz ronca—. Para mí es un gran honor tener entre el público a la persona a la que le debo todo en la vida: mi madre —la luz del reflector cayó sobre nosotros y mi mamá, aprovechando el momento, se puso de pie y le envió un beso a Wilbrajan soplando en la mano. Me picó que ella, esa fascinante cantante, no me hubiera tenido en cuenta, mientras que había saludado a mi mamá, con la que no se llevaba nada bien. El reflector la volvió a iluminar, sosteniendo ahora el micrófono con ambas manos—. Estoy muy feliz de volver al Saigon Rose, con ustedes, el público que más adoro —dijo coqueta, extendiendo los brazos en un gesto teatral exquisito y expresivo. El público, sin reconocer la falsedad de su fórmula, la aplaudió—. Esta noche —siguió diciendo— es una noche muy triste para mí. Un compatriota, y un amigo del alma, Bobby Castro, murió esta tarde. Para recordarlo, cantaré «Volver».

Le hizo una seña a los músicos y las melancólicas notas de los violines llenaron el cabaret. Con los ojos cerrados, como hacía Gardel, empezó a cantar el famoso tango:

Yo adivino el parpadeo
de las luces que a lo lejos
van marcando mi retorno.

Abrió los ojos, y siguió cantando suavemente:

Son las mismas que alumbraron
con sus pálidos reflejos
hondas horas de dolor

Cantaba con voz lastimera, como si fuera un canto fúnebre. Y al avanzar, su voz se expandió, llena de tonos oscuros, trágicos:

Y aunque no quise el regreso
siempre se vuelve al primer amor.
La vieja calle donde el eco dijo,
tuya es su vida, tuyo es su querer,
bajo el burlón mirar de las estrellas
que con indiferencia hoy me ven volver.

Apretó un puño, y se golpeó el pecho como si se estuviera clavando un puñal. Fue un ademán de lo más operático. Después, con las yemas de los dedos recorrió su frente:

Volver con la frente marchita,
las nieves del tiempo platearon mi sien.
Sentir que es un soplo la vida,
que veinte años no es nada,
que febril la mirada,
errante en la sombra
te busca y te nombra.

De pronto, la letra completamente sombría y el ver a mi hermana desnudando su alma en un strip dramático, se volvió algo insoportable para mí. Al apartar la vista de Wilbrajan, vi a mi mamá de perfil, extática. Era indudable que mi hermana había heredado el amor al tango de mi mamá. Para mí, mi mamá era solamente una mujer de edad, pero la historia de su juventud no era muy distinta de la de Wilbrajan. La razón de la gran pugna entre ellas era el hecho de que fueran como dos imágenes diferentes de la misma persona. En mi mamá, Wilbrajan se veía vieja; en ella, mi mamá se veía en su juventud.

Vivir
con el alma aferrada
a un dulce recuerdo
que lloro otra vez.

Wilbrajan hizo una pausa y, como si fuera una Janis Joplin de esa época, aunque más seductora y angustiada, cantó a todo pulmón:

Tengo miedo del encuentro
con el pasado que vuelve
a enfrentarse con mi vida.
Tengo miedo de las noches
que pobladas de recuerdos
encadenen mi soñar.
Pero el viajero que huye
tarde o temprano detiene su andar,
y aunque el olvido que todo destruye
haya matado mi vieja ilusión,
guardo escondida una esperanza humilde
que es toda la fortuna de mi corazón.

Su voz podía no ser exactamente la adecuada, pero yo nunca había oído a nadie cantar un tango con esa fuerza. Al cantar temblaba, se sacudía, se estremecía, y las palabras salían de su boca en espasmos de dolor y desesperación. Comprendí entonces el viejo dicho de que el tango no se canta sino que se vive. Cuando acabó todo el público se puso de pie y golpeando las mesas, brindando con los vasos y las copas, gritaba: «¡Viva el tango! ¡Viva Carlos Gardel!». Todos pedían en un solo clamor: «¡Nostalgias! ¡Nostalgias!». Sonriendo como una diosa generosa, Wilbrajan les dio gusto. Unas pocas parejas salieron a la pista.

—Vamos, viejo, vamos a echar baldosa —me dijo Claudia ya de pie, y me cogió la mano.

—Yo no sé bailar tango —le dije, negándome.

—Claro que sí, lo único que hay que hacer es bailar bien amacizados, y de vez en cuando tú me apartas sin soltarme la mano —era una orden.

Sin pararle bolas a las parejas que giraban en torno en la forma más lasciva posible, bailamos en dirección de Wilbrajan. La blancura de su maquillaje hacía que pareciera un actor de kabuki. Cuando llegamos a unos pocos metros de ella, nos detuvimos y nos hicimos a un lado para verla de cerca.

Me pareció no haber vivido antes, al oír a mi hermana cantar «Nostalgias». Separados los pies, los brazos levantados y abiertas las manos, con las palmas hacia arriba como si estuviera postrada en adoración frente a un altar pagano, pidiendo un sacrificio, decía gimiendo:

Gime, bandoneón, tu tango gris,
quizá a ti te hiera igual
algún amor sentimental.
Llora mi alma de fantoche,
sola y triste en esta noche,
noche negra y sin estrellas.
Si las copas traen consuelo,
aquí estoy con mi desvelo
para ahogarlo de una vez.
Quiero emborrachar mi corazón
para después poder brindar
por los fracasos del amor.

Con «Nostalgias», el Saigon Rose casi se viene abajo con el estruendo de los aplausos. Claudia y yo volvimos a la mesa y la oímos cantar otros tres tangos. Después de incontables salidas a escena se sentó en la mesa, mientras los tangueros japoneses seguían tocando, ante la indiferencia del público que había ido a beber, bailar y, más que todo, a oír a Lucinda de las Estrellas.

Consciente de ser el centro de la atención, Wilbrajan abrazó y besó a mi mamá, a mí me dio un piquito por educación, y luego abrazó y besó a las Urrutia. Aunque era verdad que con el paso de los años mi hermana y yo nos habíamos alejado, a veces me hacía falta la intimidad de nuestros primeros años. Mi mamá propuso un brindis por su gran éxito. Un mesero llevó a la mesa un ramo de orquídeas rosadas, cortesía de la casa. Wilbrajan prendió una orquídea con un alfiler en el vestido de mi mamá, que se relamía del gusto y no dejaba de decirle, «Mi chinita adorada, mi angelito». Llevaron varias botellas de Dom Perignon a la mesa, con tarjetas. Cuando el mesero señalaba a los galanes, Wilbrajan los saludaba con una mirada asesina.

—Mijita linda— le dijo mi mamá a Wilbrajan—, no sabes lo orgullosa que me siento de ti. Ahora ya puedo morirme, te has convertido en una gran cantante. Yo sé que Gardel te está mirando y que también te aplaude desde el cielo.

—Gracias, mami —le dijo Wilbrajan con una sonrisita.

—La próxima vez donde debes cantar es en el Radio City Music Hall —agregó Paulina—. Yo creo que lo podemos alquilar por una noche. Te juro, cariño, que me traigo a toda la familia de Barranquilla para el acontecimiento.

Mi mamá besó a Paulina en ambas mejillas para agradecerle su generosa, aunque exagerada, oferta.

—No tienes que agradecérmelo —le dijo Paulina, cogiéndole la cara—. Más que amigos, ustedes son de la familia. Tú sabes, mi amiga adorada, que yo haría cualquier cosa por tus hijos.

—Eso es cierto —dijo Claudia, al oír los elogios mutuos de nuestras mamás—. Lucinda, tú sí que has montado un show del carajo, y eres formidable cantando esas cosas.

—Tal vez Carnegie Hall es mejor. ¿Por qué no? Yo por lo menos pienso que tú cantas mejor que Liza Minnelli, de todos modos —dijo mi mamá, ya fuera de control.

Wilbrajan me miró fijo. Me di cuenta de que yo era el único que no la había felicitado.

—Estuviste muy bien, hermanita —le dije—. Me gustó muchísimo.

Siguió mirándome, en busca de más elogios.

—Me gusto sobre todo «Volver» —le dije sinceramente.

—Fue tan tierno de tu parte dedicarlo a la memoria de Bobby —le dijo Paulina.

—Yo estaba que casi lloraba —añadió mi mamá.

—Fue del carajo —opinó Claudia.

—Siempre que cante «Volver» voy a pensar en Bobby —dijo Wilbrajan—. El tango es dolor —añadió, y se bebió una copa de champaña.

Seguimos elogiando su show y consumiendo botellas de Dom Perignon, que Claudia descorchaba cada rato. Noté a un rubio alto, musculoso, con ropa de safari. Se acercó sonriendo a nuestra mesa. Me paré de un salto y grité:

—¡Carajo! ¡Stick Luster nada menos!

Era mi amigo Stick, con el que jugaba a las escondidas en la morgue en Bogotá. Hacía más de veinte años que no lo veía, pero lo reconocí inmediatamente. Nos abrazamos, y después Stick abrazó y besó a mi hermana y a mi mamá, que le presentaron a Paulina y a Claudia. Era una ocasión feliz y hubo muchos brindis.

—Stick, mijito, ¿cómo supiste que íbamos a estar aquí esta noche? —preguntó mi mamá.

—*Well*, usted ve, Mrs. Lucy, fue una *coincidence* muy extraordinaria —dijo en algo que parecía español. Se le había olvidado mucho el español, y ahora lo hablaba con una musicalidad brasileña—. Yo voy hoy visitar mi cliente en Queens y tiene *poster* para esta noche en mesa, y era con una foto de Wil, y yo pienso, ¡ajá!, yo creo conocer esta cantante. Y saben ustedes, *my friends*, nunca en todos estos anos perdí esperanza verlos —siguió diciendo.

—¿Tú eres devoto de la Virgen de la Macarena, Stick? —le preguntó mi mamá.

—No, Mrs. Lucy, usted saber yo ser protestante.

—Te pregunté es porque —le explicó mi mamá—, si le rezamos a la Virgen de la Macarena con toda el alma, nos hace ver de nuevo a los amigos perdidos hace mucho.

—Muy buena pieza de información, Mrs. Lucy —le dijo Stick pensativo—. Yo recordar Virgen de la Macaroni, Virgen del Chilindrina, Señor Nuestro de Montserrat —añadió trastocando los nombres de los santos más populares de Colombia.

Incapaz de controlarse, Claudia soltó la carcajada.

—Claudia, muchacha, pórtate bien —la regañó Paulina.

Ignorando a Claudia, Stick preguntó:

—¿Y cuando venir a América, amigos? Yo dar cuenta tu bella artista y famosa cantante, Wil. Muy feliz estoy éxito suyo. ¿Y cómo estar usted, Mrs. Lucy, y tú Sammy *boy*?

—Sammy también es famoso —le dijo mi mamá—. Se ganó el premio de poesía más importante de Colombia, y ahora está escribiendo un libro muy largo sobre Cristóbal Colón.

—Ah, ser como yo, gustar aventura mucho. Yo siempre saber después tú ser famoso escritor, Sammy. Mucha *imagination* siempre tú tener. Desde niño pequeño. ¿Tú recordar cuando leerme *The Adventures of Dick Turpin?* —me preguntó, para vergüenza mía—. ¿Y usted cómo estar Mrs. Lucy?

—Yo me casé con el hombre más querido del mundo, Stick. Cómo me hubiera gustado que lo hubieras conocido hace unos años. Pero ahora tiene Alzheimer —terminó diciendo con tristeza en la voz.

—*I'm sorry to hear that.*

—Nosotros no escogemos ni lo bueno ni lo malo que nos pasa, querido —dijo mi mamá con un suspiro—. ¿Y a ti cómo te ha ido? ¿Qué has estado haciendo en todos estos años?

—Bueno, Mrs. Lucy —empezó a decir Stick carraspeando—. Después dejar Bogotá ir Brasil. Ah, Brasil, ¡la tierra de la samba! ¡Qué bello país! Pero mi pobre papá tener que poner postes del teléfono, no en Rio ni en São Paulo ni Bahia, sino en la selva, Mrs. Lucy. Muy excitante experiencia para un niño, fue maravilloso. Pero mi madre mala cosa, muchos mosquitos y bichos y culebras y tigres y caimanes. Para mí no, para mí bueno. Vivimos con tribus no hablar nada nosotros hablar. Yo aprender a cazar y pescar con lanza, y tejer. Pero como tener que ir de aquí para allá, mi pobre papá cogió virus mortal y después cuatro años en la selva volver todos a Suecia.

—Tarzán del Amazonas —gritó Claudia, riéndose a carcajadas.

—Tienes que perdonar a mi hija —dijo Paulina—. Demasiado Dom Perignon.

Sin prestar atención a las risotadas de Claudia, Stick siguió contando:

—En Suecia ya, corazón mío no sueco sino del Amazonas. Pero yo niño, no poder volver al Amazonas. Así yo cuando acabar universidad (estudiar arqueología), volver Brasil. Yo ganarme vida viajando a tribus remotas muy adentro de selva (algunas no haber visto hombre rubio antes) y yo traer cerámica y tejidos de tribus más artísticas. Las vendo en América, aquí, y en Europa. Cuando usted querer, yo mostrar.

—Nosotras tenemos un apartamento en la torre Trump —le dijo Paulina—. ¿Tú crees que lo podemos decorar con cosas de la selva, Stick?

—Oh, sí, señora. Motivos selva muy bonitos allá.

Wilbrajan, que había permanecido en silencio todo el tiempo, y que parecía muerta del aburrimiento con la conversación, dijo finalmente:

—Stick, ven acá junto a mí para hablar.

Casi en la misma forma en que lo monopolizaba cuando éramos niños, lo atrajo hacia una conversación privada que excluía a todos los demás. Tengo que admitir que eran una pareja muy sensual. Entre tanto, mi mamá y Paulina reanudaron con entusiasmo su interrumpido coloquio.

Al ver a Stick y a mi hermana tan íntimos y románticos, Claudia me dijo:

—¿No es algo maravilloso? Son una pareja del carajo, ¿no estás de acuerdo, Sammy? —yo asentí con la cabeza aunque estaba furioso con Wilbrajan por secuestrar en esa forma a Stick. Después de todo, él había sido mi amigo íntimo cuando éramos niños, y no de ella. Me estaba muriendo de ganas de hablar con él a solas. Me pregunté si era posible que ahora que éramos grandes, él prefería estar con ella que conmigo.

—Yo predigo que se van a enamorar —dijo Claudia—. Míralos, Sammy, ¡qué pareja tan chévere!

—Dios mío, espero que no —le dije—. No con la forma que ella pasa de un hombre a otro.

—Estás muy criticón esta noche, ¿no cierto? Debe ser que la muerte de Bobby te afectó demasiado. Tú nunca eres así —dijo, y me cogió la mano—. De todos modos ya se está haciendo tarde, y tengo que recordarte que tú ibas a proponerme matrimonio esta noche.

Retiré la mano. Yo pensaba que la intriga del matrimonio era sólo cosa de mi mamá y Paulina, sin que ninguno de nosotros supiera nada.

—Sammy, estoy muy dolida —me dijo con los ojos llorosos—. Me estoy declarando y tú me rechazas como si yo fuera una víbora.

—Lo dices en chiste, ¿no cierto? —le pregunté, aunque algo me decía que estaba hablando en serio.

Claudia se rió histéricamente y me dio una palmada en la espalda.

—No, Sammy, mi viejo, yo creo que es una idea maravillosa. Creo que sería increíble que nos casáramos. Hace años que espero que te me declares. Sería chévere tener un hijo tuyo.

Me bebí la copa de champaña de un trago. Lo mejor que podía hacer, pensé, era tomar toda la cosa como si no pasara nada.

—¿No me quieres ni siquiera un poquito? —me preguntó con patetismo.

Yo le di unas palmaditas en el hombro como si fuera un perro grande.

—Tú sabes que yo te quiero, pero no en esa forma. Tú eres como mi hermana. Yo quisiera que tú fueras mi hermana, y no Wilbrajan.

—Entonces, tú me quieres, yo te quiero. Es perfecto, viejo. Piénsalo. ¿Nos hemos peleado alguna vez? ¿Cuándo me puse yo brava contigo? Nunca, Sammy.

—Pero Claudia —le dije con suavidad—, tú eres lesbiana y yo soy maricón.

—¿Y qué? ¿Qué carajos importa esa vaina? Mira a nuestras mamás. ¿No parecen una pareja de tiernas lesbianas viejas? Yo nunca en la vida he visto tanto cariño. Lo que te quiero decir es que esa vaina nos viene de familia.

—¿Estás diciendo que mi mamá es lesbiana? —le pregunté, escandalizado.

—Olvídalo, ¿quieres? De todas maneras, ¿tú crees que las lesbianas no se quieren casar también? Tú estás pensando en las lesbianas de los sesenta. Ahora queremos tener hijos, como las demás mujeres. Además, estoy cambiando. Estoy cansada de gastarme cantidades de plata en unas marimachos que se aprovechan de mí. Y hace tanto tiempo que te conozco. Tú no me vas a dar sorpresas desagradables. Te conozco como la palma de mi mano. Te conozco más. Y la forma en que tú quieres a ese gato tuyo: eso me dice que tienes buenos instintos paternales. Cuando nos casemos, vas a tener tu propio hijo para amarlo, y no a una mascota.

—No entiendes. Yo no creo que te pudiera amar como yo amo a Mr. O'Donnell. Nadie como él podría necesitarme tanto —yo ya veía que esa cosa de nuestro matrimonio no iba a funcionar. Si ella no podía comprender algo tan sencillo como mi amor por Mr. O'Donnell, ¿cómo sería con todos mis demás sueños? ¿Por ejemplo, con Cristóbal Colón? —Mr. O'Donnell no es sólo un gato —le dije.

—Está bien. Es más que un gato. Es un tigre de Bengala, lo que tú quieras. Yo no le tengo alergia. Seré una buena mamá para él. Le voy a comprar cantidades de ratones gordos y jugosos para que se los coma.

—¡Qué vulgar eres!

—Sammy, yo *no* voy a dejar que Mr. O'Donnell se interponga entre nosotros. En todo caso, como te estaba diciendo antes, es cierto que cuando eras un niño parecías un pajarraco raro, pero ahora no —dijo con esa sonrisa asesina suya—. A mí me pareces muy buen mozo, viejo. Ahora eres alto y delgado, exactamente mi tipo, si me gustaran los hombres. Y esos bellos ojos bovinos y tu maravilloso pelo crespo —me halagó, pasando los dedos entre mi pelo—. Hasta tus orejas, que eran tan raras en esa época, ahora tienen algo de desafío punk. Y esos labios tan bellos, rosados, carnositos… me dan ganas es de morderlos.

Antes de entender lo que estaba pasando, vi que sus labios negros, pintados, se acercaban a los míos y nos besábamos. Yo pensaba que me iba a dar asco, pero no: fue algo diferente. Por primera vez besaba a una mujer sin sentir que estaba besando a mi mamá o a mi hermana. Es decir, no sentí que el beso fuera incestuoso. Deben de haber sido las guascas en los tamales, y la champaña debió ayudar. De pronto me derretí y me puse todo baboso y sentimental con ella y su fabulosa riqueza. Le cogí las manos y ella apoyó su pelo naranja sobre mi hombro.

—Oye, Sammy —empezó a decir después de un rato—. Esta vaina es muy seria. Por ahora estoy libre como el viento y hago lo que se me da la gana. Pero eso no va a durar. Mi familia está empeñada en casarme. No quieren una lesbiana soltera en la familia. Si no te casas conmigo, me van a casar con algún mafioso espantoso. Tú conoces a mis hermanos. Y yo francamente no creo que tú permitas que me vaya a pasar eso, ¿no cierto? Además, yo te prometo que te voy a cuidar como la niña de mis ojos.

—Ay, ay —dije, recordando a sus desagradables hermanos—. Yo no me quiero unir a «la familia» por nada del mundo, ¿sí entiendes? A mí no me gusta el tráfico de drogas. Yo creo que es una cosa mala.

—Yo también. Yo no tengo nada qué ver con esos negocios. Mi mamá y yo simplemente recibimos las ganancias, eso es todo. Pero a nosotros no nos van a molestar. Ellos saben que tú eres poeta, y tú sabes el respeto que le tienen los colombianos a los poetas.

—Tengo que pensarlo, ¿está bien? —le dije, y solté las manos.

Noté que mi mamá y Paulina nos estaban mirando, sonriéndose. Si hubiéramos sido personajes de una novela de Dic-

kens, yo diría que la cosa terminaría con mi hermana casándose
con Stick, y yo con Claudia, y que todos viviríamos felices para
siempre en Jackson Heights. Pero en seguida pasó esto: las notas románticas quejumbrosas de los violines y el bandoneón en
el fondo se apagaron bajo unos insultos duros dichos a gritos:

—¡Oiga, no sea bestia, mire por dónde anda!

Vi de reojo a mi sobrino corriendo hacia nosotros. Ya
no le faltaban sino unas mesas para llegar a la nuestra, cuando
vi a dos hombres que lo perseguían con pistolas en la mano y
empujaban a las personas sentadas o tumbaban las mesas y los
asientos, abriéndose paso entre la gente para agarrar a Gene. La
gente gritaba y se agachaba, pero entonces los guardaespaldas
de Claudia se adelantaron y hubo un abundante intercambio
de disparos. Los perseguidores de Gene, con las caras, el pecho
y el estómago como coladores sangrientos, se desplomaron sobre
algunos aterrorizados clientes. Varias mujeres se desmayaron,
y las damas y caballeros del público gateaban y se metían debajo de las mesas, llamando a sus propios guardaespaldas para que
los protegieran. Con las pistolas en alto, los guardaespaldas de
Claudia le dispararon a las arañas, y durante unos segundos el
Saigon Rose se llenó con los destellos de una lluvia de pedacitos de vidrio.

—Los Urrutias se van. Nadie se mueva —gritaron, y ro-
deándonos, nos sacaron, un grupo denso, hasta la limusina de
Claudia. Y como en un millón de películas de Hollywood, el
chofer peló llantas y salió disparado.

Paulina fue la primera que dijo una frase coherente:

—¡Qué taquicardia, Dios mío! —y se dio golpecitos en
el pecho con el abanico cerrado—. Es terrible, la gente decente
ya no puede ir a ninguna parte.

—Esta vez sí valió la pena lo que pagamos por la entrada —dijo Claudia—. Desde que estuvimos en el carnaval de
Rio no me divertía tanto.

—Qué suerte que esos caballeros tan simpáticos nos ayudaron a salir —dijo Paulina refiriéndose a sus propios guardaespaldas—. Claudia, por favor, recuérdame para invitarlos a un
tinto.

—¡Qué horror! ¡Qué horror! —gritó mi mamá, y luego le dijo a Wilbrajan—: nunca te voy a volver a oír, si sigues cantando en ese sitio.

—Mamá, por favor, aterriza —le dijo Wilbrajan—, es como cantar en Colombia todas las veces.

Mientras la limusina se deslizaba veloz por las calles oscuras de Queens, Gene estaba todo encogido en un rincón —las piernas le temblaban sin control— y miraba por el vidrio. Para mí no había duda de que era culpable como el carajo. Esa noche tenía que hablar en serio con él, decidí, pero no ahí en el carro. Estaba seguro de que los tipos lo estaban persiguiendo a él, y creía saber por qué.

—Todavía es muy temprano. ¿Por qué no nos vamos a la casa a comer? Yo hice unas pezuñas de cerdo con garbanzos deliciosas, y hay para todos —dijo mi mamá, mirando el reloj.

Nos pusimos de acuerdo y seguimos la fiesta en la casa. Al llegar, mi mamá y Paulina se metieron en la cocina, mientras los demás nos sentábamos en la sala para emborracharnos oyendo música colombiana. Stick acababa de contar un cuento horroroso sobre una joven con la regla que se comieron las pirañas en un río de la selva, cuando Gene se excusó y salió. Yo aproveché la oportunidad y subí al segundo piso. Wilbrajan y Claudia estaban tan interesadas en el cuento de Stick (que además estaba buenísimo) y les hubiera dado lo mismo que nosotros les hubiéramos dicho que nos íbamos a Siberia.

Gene estaba echado en la cama, oyendo a los Grateful Dead, o a los Dead Kennedys, o a algún grupo necrofílico como esos. Parecía más asustado que el carajo cuando me vio entrar. Le pedí que le bajara volumen a la música y me senté en la cama.

—Tienes que devolver la coca —le dije—. Casi haces que nos maten. ¿Te das cuenta?

Se hizo el que no sabía sobre qué le estaba hablando.

—La coca en la caja de la película —le dije con impaciencia—. Tú te la robaste.

—Ah, ¿eso? —dijo, echado en la cama, y cerró los ojos—. Eso es para comprarme una moto.

—Ahí hay coca como para comprarse una distribuidora entera de Honda. ¿Estás loco, o qué?

—Está bien, yo lo hice, ¿y qué? —me dijo, y se sentó—. ¿Qué quieres que haga ahora? Ellos no saben quién se robó la coca, y yo no puedo devolverla así como así —dijo haciendo chasquear los dedos.

—No jodas más, ellos tienen que saber. Esos tipos te iban a matar a ti.

—Sammy, parece que tú te informaras leyendo *Selecciones*. Estás muy equivocado. No me querían matar a mí; lo que querían era tostar a Claudia.

—¡Pura mierda!

—Oye, Sammy, tú sí que no estás enterado de nada. ¿Tú no sabes que hay una guerra del putas entre los duros de la droga? Y esos hombres lo que estaban era tratando de vengarse contra los hermanos Urrutia por una sapería o quién sabe qué, tostando a Claudia y a su mamá. Como que los Urrutia han estado sapeándole a la DEA sobre Pablo Escobar.

—¿En qué episodio de *Miami Vice* pasó eso, Gene? ¿Crees que yo soy un idiota?

—A mí me importa un soberano carajo lo que tú pienses, Mr. Geraldo Rivera.

Y me quedé como un idiota, sentado ahí mirándolo. Si no hubiera sido más alto que yo le hubiera dado una bofetada en esa boca insolente suya. Y para acabar de asombrarme, empezó a canturrear como un rapero:

Yo sólo soy un sardino
de Jackson Heights,
yo no soy un criminal,
yo sólo quiero una moto.

Después empezó a sollozar:

—Ay, Sammy, estoy que me cago del susto.

Eso por fin tuvo el efecto en mí que él deseaba.

—Está bien —lo consolé, y le di una palmadita en el hombro—. Yo no quiero empeorar las cosas. Tenemos que pensar en algo —le dije, sintiendo lástima por ese pobre muchacho sin padre (Wilbrajan no estaba segura quién era), y con una madre que era la estrella sentimental del Saigon Rose.

—Sabes, tío —me dijo—, fuera de los Boners, tú eres el único amigo que tengo en el mundo.

Por su tono supe que quería que yo le hiciera un favor (si no, no me hubiera dicho tío).

—¿Qué quieres que haga?

Dejó de llorar.

—¿De verdad que me vas a ayudar? ¿No estás hablando mierda?

—Claro que sí te voy a ayudar. Ya te dije, ¿no? Tú eres mi sobrino y yo te quiero. Y no quiero que te vuelvas mierda.

—Está bien, tío. Porque, ¿tú sabes lo que me van a hacer? Me van a desmechar como ropavieja —me dijo, refiriéndose al plato cubano de res—. Así que por favor, Sammy, llévate la coca a Manhattan mientras yo pienso en algo. ¿Vale, mi cuadro?

Me negué tajantemente, pero Gene se puso a llorar otra vez y, de imbécil que soy, acepté hacerlo.

Bajé entonces para unirme a la fiesta, que duró horas. Comimos deliciosos pasabocas colombianos, hasta que mi mamá y Paulina sirvieron las pezuñas de cerdo. Después de comer, ellas, acompañadas por Wilbrajan en la guitarra y Stick en el tambor, nos cantaron sus rancheras favoritas. Bailamos cumbias, pasodobles y merengues, y nos bebimos varias botellas de aguardiente y de Ron Medellín. Ya estaba amaneciendo cuando me fui a acostar, bastante alegre. Di vueltas en la cama hasta que el cuarto empezó a girar como una ruleta y la cama parecía una balsa sacudida por las olas. Sentí náuseas, me levanté y me senté en el alféizar de la ventana abierta. El follaje del ciprés de enfrente era tan espeso que bloqueaba la calle. Miré hacia arriba, y a través de las ramas vi un puñado de estrellas y tal vez un planeta. El cielo tenía un color negro lechoso que no pertenecía ni al día ni a la noche, sino más bien a un estado de ánimo. Pensé en la época en que iba a la finca de mi abuelo junto al río; el bote nos recogía hacia las cuatro de la mañana, así que nos levantábamos después de la medianoche y nos sentábamos a esperar al lado de una hoguera en la orilla. Los moscos nos atacaban sin piedad a esa hora, y mi único consuelo era el cielo rococó con los centenares de estrellas fugaces que caían entre la medianoche y el amanecer. Mi abuelo contaba que algunas de esas estrellas eran brujas en sus misiones nocturnas, y nos entretenía contándonos las muchas veces que lo habían embrujado, y cómo había roto los hechizos y capturado a muchas brujas. Estas historias me aterrorizaban y me acosaban por la noche, incluso cuando ya había vuelto a la ciudad después de las vacaciones. Pensar en esa clase de cosas siempre me había inquietado, y no tardé en pensar en el fantasma de Bobby muy cerca de mí, casi a mi lado. Yo no creo en fantasmas, y caí en la cuenta de que estaba borracho. Sin embargo, casi lo podía ver: una forma que era como la silueta de Bobby trazada con mercurio. Miré hacia afuera por la ventana y hacia el cielo, y después de un rato miré hacia adentro, y todavía estaba ahí. Pero no había razón para asustarse con Bobby, ni siquiera con su fantasma. «¿Qué pasa?», le pregunté, dándome cuenta de la chifladura de estar hablando duro con un supuesto fantasma. «¿Qué quieres?». Al hacer esta pregunta el contorno se contrajo hasta convertirse en un puntico rojo que parpadeó hasta desaparecer del todo. Ahora estaba seguro de que todo lo había imaginado. Con la clase de día que había sido aquél, tal vez estaba en garras del *delirium tremens*.

Una brisa fresca y suave me acarició la cara y miré de nuevo hacia el cielo nocturno. Cerré los ojos y en la cámara oscura de mi cerebro un viejo rollo de película empezó a pasar. Me vi a mí mismo y a Stick y a mi hermana cuando éramos niños. Estábamos subiendo por una calle larga y empinada que llevaba a las montañas de Bogotá; cruzamos la carrera Séptima y entramos en los terrenos de la Universidad Javeriana. Pero en vez de seguir por la universidad subimos por una trocha cubierta de musgo que iba hasta las barriadas en las faldas de las montañas. El cielo sobre Bogotá estaba gris oscuro, y el sol pálido se hundía en el horizonte, entre las nubes. A nuestros pies se empezaban a prender las luces de la ciudad, y a lo lejos los edificios altos del centro iluminaron sus flacos contornos contra el fondo ceniciento de las montañas del sur. La niebla envolvía los picos de los montes, y el suelo estaba húmedo y frío. Caminamos hasta una loma. Al pie estaba el edificio de la facultad de medicina, que parecía desierto. Desde el año anterior, cuando el gobierno había impuesto el toque de queda, habían cancelado todas las clases nocturnas. Cerciorándonos de que no había guardias, nos deslizamos por la cuesta pedregosa. Una de las ventanas del primer piso estaba abierta. Yo entré primero y Stick ayudó a Wilbrajan. El salón estaba oscuro, frío y húmedo, y apestaba a los fuertes químicos que se usan para embalsamar. Era la morgue, un cuarto grande de techo alto y con cuatro planchas de cemento a lo largo y refrigeradores en la pared llenos de cadáveres frescos y bolsas de plástico con órganos sueltos.

—Odio este juego —dijo Wilbrajan en susurros.

—¿Por qué no te vas a la casa? —le dije—. Nadie te invitó.

Nos sentamos sobre las losas frías con la espalda contra la pared.

—Ok, vamos jugar ahora —dijo Stick—. ¿Quién se esconde primero?

—Yo primero —dije.

Wilbrajan dijo que ella contaba.

—Tú cuentas demasiado rápido. Que cuente Stick.

—Él no puede contar hasta tanto en español.

—Tú eres la que no sabe los números —le dije.

Wilbrajan y Stick se dieron vuelta hacia la pared y se cubrieron los ojos con las manos. Stick empezó a contar hasta cien. Yo caminé en puntillas entre los muertos. Lo que hacía por lo general era buscar un plancha vacía y cubrirme con una sábana, o acostarme junto a un cadáver y cubrirme con la suya. No había muchos sitios donde esconderse. Oí el número sesenta y ocho, tenía que apurarme. Decidí ensayar un nuevo escondite; abrí uno de los enormes refrigeradores que había al fondo del salón, y me metí. Inmediatamente me di cuenta de que la puerta no se podía abrir desde adentro. Lo iluminaba un pequeño bombillo escarchado. Había dos cadáveres colgados de ganchos, de un hombre y una mujer. Bajo la débil luz, su piel parecía verdosa. El cuerpo del hombre era viejo, flaco, la piel muy arrugada; el de la mujer era joven. Pero su cara estaba destrozada y cubierta de sangre encostrada, y en la boca abierta los dientes rojos sonreían horripilantes. Los párpados estaban abiertos pero no tenía globos oculares. La piel, traslúcida, estaba tirante, y tenía los dedos extendidos como si fuera a abalanzarse sobre mí. Aterrorizado, me arrojé contra la puerta, y empecé a golpearla con las manos y a darle patadas. Me resbalé y, al caer para atrás, me agarré de un pie de la mujer y la hice soltarse del gancho. El cadáver me cayó encima, los senos sobre mi cara. Puse las manos sobre ellos para librarme: estaban duros, fríos, pegajosos como cubos de hielo. Me di cuenta de que se me estaba acabando el oxígeno, y de que estaba empezando a congelarme. Pegué un alarido. Salió humo blanco de mi boca. El eco de mi grito resonó en las paredes del refrigerador. «¡Oh, Dios, prometo ser bueno!», dije. «Prometo hacer que mi madre me bautice y voy a hacer la primera comunión y voy a ir a misa todos los domingos. Y prometo obedecerle a mi mamá en todo». Sentí que me mareaba y que caía en la inconsciencia. No podía quitarme de la cara los pechos de la mujer. Ahora podía ver que le habían cortado el cuello, y la herida revelaba el interior, de un rojo ocre como el de la jalea de guayaba, y los bordes, pudriéndose, parecían tiznados. La cara sonreía siniestra a pocos centímetros de la mía. Traté de recordar el Padrenuestro. Fue inútil, no me lo sabía. De pronto oí un tremendo estallido. La puerta del refrigerador se abrió, oí que me llamaban, sentí unas manos que me cogían por los zapatos, y supe que el diablo con el que mi mamá tanto me amenazaba había llegado por fin para arrastrarme al infierno.

6. Solamente decirlo

Me desperté el domingo por la mañana con un guayabo horrible. Me duché, me afeité, me vestí, y me tomé un par de aspirinas antes de bajar. Había decidido irme esa misma tarde. Estaba muy preocupado por Mr. O'Donnell.

—Buenos días —me saludó mi mamá, y en seguida se corrigió—. Buenas tardes. Yo también acabo de despertarme. ¡Qué rumba la de anoche! Tómate un café —me dijo, y me sirvió una taza llena de tinto.

—Buenos días, buenos días —chilló Simón Bolívar mientras me sentaba.

—Mamá, dile que se calle, ¿quieres? —le dije, echándole una mirada feroz al pajarraco.

—No puedo —dijo tajante, y se sentó a la mesa—. Le encanta hablar al desayuno.

Nunca había visto a mi mamá tan desarreglada. No se había maquillado y tenía el pelo todo enredado.

—¿Ya viste a Gene? —le pregunté.

—Se fue un momento antes de que tú te levantaras. Se cansó de esperarte. Parecía estar de afán. Me dijo que se iba al trabajo a decirles que no iba a volver. No entiendo por qué no podía esperar hasta mañana. Yo estaba contenta de verlo trabajar. No sé qué va a hacer, ahora que va a tener todo el tiempo libre. Ese muchacho necesita un padre, Sammy.

Frunció el ceño y se acabó el café. Se fue de la cocina, y estaba yo tomándome una segunda taza y empezando a sentir el efecto de las aspirinas cuando oí un extraño canto en el otro cuarto. De golpe mi mamá entró en la cocina con un palo santo humeante en la mano, y cantando en un dialecto ancestral africano. Parecía estar en trance, al caminar hacia el mesón y abrir el tarro donde estaban las cenizas de mi abuela. Luego trazó una cruz en el suelo. Como mi mamá había estado metida en la santería desde que yo me acordaba, no había nada de raro en todo eso, aunque me hubiera gustado que esperara hasta que yo me hubiera ido a Manhattan. Encendió una pila de cristales aromáticos en el pebetero y lo colocó en el centro de la cruz. Se me acercó después con el palo santo que todavía ardía e hizo la señal de la cruz sobre mi cabeza. Me agarró la mano y me dijo:

—Camina sobre el incienso y persígnate.

—¿Qué diablos estás haciendo? —le dije, brusco.

—Es un «despojo». Tú tienes que limpiar tu aura. Unos espíritus malos te están siguiendo.

—¿Cómo así? —le grité—. ¿Me estás exorcizando? Me niego a seguir con esta mierda. Para ya mismo, mamá.

—Mamá, mamá, mamá —me imitó Simón Bolívar.

Al ver que me negaba a caminar sobre el incienso, mi mamá empezó a andar en zigzag por toda la cocina como si le estuviera dando un ataque de epilepsia, y cantaba al mismo tiempo, «Yemayá, yemayá, quimba, quimba, quimbará».

—Ja, ja, ja, ja —repetía histérico Simón Bolívar, y batía las alas. Con el guayabo que tenía no podía hacer nada, y me senté a esperar a que acabara.

Era la primera vez que trataba de exorcizarme. Yo estaba demasiado pasmado por el guayabo como para comentar su actuación. Mis sentimientos hacia ella eran de completa oposición. Comprendí que ese fin de semana se había producido una especie de ruptura sicológica, y quería salir corriendo y enfrentarme a ella, todo al mismo tiempo. Estaba vieja ahora y en realidad llegando al punto donde iba a necesitar mi apoyo para ayudarla a pasar sus últimos años. Sin embargo estaba enojado, no con la vieja que era, sino con la bella diosa de Gauguin que me había dado a luz: la primera y la única mujer que yo había amado.

—Estoy realmente furioso —le dije, sintiendo que ya no estaba el tapón que contenía mis sentimientos y que la presión acumulada se liberaba incontenible.

—¿Cómo así? ¿Qué es lo que hice mal ahora?

—Mamá, toda esta cosa con Claudia es... es una locura. No me voy a casar con Claudia ni ahora ni nunca, ¿está claro?

—¿Pero por qué, Sammy?

—Porque soy homosexual y Claudia es lesbiana, por eso. Y porque nunca voy a amar a una mujer de esa manera.

No podía creer que acabara de decir esas palabras. Durante muchos años había sabido que mi mamá sabía, así como supo sobre Bobby desde que éramos niños; así como siempre había aceptado nuestra amistad, incluso si cuando niños tal vez estábamos enamorados, incluso cuando aquello se volvió un romance de adolescentes. Pero jamás se había dicho la palabra homosexual, en su presencia o en relación conmigo. Era como si mientras no se pronunciara quedara todavía un espacio para que cambiaran las cosas algún día, para declarar que todo había sido un capricho pasajero y nada más. Mientras yo no lo admitiera, quedaba la esperanza de que finalmente me casara como todos los buenos muchachos colombianos. Bobby siempre decía que la principal diferencia entre los hombres colombianos y los americanos era que todos los colombianos eran gay hasta que se casaban, mientras que la mayor parte de los americanos se casaban primero y se destapaban después.

Mi mamá se veía destrozada, profundamente herida. Parecía como si se hubiera encogido frente a mí. Empezó a llorar, suave, delicadamente.

—Yo sólo quiero que no vayas tú a morirte como Bobby. Eso es todo, Sammy. Yo no soy estúpida. Ya sé cómo eres, y no me importa.

El dolor que sentía debió de ser tan fuerte que no quedó campo para la actuación. Fue un momento muy pacífico, muy sereno. Quise abrazarla, quise decirle que yo también la quería y que quería olvidar el pasado y perdonar. Sin embargo, no pude. Tal vez en el futuro, pensé. «Tal vez un día, cuando haya ordenado todos estos sentimientos y revelaciones, podré abrazarte como tu hijo que soy, mamá», pensé.

Un hora después ya estaba en la estación de subway esperando el número siete para volver a Times Square. Mientras cogía con fuerza las bolsas de supermercado con ropa y comida, y con el valioso paquete de cocaína que llevaba de contrabando a Manhattan, me puse a pensar en todas las cosas que habían pasado ese fin de semana. Por muy ridículo que sonara, por fin me había destapado ante mi mamá, a los treinta y tantos años. Tal vez por esto me sentí más libre, más liberado, que un par de días antes. Estaba aturdido por un nuevo conocimiento que esperaba me llevaría con claridad hacia la madurez de mi vida. Al mirar hacia los rascacielos de Manhattan, me di cuenta de que por primera vez no me parecía una tierra de ensueño, sino el lugar donde me esperaba la realidad, después de tanto tiempo.

Segunda parte

El gato, aunque nunca ha leído a Kant,
es, tal vez, un animal metafísico.

¿Filósofo o perro?
MACHADO DE ASÍS

7. El gato que amaba *La Traviata*

Nada parecía haber cambiado en Times Square, y hasta la sordidez tan familiar me pareció de alguna manera reconfortante. Como era usual a esa hora del día, algunos musulmanes sin zapatos se arrodillaban sobre toallas verdes y oraban en dirección de La Meca, frente a carteles del subway de shows en Broadway. Agazapada en la escalera que lleva a la calle, mendigaba agresiva monedas de un cuarto de dólar la misma mujer que había visto desde hacía meses, con el mismo bebé que parecía encogerse cada día, envuelto en mugrientos trapos. Cerca de allí, unos policías aburridos charlaban distraídos y mimaban a sus perros policía.

La calle 42 estaba llena con la multitud dominical de adolescentes negros y latinos en busca de emociones baratas. Unos turistas con cámaras y aspecto de mormones se paseaban muy juntos apreciando el espectáculo. Les ofrecían sexo de toda clase, marihuana, cocaína colombiana, heroína, hachís, éxtasis, estimulantes y calmantes, drogas de laboratorio y, claro, basuco.

Era una de esas escasas tardes frescas de fines de julio cuando el aire es como seda y se siente realmente que Manhattan es una isla. Las multicolores marquesinas de neón de las salas de cine mostraban fotos de tamaño natural de estrellas de cine porno en posturas sexy. Un hombre desnudo, que parecía tronado hasta la médula, salió dando tumbos de un show de mirones. A mitad de la cuadra, una mujer con el uniforme del Ejército de Salvación y armada con un megáfono, plantada debajo de la cubierta de un palacio del sexo, sermoneaba a los depravados e indiferentes vecinos y curiosos de Times Square. Dos niños bien se pararon frente a ella, balanceándose, dando vueltas, flojas las piernas, hasta que se desplomaron en la acera, tumbados por la sobredosis.

—Ustedes no tienen que elevarse con drogas —gritaba atronadora la mujer—. Jesús los elevará hasta el cielo. Jesús los elevará tanto que nunca van a querer bajar.

Mientras esperaba que cambiara el semáforo de la 42 con Octava avenida, miré hacia atrás: los rascacielos de Midtown habían florecido. El edificio Chrysler reflejaba el sol poniente; su punta plateada me hizo pensar en un minarete coronado por una larga y reluciente espada. Al cruzar la Octava avenida vi el cielo más allá del Hudson, que parecía como si hubieran explotado todos los reactores atómicos entre Hoboken y Key West, incendiando todo el aire. Pero no era del color de una combustión natural, sino un color sintético, como el naranja de una boquilla de una cocina eléctrica prendida al máximo.

Yo vivo en la parte oeste de la Octava avenida, encima del bar O'Donnell's, entre las calles 43 y 44, una zona antes llamada «La franja de Minnesota». Los viejos tiempos se acabaron cuando el famoso restaurante griego El Panteón cerró sus puertas por un problema con el arrendamiento. Desde esa época, la cuadra corta —que incluye un Citibank en la esquina de la 43, el bar O'Donnell's, el edificio El Panteón, un antro porno (Paradise Alley), una cafetería donde vendían gyros, el Cameo (un bello teatro viejo, que ahora daba películas triple X), y un edificio de cuatro pisos en la esquina de la 44, antes una casa de citas, ahora un local de heroinómanos— había sido tomada por los adictos al basuco, que hacían sus negocios en Paradise Alley. Ahora recordaba nostálgico la época en que jóvenes prostitutas y prostitutos (para todos los gustos) decoraban la cuadra durante las veinticuatro horas del día… Pero un momento, pensé, no tan jóvenes como aquella, diminuta, que acababa de ver parada en la esquina de mi edificio. Parecía de siete años, tal vez de siete y medio. Yo había visto prostitutas y prostitutos adolescentes, pero ella era una niña. Esto sí era la depravación y la decadencia total —sin duda producto de la epidemia del basuco—. A pesar de sus tacones de punta, apenas alcanzaba a la altura del pomo de la puerta. Lucía una minifalda de vinilo y una blusa sin mangas de satín rojo. Tenía una cartera rosada de plástico colgada en diagonal, y una piedra azul incrustada en el ombligo. El pelo, con puntas a lo punk, tenía vetas doradas. Unos largos aretes de diamante de fantasía enmarcaban sus mejillas, y encima de las pestañas falsas los párpados estaban pintados de púrpura y salpicados con polvillo dorado. Los diminutos labios los tenía pintados en forma de corazón. Me paré frente a la puerta, boquiabierto, haciendo tintinear las llaves a la espera de que se moviera.

—¿Quieres pasar un buen rato? —me preguntó con su voz infantil

Retrocedí, horrorizado. En ese momento colocó su mano de niña en la cadera, cruzó una pierna sobre la otra, y se apoyó, lasciva, en la pared.

—Una mamadita bien barata —me dijo. Noté que su voz, aunque aguda y chillona, tenía un tono sensual. No era una niña: era una prostituta enana.

—No, gracias —le dije—, yo vivo aquí.

Me echó una mirada inexpresiva, y dejó espacio para que yo pudiera abrir la puerta. Subí corriendo a mi apartamento en el cuarto piso. Estaba preocupado por Mr. O'Donnell. Se habían acabado los seis meses de vida que le había dado el veterinario y aunque parecía estar muy bien, me angustiaba dejarlo solo. Ya en el apartamento, puse las bolsas en el suelo y colgué mi vestido nuevo en el clóset sin dejar de llamar a Mr. O'Donnell, y de pronto sonó el teléfono.

—Santiago, ¿eres tú allá arriba? —dijo Rebeca, mi vecina de abajo.

Alcé el teléfono.

—Hola, Rebeca. Acabo de llegar pero no encuentro a Mr. O'Donnell.

—Qué alivio que seas tú. Pensé que podía ser un ladrón. Mr. O'Donnell está aquí conmigo.

—Voy por él. ¿Está bien?

Rebeca me esperaba en la puerta. Tenía los ojos abiertos de par en par, como si acabara de tener un gran susto. Cuando entré, cerró la puerta con llave.

—¿Quieres una cerveza, un té helado, una limonada? —me preguntó.

—La limonada suena deliciosa, pero no, gracias. ¿Dónde está Mr. O'Donnell?

—No sé si debemos molestarlo ahora. Está en mi cuarto escuchando la segunda parte de *La Traviata*.

Rebeca había descubierto que Mr. O'Donnell revivía de sus periódicas rachas de languidez escuchando la interpretación de Violeta de Montserrat Caballé. Se quedaba muy quieto, sonriendo y con las orejas paradas, hasta que se acababa la ópera.

—¿Está muy mal?

—No quise llamarte donde Lucy, pero cuando subí el sábado por la mañana estaba más muerto que vivo. No quiso comerse su Kal Kan, así que naturalmente me preocupé. Fui a la pescadería Barking Fish a comprarle un poco de bagre, que le gusta tanto. Pero casi que tuve que forzarlo para que se lo comiera. Por fin se comió un filete, pedacito por pedacito.

—¿Tú crees que lo debo llevar al hospital ya mismo? —le pregunté.

—¡Dios mío, Santiago! Me estás poniendo todavía más nerviosa, y ya estoy vuelta nada de los nervios. Yo llamé al hospital y me dijeron que no se podía hacer nada fuera de asegurarse de que se tomara sus medicinas con cada comida. Hoy está mucho mejor. Ha estado escuchando *La Traviata* todo el día. Hoy no quiso comerse el pescado, pero yo le di un yogur de piña. Espera a que se acabe este lado del disco, para que te lo lleves. Ahora está como nuevo, gracias a mis cuidados.

—No lo he debido dejar solo, pero muchísimas gracias, Rebeca.

—Deja de sentirte culpable por todo. Te juro, Santiago, que voy a empezar a llamarte el Judío Honorario. Yo cuidé muy bien al gatico. Ni Florence Nightingale lo hubiera cuidado mejor. ¿Y cómo está Lucy? ¿Tuviste un buen fin de semana?

Le di a Rebeca una versión muy resumida y aséptica de lo que había pasado en Jackson Heights.

—Cariño, eso parece como una novela de Flannery O'Connor situada en Queens —comentó, y añadió, filosófica—: son los planetas, mientras Plutón esté alineado con Escorpión nada funciona.

Dispuesto a echarle la culpa de todo a las estrellas, le pregunté:

—Ah, sí, ¿y cuánto va a durar eso exactamente?

—Siete años.

—Rebeca, ¿cómo diablos voy a aguantar siete años así?

—Pues por eso es que yo me voy a ir. Quiero disfrutar la vida mientras pueda.

—A mí también me encantaría irme de aquí, si pudiera —le dije, pensando que se refería a sus próximas vacaciones.

—Santiago, querido, yo estoy empezando a dudar que esta zona vaya a mejorar nunca. Durante todo este tiempo había creído en tu teoría de que tarde o temprano Donald Trump se iba a encargar de restaurar Times Square.

—Estoy de acuerdo contigo, Rebeca —le dije, admitiendo mi derrota—. Donald Trump ni siquiera puede resolver sus propios problemas ahora, mucho menos los nuestros. Si sólo cerraran Paradise Alley todo estaría bien. Las cosas no estaban tan mal aquí cuando sólo había prostitutas.

—Las prostitutas eran como niñas scouts vendiendo galletas en comparación con lo que pasa ahora —dijo Rebeca—. Yo estoy cansada de llamar a la oficina del alcalde y a la comisaría de Midtown, y de firmar peticiones. Alguien se está ganando una cantidad de plata permitiendo que siga funcionando ese negocio.

—Tal vez lo que hay que hacer es que los periódicos publiquen la historia —le sugerí—. Estoy seguro que una noticia de primera página en el *Post* lo resolvería.

—Cariño, me temo que no va a pasar absolutamente nada hasta que haya una masacre en ese sitio, pero para entonces yo voy a ser un caso perdido. Te cuento que si Francisco me pide que me case con él, le voy a decir que sí, sí, sí —y se abanicó con un sobre.

—¿Esa es una carta de Francisco?

—Santiago —me dijo—, tú que eres un amor, ¿me ayudas con la traducción?

—En ese caso voy a tomarme una limonada.

Me senté, y Rebeca se fue a la cocina. Unos meses antes, en una librería de Greenwich Village, Rebeca había conocido a Francisco, un peluquero venezolano que estaba de turista en Nueva York. Aunque ni ella hablaba español, ni Francisco inglés, se hicieron amantes. Después de que él volvió a Caracas me convertí en el traductor oficial de su correspondencia. Rebeca volvió a la sala y me dio un vaso de limonada fría.

—El tiempo ha estado tan horrible y la situación allá abajo en la calle ha empeorado tanto —dijo con su melodramático acento nasal de Alabama—, que yo estaba a punto de colgarme si algo muy bueno no me pasaba pronto. Y de pronto sí sucedió algo: ahí en el buzón de correo estaba la carta de mi amado.

Me tomé un sorbo de limonada, aclaré la voz y brindé por el amor. Con un ademán digno de Cyrano de Bergerac, saqué la carta del sobre. Estaba escrita con la letra gótica diminuta de Francisco, que ya conocía tan bien. Rebeca se sentó inmóvil y muy derecha, sosteniendo entre las manos su vaso de limonada. Tenía la cabeza echada hacia adelante, los labios temblorosos, los ojos abiertos de par en par y relucientes; la intensidad de su expresión casi infundía miedo. Hubiera podido leer el primer párrafo con los ojos vendados, puesto que siempre era igual. «Querida Rebeca», leí. «Espero que al recibir ésta tú y tus seres queridos disfruten de buena salud, Dios mediante».

—Santiago, ¿esa es una fórmula para empezar las cartas en Suramérica? Siempre dice lo mismo.

Pasé por alto su pregunta y seguí leyendo. «Me alegró mucho recibir tu última carta y saber que te encuentras bien».

—¡Dios mío! ¡Cómo es de ceremonioso!

—Rebeca, querida, ¿no has notado que todos los suramericanos somos muy ceremoniosos? ¿Puedo seguir ahora? —le pregunté, irritado por sus interrupciones. Sonrió en respuesta.

«Yo estoy muy bien, a Dios gracias», continué traduciendo.

—Santiago, ¿eso de nombrar a Dios después de cada frase también es algo suramericano?

Me tomé otro sorbo de limonada para controlar el mal genio.

—Rebeca, no seas ridícula.

—Bueno, de todos modos es mejor tener a un cristiano que a un drogo de novio —dijo con un suspiro.

No comprendí su razonamiento, de modo que seguí leyendo. «He estado ocupadísimo últimamente, llego a mi apartamento muy tarde por la noche, y generalmente estoy tan cansado que aunque quisiera ponerme a escribirte todas las noches, me quedo dormido a pesar de mis buenas intenciones». Dios es bondadoso, pensé. Si le escribiera cartas como ésta todos los días, traducirlas sería una tortura. Ojalá Dios lo conserve muy ocupado.

—¿Qué pasa? ¿Malas noticias?

—No es nada —le dije, y seguí con la traducción. «Te tengo una noticia muy emocionante. Una de mis clientes fue elegida Señorita Caracas y va a representar a la capital en el concurso de Señorita Venezuela. Es una chica tan divina que no hay palabras para describirla, y es muy inteligente y tiene mucha personalidad, y estoy segurísimo que la van elegir Señorita Venezuela y que va a representar a nuestro país en Miss Universo. ¿Te puedes imaginar lo que eso va a significar para mi negocio?».

—Me huelo una franquicia.

La miré, incrédulo:

—No sabía que estuvieras metida en eso de los concursos de belleza.

—Los concursos de belleza son uno de los intereses que compartimos Francisco y yo.

Sacudí la cabeza sin decir nada, y seguí. «En tu última carta mencionaste que querías venir a verme durante tus vacaciones. Mi humilde vivienda está a tu servicio, y me gustaría recibirte en mi hogar».

—¿Me gustaría? ¿Eso es lo que dice? ¿Estás seguro, Santiago?

—Lo siento. Y estaría feliz de recibirte en mi hogar —me corregí.

—Hay una gran diferencia, ¿sabes Santiago? Es lo que llaman los matices de la lengua inglesa.

—Hasta en las mejores traducciones se pierde algo —anoté, de mal genio con ella.

—No me hagas caso, cariño. Sigue con la carta. La estás traduciendo maravillosamente. Siempre me asombra lo bien que haces estas cosas.

Como era previsible, el siguiente párrafo era sobre mí, y le dije a Rebeca:

—¿También quieres que lo traduzca?

—Por favor, cariño. No quiero perderme una sola de sus palabras.

—Está bien, dice así: «Dale por favor las gracias a nuestro querido amigo Santiago por traducir mis cartas. Espero que a él le vaya bien en todo, y que él y Mr. O'Donnell gocen de buena salud, Dios mediante. Yo siempre incluyo a Mr. O'Donnell en mis oraciones y le pido a José Gregorio Hernández que le haga el milagro».

—¿Qué es eso? ¿Vudú?

—Lo mismo daría que le rezara al Pato Donald —le dije—. Puede tener más efecto. José Gregorio no está canonizado, pero es el santo nacional de Venezuela porque introdujo el microscopio al país. ¿Y quieres saber lo listo que era? Lo mató el único carro que había en Caracas en la época.

—Bueno, de todos modos es muy tierno y considerado de su parte —dijo Rebeca, y arrugó la frente.

—Sí —le dije—, es muy tierno de su parte, pero déjame acabar: «Espero saber de ti muy pronto, y espero que estés siguiendo mis consejos de belleza y que te estés cuidando el cabello, y tu bellísimo cutis. Ahora es medianoche, y por la ventana puedo ver la luna iluminando la ciudad allá abajo, y todo, la brisa sensual que viene del Caribe, las estrellas en el cielo, las luces que titilan en los montes, me hace pensar en ti, mi adorada Rebeca. Con amor, Francisco».

—Es todo un poeta —dijo Rebeca.

—Es un peluquero —le dije, doblé la carta y se la entregué.

—Un estilista del cabello y un artista del maquillaje —me corrigió, y empezó a ufanarse del gran amante que era Francisco y de que nunca había conocido a un hombre que se preocupara tanto por las necesidades de una mujer.

La estudié, maravillado por el cambio de su aspecto desde que había conocido a esa perfección. Antes, se vestía como un recepcionista de funeraria. Esa tarde tenía puestas unas sandalias con pedrería incrustada y las uñas pintadas de un púrpura chillón. Tenía puestos unos shorts color caqui y una camiseta Banana Republic con una exuberante vegetación de un rojo apocalíptico. Tenía demasiado colorete lustroso y demasiado rímel y sombras verdes en los párpados, pero el corte de cabello Nueva Era con destellos dorados le quedaba bien. Me alarmaron, sin embargo, todos los aros dorados y plateados que colgaban de sus orejas. Cerré los ojos y vi a Rebeca rebasando todos los límites y, como los indios Orinoco de Venezuela, perforándose los labios, las narices, el…

—Santiago —me dijo, haciéndome despertar de mi ensueño—, ¿hace mucho calor allá en agosto?

—No sé. Te he dicho que estuve allá en noviembre. De día el clima era agradable y de noche fresco. Puedes llevar un par de sweaters.

—Parece maravilloso —dijo en un susurro.

—Entonces, ¿ya decidiste ir allá?

—Tengo que alejarme de todos esos basuqueros de allá abajo, o si no me voy a tronar como ellos. Además, estoy lista para tener aventuras. Claro que tengo un poco de temor de irme allá sola. No sé qué voy a hacer allá sin ti —dijo refiriéndose a mis servicios como traductor.

—Caracas es una ciudad cosmopolita. No vas a tener ningún problema para comunicarte con la gente —traté de tranquilizarla.

—Sí, y sabes Santiago que cuando Francisco y yo estamos juntos de verdad nos entendemos perfectamente. ¿No es eso increíble?

—Claro. Pero también podías aprender español. Es un lenguaje fácil de aprender, no como el inglés.

—Compré un diccionario, y estoy aprendiéndome expresiones útiles: «Buenos días. ¿Cómo está usted?».

—Tu acento es perfecto.

—Gracias, cariño. Cuando vuelva a Nueva York (es decir, si Francisco no me pide que me case con él), voy a tomar unas clases. Muchas gracias por traducirme la carta. Eres un ángel, Santiago.

—Todo sea en nombre del amor.

—Espero que a ti también te pase. Te transformarás, querido —Rebeca se quedó sentada con la carta contra el pecho, en éxtasis. Marcada toda la cara por el amor. Su felicidad se estaba volviendo insoportable para mí. Noté que el lado dos de *La Traviata* se había acabado, y me paré.

—La ópera se acabó —le dije—. Estoy rendido y tengo que levantarme temprano mañana.

Rebeca me siguió al cuarto. Mr. O'Donnell estaba escondido debajo de las sábanas. «¡Uy, uy, Rebeca!», exclamé fingiendo una falsa alarma, jugando uno de sus juegos favoritos. «¿Dónde estará el gatico? ¡No lo veo por ninguna parte! Seguro se volvió a escapar. ¡Auxilio!»

Mr. O'Donnell permaneció inmóvil. Me senté en la cama y toqué el bulto que hacía bajo las sábanas. En el invierno era un juego seguro, porque lo cubrían mantas gruesas; pero en el verano sus dientes y sus uñas atravesaban las sábanas. Puse una mano en su cabeza y la otra en el lomo para inmovilizarlo. Forcejeó un momento para liberarse pero después empezó a ronronear duro.

—Para mí es un misterio cómo puede ronronear y ser tan arisco al mismo tiempo —dijo Rebeca.

Levanté las sábanas. Mr. O'Donnell ahora estaba boca arriba, sonriendo.

—Hola, gatico —le dije, y lo rasqué detrás de las orejas—. Ya es hora de ir a casa.

Al alzarlo lo sentí menos pesado, más huesudo, como si hubiera perdido peso en el fin de semana. En el sitio donde estaba quedaron gruesos mechones de pelo. Había perdido mucho pelo en el verano, y al paso que se le estaba cayendo pronto se iba a quedar pelado. Al pasar los dedos por su vientre noté que su pelaje había perdido todo el brillo que tenía. De la noche a la mañana, Mr. O'Donnell se había vuelto viejo.

Le di las gracias a Rebeca por todo y me despedí. Ya en el apartamento puse los tamales en el refrigerador. El casete con la coca era más difícil de guardar. Como no tenía televisor, y mucho menos un VHS, se notaría su presencia en cualquier parte del apartamento. Tiré a la basura la caja y puse la cocaína en un frasco, que dejé al lado de la sal, el azúcar, la harina, la avena, etc.

Puse el despertador a las seis de la mañana, me desvestí, me acosté y apagué la luz del techo. Aunque estaba exhausto por los acontecimientos de los dos días pasados, no me podía dormir. Estaba muy consciente de los extraños giros y vueltas que estaba dando mi vida, siempre tan monótona. Tenía en el apartamento lo que parecía ser una libra de cocaína. Mi cerebro andaba a mil. Pero tenía que dormir. Prendí el aire acondicionado y traté de relajarme. Me dije: «Tu cerebro te va a matar, Santiago. No pienses más: recuerda que tu cerebro te quiere muerto». Al enfriarse el cuarto empecé a dormitar. Sentí los párpados pesados, como si estuvieran pegados. Pensé en Caracas. En hojas enormes, prehistóricas. En estrellas con auras, como la luna. En parques en los que orquídeas exquisitas anidaban en gigantescos árboles esmeralda. Y en los olores, en la brisa tropical perfumada por la fragancia de millones de gardenias. Y en el Caribe bajo la luz de la luna, plateado y liso; y a lo lejos, un coro de sirenas que, cabalgando sobre relucientes caballitos de mar, me cantaba sensuales y desgarradores boleros.

Sentí hambre cuando me desperté hacia la medianoche. Pero quería algo ligero, como yogur o fruta, y no había nada así en la nevera. Me eché un poco de agua fría en la cara, me peiné, y bajé las escaleras.

Había bolsas de basura alineadas a ambos lados de la calle 43, y los indigentes se agazapaban frente a las tiendas cerradas. Los espectadores de las obras de teatro se habían ido, y los reemplazaban los drogos, los travestis y los clientes de los palacios porno.

Crucé la Octava avenida y compré el *New York Times* del día en el edificio del periódico. Después caminé hasta el mercadito coreano de la esquina de la 43 con la Octava avenida. Escogí un pedazo de patilla, unas naranjas, unas zanahorias y un yogur. Saqué del bolsillo un billete de veinte dólares. La mujer registró las cosas y las fue metiendo en una bolsa.

—Doce cincuenta —dijo.

Desde hacía un tiempo sospechaba que esa mujer me cobraba más de la cuenta. Esa noche decidí enfrentármele.

—¿Cómo es posible ese precio? —le pregunté, y le quité de la mano el billete de veinte.

—Pague, por favor. Siguiente —dijo, mirándome impasible.

Miré hacia atrás y vi que no había ningún cliente detrás de mí. Empecé a sacar las cosas de la bolsa.

—Vamos a sumarlas una por una —le dije.

—Cuatro naranjas, dos dólares —dijo, con un destello de rabia o de irritación en los ojos.

—Sandía —hizo una pausa y, mirándome directamente a los ojos, dijo—: ¡Tres dólares!

—Eso parece mucho por un pedazo pequeño de patilla, pero bueno, está haciendo calor, está bien, no quiero discutir. Entonces van cinco dólares.

Juntó todo lo demás con la mano:

—Zanahorias y yogur, cinco dólares. Diez dólares en total. Perdón por error. Pagar, por favor.

—Esto es un escándalo —exploté, dándome cuenta de que tenía razón en mis sospechas—. El yogur vale noventa centavos en el supermercado, y una bolsa de zanahorias, cuarenta.

—Entonces ir supermercado.

Me pareció que no valía la pena explicarle que los supermercados en nuestro vecindario cierran antes de la medianoche.

—No querer pagar precio, no llevar —fue su consejo de galleta de la fortuna.

—Está bien —le dije—. Sólo voy a llevar las naranjas. Y el yogur.

Los registró, y le pasé el billete de veinte.

—Lo siento, no cambio.

—Tenía cambio hace un momento.

La mujer dijo algo en coreano, supongo. Preguntándome a cuál miembro de mi familia había insultado, me preparaba para insultarla en respuesta en español, cuando se dio vuelta y miró hacia el fondo de la tienda. Un hombre con un delantal manchado y un aspecto de cruce entre Gertrude Stein y un luchador de sumo, salió de detrás de una cortina de bambú con una lechuga en una mano y en la otra un cuchillo de carnicero. Hablaron con mucho ánimo, y el hombre me echó una mirada fulminante. Bueno, Santiago, tú no quieres pelear con ese engendro. Me metí la mano al bolsillo y encontré un billete de diez dólares.

—Aquí tiene —dije, mirando al hombre—. Lo siento. Es que está haciendo mucho calor.

Ahora hacía más fresco, pero la humedad seguía igual y el cielo parecía algodonoso y gris. Sintiéndome aplanchado, arrastré los pies por la acera y noté a varios basuqueros que remolineaban excitados frente al Paradise Alley, como hienas en torno a la carroña. Abrí la puerta, y al ir a entrar sentí en la espalda el golpe de un objeto agudo.

—No se mueva —me ordenó la voz de un hombre—. Sólo déme el dinero.

Metió la mano en el bolsillo derecho y luego en el izquierdo, donde tenía la plata. Pensando que ese era el momento en que me iba a dar un golpe en la cabeza y salía corriendo, cerré los ojos.

—Devuélvale la lana —dijo otra voz chillona.

Me di vuelta; la cara del atracador estaba muy cerca de la mía. Eran unos ojos que no habían mirado de frente en mucho tiempo. Le quité la pistola y agarré los billetes. Con el rabillo del ojo vi que la prostituta enana lo presionaba en la entrepierna con una daga enorme y reluciente.

—Piérdete, careculo, antes de que los polis te encierren —le ordenó.

El hombre retrocedió de espaldas, tambaleándose, hasta el borde de la acera, y gritó señalando con un dedo a mi salvadora:

—Date por muerta, fenómeno de mierda.

—¡Ya oíste a la señorita! ¡Vete al infierno! —le apunté con la pistola.

El hombre cruzó la calle evitando el tráfico de la Octava avenida. Se detuvo en la esquina de la 43, y a gritos nos echó un montón de insultos y amenazas. La gente nos miraba.

La pistola temblaba violentamente en mi mano; me sentía mareado.

—No sé cómo agradecerte —le dije a la enana.

—Por nada —me dijo ella. Dobló la daga y se la colgó del liguero debajo de la falda.

—Aquí tienes —le dije, ofreciéndole la pistola.

Se estremeció como si le hubiera ofrecido una cobra.

—¿Estás loco? Yo no quiero esa vaina, hombre. Es tuya. Quién sabe cuántos tipos ha matado con esa cosa.

Unas personas se acercaban. Como todo un gángster, me metí la pistola entre los pantalones y la barriga.

—Nos vemos, tengo que hacer un levante esta noche —y empezó a alejarse.

—Oye —la llamé, sintiendo que no le había agradecido lo suficiente—. ¿Cómo te llamas?

—Salsa Picante —me dijo—. ¿Y tú?

Le dije mi nombre.

—Bueno, San-ti-a-go, ha sido una aventura conocerte. Cuando quieras te doy un polvo barato, nené —me dijo con un puchero y lanzándome un beso antes de perderse contoneando en la sordidez circundante. De espaldas, parecía una niña jugando a ser una *femme fatale*.

Con la pistola quemándome la piel cerré la puerta y corrí escaleras arriba. Cerré la puerta con llave y recorrí todo el apartamento buscando un sitio donde esconder la pistola. Finalmente me decidí por el tanque del agua del inodoro. Mañana, pensé, le voy a borrar las huellas antes de tirarla al Hudson. Todavía estaba temblando y sintiéndome bastante histérico, pero era demasiado tarde para llamar a alguien, incluso a Rebeca. Me tendí en la cama y traté de leer el periódico, pero no pude enfocar los ojos. Me comí una naranja. Esa noche me hizo falta un televisor. Mi mamá tenía razón: era antiamericano no tener televisor. Mr. O'Donnell se subió a la cama de un brinco. Puse el periódico a un lado. «No sabes la suerte que tienes de ser gato», le dije. Tenía la cara sobre la mía y su aliento apestaba, pero no me moví. Una mitad de su cara era blanca y la otra medio gris, y tenía la nariz larga, tirando a rosa, como la de las ratas tropicales. Lo miré fijo en los ojos. Las pupilas negras estaban rodeadas por un círculo verdoso que se volvía ágata hacia los bordes. Sus bigotes eran largos y gruesos como palillos de plástico incrustados en el hocico. Lo rasqué entre las orejas y empezó a ronronear. «Sí, sí, yo sé», le dije. Metió su nariz bajo mi quijada y se quedó dormido sobre mi pecho, su corazón dilatado palpitando contra el mío.

8. Mrs. O'Donnell y Moby Dick

El despertador sonó a las seis. Tenía que estar a las ocho en la oficina de la Seguridad Social. Me consoló pensar que iba a volver a la casa antes del mediodía, y me levanté. Hecho un ovillo en una punta de la cama, Mr. O'Donnell levantó las orejas.

Después de la ducha puse agua en la cocina para hacer café y me tomé mis vitaminas. Mientras esperaba el café, me senté junto a la ventana que da al callejón detrás del edificio. Al final del callejón hay otro edificio con la entrada por la calle 43, entre las avenidas Octava y Novena; la otra mitad de la cuadra la ocupa un garaje de varios pisos. El callejón vive activo día y noche porque muchos empleados que van a la Port Authority lo usan como galería de mamadas. Pero como era muy temprano en la mañana no vi por la rejilla de mi ventana sino a una familia de gatos callejeros que jugaba allá abajo. Estos gatos rara vez subían por la escalera de incendios, pero todos los días Mr. O'Donnell pasaba horas enteras mirando sus payasadas.

En abril había roto una rejilla vieja y se había escapado. Duró perdido once días. Pensé que había vuelto a su vieja vida callejera, y lo busqué en vano. Mi amigo, el pintor Harry Hagin, hizo un dibujo suyo y repartimos centenares de copias en el barrio. Como era un gato enfermo y necesitaba sus medicinas para sobrevivir, la historia le llamó la atención a un periodista del *Daily News,* y un viernes publicaron en la sección «Manhattan» una foto mía sosteniendo el dibujo de Harry. Me llamaron a todas horas ofreciéndome otros gatos y animales distintos; algunas personas sostenían que Mr. O'Donnell era el gato que habían perdido; también recibí cartas obscenas y tuve llamadas de tipos con la respiración pesada, pero ninguna información so bre mi gato. Casi había perdido la esperanza cuando, una mañana, subió por la escalera de incendios, cansado y con expresión de culpa, con una oreja mordida y el hocico tan arañado que casi no lo reconozco. Esa misma semana lo llevé a la Sociedad Humanitaria para que lo «arreglaran».

El café estaba listo. Me serví una taza grande y miré por la ventana de la cocina. El exhibicionista bien parecido que vivía en uno de los estudios al otro lado del callejón estaba sentado junto a la ventana en calzoncillos y camiseta. Me había acostumbrado a verlo bailando y jugando con su cuerpo. Mr. O'Donnell entró zigzagueando a la cocina y, con los ojos todavía medio cerrados, empezó a pedirme comida. No maulló, sino que hizo unos ruidos extraños que me recordaron los chillidos de los tucanes. Le puse el desayuno, que se comió medio dormido, y luego volvió a la cama.

Al bajar a las siete ya había una larga cola de aspirantes en Mike's, la agencia de empleo en el segundo piso de mi edificio. Los hombres eran la usual cosecha de Mike, unos tipos hindúes o árabes que parloteaban en lenguas exóticas. A veces iban a la agencia con sus maletas de cartón, como si acabaran de llegar de Bagdad o de Sri Lanka o de donde fuera. Al verlos siempre me preguntaba qué clase de trabajos les conseguiría Mike.

Afuera, en la Octava avenida, la basura sin recoger apestaba. Multitudes de empleados de fuera de Manhattan brotaban del terminal de buses de la Port Authority con vestidos y maletines y caras de piedra. Había una humedad densa y opresiva, pero el subway de la línea A pasó pronto, aunque repleto. Minutos después volví a salir a tierra en la calle Chambers.

Para matar el tiempo me senté en una banca, bajo un arce raquítico, frente al edificio Federal Plaza. Prendí un cigarrillo y me puse a mirar el ajetreo como siempre frenético de la gente de Wall Street, enfrentada al bochorno reinante. Llevaba varios años trabajando como intérprete en diferentes condados de la ciudad de Nueva York, para el Departamento de Seguridad Social, una mina de historias y de personajes. Nunca dejó de costarme trabajo creer que en Nueva York, la Meca del siglo

XX, hubiera personas cuyas vidas tan miserables parecían tan horrorosas como las de los personajes de las novelas de Gorki. Estaba tenso por lo que tenía que traducirle a la juez Warpick, la persona más detestable que he conocido en toda mi vida. Me tranquilizaba saber que otros empleados del departamento y los solicitantes que comparecían ante ella compartían mi odio. En muchas ocasiones había sentido el impulso de saltar de mi asiento para torcerle el pescuezo. Para rechazar estos pensamientos, vivía recordándome que yo era sólo el intérprete, un conducto lingüístico, el hombre invisible, alguien ajeno a la situación, pasivo y sin interés en ella.

Faltando cinco para las ocho tomé el ascensor al piso veintinueve.

—Qué hay, Jeff, ¿cómo estás? —saludé al guardia de seguridad.

—Hola, Santiago, qué gusto verte. ¿Quieres jugar una partida?

Jeff y yo jugábamos ajedrez mientras esperábamos entre las audiencias. Aunque habíamos jugado centenares de veces, siempre se las arreglaba para ganarme en la primera docena de jugadas.

—Me gustaría, pero hoy me toca la juez Warpick, y ya sabes que ella siempre llega a tiempo.

—Buena suerte. Está de un genio de los demonios. Yo opino que lo que necesita es un buen polvo, pero preferiría que me tuesten en la silla eléctrica a ser yo quien se lo dé. Aquí tienes —añadió al darme el expediente de la solicitante—. No tiene abogado. Tal vez podamos jugar cuando salgas.

—Está bien.

El salón estaba vacío salvo por un par de mujeres que estaban sentadas al fondo, cerca de un ventilador alto que hacía mucho ruido pero no producía nada de aire.

Me acerqué a las mujeres. Sonriendo, le dije a la de más edad:

—Buenos días, yo soy su traductor al español.

Las mujeres se miraron entre sí como si yo les hubiera hablado en chino.

—Gracias —me dijo la de más edad.

Me senté junto a ella. Leí su nombre en el expediente y le pregunté:

—¿Usted es Guadalupe Rama?

Asintió con la cabeza.

—¿Por que no tiene abogado, señora?

—Nadie me dijo nada de conseguir abogado.

—Señora Rama, la carta que usted recibió con la fecha de su audiencia tenía una lista de lugares donde usted podía obtener servicios legales gratuitos. Es su derecho según la ley.

—Para que una persona me niegue ayuda, tiene que ser alguien con el alma muy negra.

Esa me pareció la descripción perfecta de la juez Warpick.

—La juez no está aquí para defenderla, señora Rama, sino para interpretar la ley —le advertí, hojeando su grueso expediente—. Este fólder contiene todos los documentos que la juez va a revisar para tomar una decisión sobre su caso. Aquí hay veintiocho documentos —le indiqué la lista en la primera página—. Se remontan a 1978, y el de fecha más reciente registra su visita al doctor Miller en junio de este año. También veo que su demanda ha sido rechazada cuatro veces.

—Y si pierdo esta vez, pues vuelvo a apelar —dijo, blandiendo las muletas.

—Si hubiera tenido un abogado, tal vez se la hubieran aprobado la primera vez.

Después de explicarle el expediente, le informé a Jeff que estábamos listos para presentarnos ante la juez. Su asistente nos llevó a su despacho. Le indiqué a las mujeres dónde sentarse y me senté a su lado. Mientras la asistente de la juez cuadraba la grabadora y los micrófonos, examiné a la hija de la señora Rama. Era una adolescente de estatura mediana, increíblemente flaca. Su piel era acaramelada y el cabello lustroso y negro como el ébano. Parecía retraída y evitaba mirarme a los ojos. Cuando finalmente se cruzaron nuestras miradas noté que los suyos eran oscuros y húmedos como la flor del capacho bajo la luna.

La juez Warpick entró en el cuarto, seguida por el médico. Yo me levanté y le indiqué a la señora Rama que hiciera lo mismo. Se paró con mucha dificultad.

—Por favor, siéntense —indicó la juez con la mano, y sin mirar a nadie en particular. El médico se sentó junto a mí.

—Señor intérprete, ¿le ha explicado a la demandante que según la ley tiene el derecho de obtener los servicios de un abogado de oficio?

—Sí, su señoría.

—¿Y aun así insiste en proceder con la audiencia?

—Así es, su señoría.

—Muy bien, señora Rama. Le aconsejo proceder con la audiencia; esto redundará en su beneficio.

Empecé a traducir.

—No tiene que traducir eso —dijo gruñendo la juez—. Esto no es las Naciones Unidas. Por favor, póngase de pie, señor intérprete, y levante la mano derecha.

—¿Jura usted —leyó mi nombre en un pedazo de papel— solemnemente traducir fielmente al español las preguntas hechas en inglés, y al inglés las respuestas, si Dios se lo permite?

Ya tenía ganas de ahorcarla.

—Lo juro.

La señora Rama también juró, y nos sentamos.

—Guadalupe Rama, ¿en qué fecha viajó usted por primera vez a los Estados Unidos continentales? —empezó a preguntar la juez.

—El 4 de octubre, 1964, su señoría.

Eso era algo que había notado en todos los inmigrantes a los que había servido de intérprete: casi todos recordaban la fecha exacta en la que habían llegado a los Estados Unidos.

—¿Cuál fue el último año escolar que cursó usted en Puerto Rico?

—Nunca estuve en la escuela.

—¿Nunca?

—Así es.

—¿Habla usted algo de inglés?

—Sé unas pocas palabras.

—¿Sabe leer o escribir en español?

—No, señora.

—¿Con quién vive usted?

—Con mis hijos.

—¿Cuántos hijos tiene usted?

—Cuatro.

—Diga sus nombres y edades.

—Dorcas Antioco, de veinticinco años; Hennil Rangel, de veinte años; Sonia Altagracia, de dieciocho, y Raísa Cocielo, aquí presente, de quince años —dijo, e indicó a su hija.

La chica se retorció en su asiento y entre dientes dijo:

—Yo tengo dieciséis años.

—¿Cuántas veces ha estado usted casada?

—Dos veces. Mi primer marido se murió; con el segundo nos divorciamos. Con los demás no me casé. Yo soy una mujer inútil. Los hombres no me quieren.

—Sólo responda a mis preguntas, señora. No quiero oír largas historias sobre su vida y milagros. ¿Comprende usted? —hizo una pausa. Era obvio que no iba para ningún lado con esta demandante—. ¿Todavía reside usted en la Avenida A y la calle Primera?

—En el proyecto.

—¿En qué piso?

—En el número cuatro.

—¿Tiene usted que subir por las escaleras o toma el ascensor?

—Subo en el ascensor cuando está funcionando, que es nunca —dijo, apoyando las manos en las muletas. De golpe le empezaron a temblar las manos con violencia. Su cara asumió una expresión extraña, como si estuviera tratando de sonreír. Pero noté que era un gesto de dolor y que iba a empezar a llorar.

—Señora Rama —dijo la juez sin retirar los ojos del expediente—, cuénteme cuáles son sus reclamos actuales.

Los ojos de la señora Rama estaban húmedos, pero no le salían lágrimas. Ansiosa, extendió los brazos hacia adelante y abrió las manos. Parecía como si le estuviera haciendo una ofrenda a la juez.

—Primero tuve una operación en esta mano —dijo, mirándose la palma de la derecha—. Después —añadió agitando la izquierda— me hicieron una operación en esta otra.

—¿Quién hace las tareas domésticas en su casa?

—Raísa —dijo, e indicó a la chica, que tenía la mirada fija en las manos sobre las piernas y se deslizó un poco más en el asiento.

—¿Usted no cocina nada?

Negó con la cabeza, y bizqueó, como tratando de recordar algo.

—Puedo hacer dos huevos duros y un poco de papas. Pero no las puedo pelar. No puedo hacer nada más.

—¿Puede usted cargar una bolsa con cinco kilos de papas?

—No puedo hacer nada.

—Responda a mi pregunta: ¿Puede usted cargar una bolsa con cinco kilos de papas?

—Si la cojo entre los brazos —dijo, y cruzó los brazos, mostrando la manera.

—¿Tiene usted otras quejas?

La señora Rama se levantó de su asiento y, con la ayuda de las muletas, se acercó a brincos hasta llegar al borde de la mesa.

—Tengo un problema en los pies. ¿Sí ve? Tengo unos clavos en los tobillos. Y señaló una cicatrices del tamaño de cuartos de dólar en ambos tobillos.

El médico se levantó y, mirando por encima de la mesa, examinó las cicatrices.

—Puede usted sentarse —le ordenó la juez. Parecía muy incómoda.

—Y también tengo algo en las rodillas —dijo la mujer, y se negó a sentarse.

—¿Qué le pasa a sus rodillas?

—Cuando camino se me dislocan, por eso es que tengo que ponerme estos aparatos todo el tiempo. Y se empezó a subir los pantalones.

—Ya basta. Se puede usted sentar.

Visiblemente nerviosa, la juez esperó hasta que la solicitante se sentó, y luego siguió diciendo:

—¿Y fuera de sus manos y de sus tobillos y de sus rodillas, tiene usted otras quejas de carácter físico?

La señora Rama se levantó la blusa y mostró tres cicatrices rosadas y arrugadas que parecían gusanos escamosos que surcaban el estómago de un lado a otro.

—Señora, por favor —le gritó la juez Warpick, y golpeó fuertemente el escritorio con ambas manos abiertas— no tiene que mostrarnos sus cicatrices, por favor.

Miré bien a la juez. En su juventud debió de ser una mujer bonita. Ahora, el pelo todavía abundante estaba gris y lo usaba muy corto. Aunque sus rasgos eran regulares y firmes, era tan flaca que parecía casi disecada. Pero lo que en ella me parecía tan inquietante era una expresión de absoluto desprecio y disgusto, como si odiara su trabajo, al mundo y a la gente, y tal vez incluso se odiara a sí misma. Escribía frenéticamente en un bloc.

La señora Rama siguió con su show:

—Tengo que volver al hospital para que me hagan otra operación.

—¿En el estómago? —le preguntó la juez con una voz llena de aprensión.

—No, aquí —dijo, mostrando un punto detrás de su oreja derecha.

—¿Se puede usted agachar?

—No, porque también me operaron aquí —giró hacia un lado en el asiento y se llevó la mano al coxis—. El médico me puso una inyección en la columna.

—¿Cuántos médicos la ven?

Miré al doctor McDowell, que había estado mirando todo el tiempo la historia médica de la señora Rama. Sus bellos ojos verdes pasaban de ella a mí continuamente.

La señora Rama le pidió a su hija la cartera. Sacó una pila de tarjetas y me la dio. Les quité el caucho.

—Señor intérprete —me dijo la juez, y me indicó que debía leer los nombres en las tarjetas.

—Doctor Bajit —leí.

—Él es el de mis tobillos —explicó ella.

Le entregué la tarjeta al doctor McDowell, que la examinó por ambos lados.

—Doctor Ramin Badrinthajanmon algo —leí.

—Él es el de mi estómago, en Brooklyn.

—Doctor Dallon —seguí leyendo.

—Él es el de mis ojos.

—¿Tiene algún problema en los ojos?

—Si no tuviera un problema en los ojos, no iría donde el médico. Los ojos me duelen mucho adentro.

Leí los nombres de por lo menos veinte médicos más.

—Doctor Ramírez —decía en la última.

—¿Él es un siquiatra?

—Sí.

—¿Y hace cuánto está yendo donde el doctor Ramírez?

—Desde 1969 cuando se murió mi hijo —sus ojos refulgieron y dejaron caer unas lágrimas.

—¿Quiere usted un descanso? ¿Desea usted ir al baño?

Se limpió las lágrimas con el dorso de su mano temblorosa.

—No, quiero acabar con esto lo más rápido posible. Siento muchos dolores en todas partes.

—Se puede usted poner de pie, si lo desea.

—Es peor cuando estoy parada.

—Cuénteme entonces, señora Rama, qué hace usted todo el día —dijo la juez, y respiró profundo.

—Me siento a mirar por la ventana. Y oigo voces.

—¿Qué clase de voces?

—Unas voces horribles, unas voces malas. Me dicen que salte por la ventana.

—¿Y por qué no salta usted? —le preguntó la juez—. ¿Qué le impide saltar?

—Yo no la dejo —dijo Raísa—. Tengo que vigilarla todo el tiempo.

—Si quiere usted testificar en nombre de su madre, tendré que hacer que usted también preste juramento.

La madre rompió a llorar muy duro y extendió los brazos en dirección de su hija.

—¡No me dejes sola! ¡No me dejes sola! —le dijo.

—Silencio —le gritó la juez—. Olvide las voces. Nadie le va a hacer nada. Aquí todos estamos para ayudarla.

Noté que las palmas de mis manos estaban húmedas y que mi corazón latía rápidamente. Yo también estaba sin aliento. Sentí ganas de levantarme y de salir corriendo. Puse una mano en el brazo de la demandante: su piel estaba helada.

—Cuénteme, ¿qué más hace usted? —preguntó el juez.

La señora Rama dejó de llorar.

—Bueno, los lunes voy donde el doctor Bajit en el hospital Manhattan Eye and Ear. El martes por la tarde voy donde el doctor Ramírez. El miércoles voy donde dos médicos. Por la mañana...

—Está bien, está bien —la interrumpió la juez—. Yo le creo.

Hizo una pausa, miró los papeles en su escritorio y luego le preguntó:

—¿Tiene usted amigos? ¿La visitan sus parientes de vez en cuando?

—No tengo ningún pariente aquí, sólo mis hijos. Hay una mujer que vive arriba que me visitaba. Ella es muy buena. Pero es una mujer enferma... anda en silla de ruedas. Le dio un ataque y...

—Ya veo —la interrumpió de nuevo la juez.

La señora Rama me miró. Con un dedo en los labios, le indiqué que se callara.

—Doctor McDowell —dijo la juez, exasperada, se me hizo—. Voy a tomarle juramento. Póngase de pie, por favor.

Noté que al médico no le gustó ponerse de pie para prestar juramento. Era alto como un jugador de básquet y tal vez apenas con unos años más que yo. Tenía puesta un ligera chaqueta de verano marrón clara, una corbata pálida y una camisa amarilla. Ya sentado, la juez le dijo:

—Doctor McDowell, ha podido usted escuchar el testimonio de la señora Rama. ¿Ha examinado usted también su historia médica?

—Sí, su señoría —dijo, y volteó a mirarme.

—¿Puede usted decirme cuáles son sus conclusiones?

El hermoso rostro del doctor McDowell se sonrojó. Aclaró la voz.

—Basado en mi examen de los documentos, no he encontrado ninguna evidencia, su señoría, de un severo deterioro físico. Según el doctor Cummings, puede levantar ocasionalmente una bolsa de veinticinco libras de papas. Además —dijo consultando un libro—, según el artículo 11. 876, sección B, cláusula H, parágrafo 16, la señora Rama no reúne las condiciones para un auxilio suplementario. Además, dice aquí que…

La señora Rama miró fijamente al médico, y luego me miró a mí, pero yo no tenía que traducir su testimonio. Observé a Raísa que sí hablaba inglés, y al ver la expresión de indignación de su cara, miré hacia afuera por la ventana, para no ver su ira. Vi a lo lejos el Hudson y la ribera de Nueva Jersey, y edificios diminutos de los que salía humo gris. Bajo la calima de la mañana, esa parte del mundo parecía difuminada, fantasmal, como una vieja pintura cuyos colores se están destiñendo.

La señora Rama salió llorando, pero afirmando que volvería a apelar la decisión en caso de que no le fuera favorable. Después fui a despedirme de Jeff, contrariado, por lo que no me quedé a jugar ajedrez. En la puerta del ascensor me encontré con la demandante y su hija.

—Gracias, guapo —me dijo, abrió la cartera y sacó un billete de cinco dólares.

—No, no —le dije, turbado pero también conmovido—. La corte me paga —le expliqué—. Usted no tiene que darme nada.

—Para los cigarrillos y el café —insistió.

—Gracias, pero no —le dije con firmeza—. Hasta luego, señora Rama; nos vemos, Raísa —les dije, y me fui al baño para escapar. Cuando volví, ya se habían ido.

En mañanas como esa era que deseaba haber seguido en mi trabajo como reportero del *Modern Grocer*. Claro, era peligroso y por lo menos dos veces casi me pegan un tiro; pero las vidas de los propietarios de las bodegas eran glamorosas historias de Judith Krantz comparadas con las vicisitudes de los demandantes de los seguros sociales. ¿Y cómo podía cambiar de carrera con los treinta y tres años que ya tenía? ¿No era esa la edad en que habían crucificado a Cristo, de todos modos? No tenía ni una de las capacidades necesarias para surgir en la edad de Libra, en la que todo tiene su peso en oro. No había aprendido a usar un computador, y la máquina más complicada que manejaba era el contestador automático. Maldecí el destino que me había hecho nacer en Colombia. Si hubiera nacido en un valle de California, pensé, estaría perfectamente a tono con las necesidades de la época.

Estaba cruzando la calle, en dirección automática de la entrada del subway, cuando oí que alguien me llamaba.

—Oye, Santiago, ¿es que ahora te dan vergüenza tus viejos amigos?

Giré y vi a mi amigo, el pintor Harry Hagin, vestido con un uniforme y un sombrero blancos, al lado de un carrito de helados en el borde de la acera.

—¿No quieres hablar conmigo?

—Harry, carajo, ¿qué haces aquí? ¿Cuándo empezaste a vender helados? ¿Dejaste tu trabajo descargando fruta?

—Sí, hombre. Ya me estaba saliendo joroba. Y lo que vendo son helados en agua, con frutas naturales. Lo que pasa, sabes, es que me di cuenta de que en este país uno no puede evitar ser esclavo de Rockefeller, y entonces decidí tomar las cosas con frescura. Me encanta ser independiente, nadie me da órdenes. Tengo a veces la ilusión de ser libre. Voy a casa en la tarde, me ducho, me tomo una cerveza, como cualquier cosa y pinto durante unas horas. ¿Y tú cómo estás? ¿Cómo está el viejo Mr. O'Donnell? ¿Ya hiciste enmarcar mi dibujo? Un día va a valer una fortuna, ¿sabes?

Harry y yo habíamos sido estudiantes en el Queens College, donde él hizo una maestría en artes y negocios, y yo en estudios medievales españoles. Después de graduarnos seguimos siendo muy buenos amigos.

—Mr. O'Donnell está viviendo un tiempo suplementario. Hace unas semanas lo llevé donde el veterinario, y me dijo que hubiera querido haberse equivocado en su diagnóstico. Mr. O'Donnell va a morirse cualquier día de éstos.

—¡Qué desastre, Sammy! Un gato tan chévere. Y después de todos los problemas que tuvimos para encontrarlo cuando se fugó. Lo siento mucho. ¡Qué lástima!

—Sí, yo sé —le dije, y sacudí la cabeza en un esfuerzo por apartar el melancólico tema de la muerte, que últimamente parecía perseguirme en todo momento. Un cliente se acercó para comprarle un helado. Me puse a pensar en que Harry, todavía en la universidad, se había ido a vivir en lo que quedaba de un edificio abandonado en el Lower East Side. Había durado años reconstruyéndolo, pero ahora se había valorizado mucho. Además, yo sabía que había invertido en la bolsa con éxito y que se había retirado a tiempo.

—Primer cliente del día —me dijo, guardándose las monedas, cuando el hombre se fue.

—Harry, pero tú tienes mucho dinero. ¿Por qué te consigues estos trabajos tan locos?

—Mira, Santiago —me dijo, excitándose, bailando alocados sus grandes ojos azules—. Es una tragedia, Sammy. Me llevó diez años de mierda para arreglar mi edificio y después, ¿sabes lo que pasó?, cometí un terrible error, por lo que soy un huevón de buen corazón. En vez de alquilarle los apartamentos a yuppies, se los alquilé a puertorriqueños. Y estos puertorriqueños (no te vayas a ofender, tú sabes que no soy racista) son capaces de matar a sus madres, incinerar a sus bebés, saltar por la ventana y romperse todos los huesos, para poder demandar al dueño. Ahora estoy metido en tres pleitos, ¿sabes?, tengo que trabajar para poder pagarle a los abogados y no perder el edificio. Y esos abogados de mierda, Sammy, ¡son las peores alimañas que produce el capitalismo! Te voy a dar un consejo: nunca te metas con un abogado.

Si Harry hubiera sido racista no sería amigo mío, pero estaba empezando a alarmarme.

—Harry —le dije mirando en torno—, mira que puede pasar un puertorriqueño.

Se rió entre dientes.

—¿Puertorriqueños en Wall Street? No me hagas morir de la risa —hizo una pausa—. Oye, ¿tú estás suscrito a *Business Monthly*?

Le dije no con la cabeza.

—Mira, ése es tu problema. Probablemente todavía estás suscrito a la *Revista Literaria de la Tierra del Fuego*, ¿no es cierto? En todo caso leí un artículo que decía que un tipo que vende barillos en Battery Park a la hora de almuerzo se gana 125.000 dólares al año, sin impuestos. Y sin trabajar los fines de semana, y además con unas vacaciones de tres meses en la cárcel. Y que un vendedor de perros calientes se gana el doble. Yo, por supuesto, no vendería perros calientes. Estoy seguro que los hacen con carne de gatos cancerosos (no lo tomes a mal, ya sabes que yo quiero a Mr. O'Donnell con locura). Entonces me dije que en el verano hace calor, y que lo que hace la gente cuando hace calor es comer helados. Además, si quiero jugar a la bolsa, si tengo un pálpito, lo único que tengo que hacer es llevar el carrito hasta la bolsa.

—Parece buen negocio —le dije.

—Suena mejor de lo que es. Pero a estos capitalistas belicistas lo que les gusta son los barillos, el basuco y los perros calientes. Pero no quieren saber nada de los helados de fruta natural. Si vendiera bebidas dietéticas y otras cosas que dan cáncer, estaría lleno de plata. Hasta cuando está a cuarenta grados, lo piensan dos veces antes de comprarse un helado. Si la cosa sigue así voy a tener que diversificarme. Tú sabes, voy a tener que vender coca-cola o cualquier otro producto capitalista degenerado.

Yo no quería meterme en una discusión con Harry sobre las últimas etapas del colapso del Estado capitalista, así que le dije:

—Se me acaba de ocurrir una cosa. ¿Por qué no te traes el caballete y las pinturas, y pintas cuando el negocio esté malo? Tal vez un reportero del *Wall Street Journal* caiga en la cuenta y escriba un artículo sobre ti, y entonces te contrate una galería como Castelli —pero me detuve a pensar en el tema de Harry—. ¿Todavía estás pintando solamente esqueletos?

—Santiago, ¡qué gran idea! Mira bien cómo es toda esta gente. ¿No te parece que son esqueletos andantes con vestidos caros encima? ¿Qué tal un helado? Cortesía de la casa. Tal vez si ven a alguien lamiendo un helado decidan hacer lo mismo.

—¡Ovejas! —le gritó a la gente.

Hacía calor, un helado parecía una idea maravillosa.

—¿Qué sabores tienes?

—Tamarindo. Ese es el sabor de esta semana. Yo mismo lo hago.

—¿Tamarindo? ¿Estás loco? No me extraña que no vendas tus helados. La gente compra helados de melón, de cereza, de limón. Pero el tamarindo no es una fruta para Wall Street. No es una fruta para los anglosajones, o una fruta oriental, y tampoco una fruta negra. El tamarindo es para los colombianos y los indios, para la gente morena.

—¿Sabes?, por la forma como hablas sobre los colores has debido ser pintor. De todas maneras, estoy tratando de darles algo bueno. El tamarindo es medicinal y laxante. Yo quería ofrecerle a los clientes una alternativa, algo poco usual, tú sabes. Lo que pasa es que la cosa no ha pegado, tú sabes.

Llenó un vaso de papel con dos bolas de una sustancia color mierda. Lo probé.

—¿Y bien? —me preguntó Harry, retorciendo y afilando sus bigotes de Fu Manchú.

—Es refrescante. Tal vez un poquito demasiado ácido.

—Yo no quiero usar azúcar, tú sabes. Óyeme, Santiago, ¿tienes contactos con los cultivadores de café de Colombia? Debías invertir en futuros de café, y te puedes ganar un montón de plata. ¿No fue en una plantación de café que tú naciste?

—Mi papá tenía una plantación de banano.

—Ajá, ¿bananos? Esa es una buena idea. Helados de banano, ¿cómo te parece? Tal vez nos podamos meter en el mercado del banano. La bolsa está caliente de nuevo, tú sabes. Y yo lo que digo es que hay que hacer un buen negocio antes de que se vuelva a desplomar. Yo no entiendo por qué Rockefeller es la única persona que puede ganar dinero en este país.

—Tengo que irme, Harry. Estoy preocupado por Mr. O'Donnell.

—Qué gusto verte, hombre. Te llamo la semana entrante, seguro. Tal vez podamos ver una película, ¿qué tal? Cuídate, y dale mis saludos a Mr. O'Donnell —me dio una palmadita en el hombro y, mirando hacia Broadway, empezó a gritar:

—Helados de tamarindo naturales. Disfrute la fruta de Buda y de Montezuma.

Ya era mediodía cuando llegué a la casa. Durante el día, cuando la puerta estaba abierta a causa de la agencia de empleos, entraba y salía rápidamente para evitar encontrarme con la casera. Pero había varias cosas en el buzón del correo y tuve que detenerme brevemente para sacarlas antes de que los basureros las rompieran, como hacían casi todos los días.

Uno de los sobres era de Unlimited Languages y contenía un cheque de trescientos cincuenta dólares. Era un golpe de buena suerte. Había estado molestando a la agencia para que me pagaran varios trabajos que les había hecho en junio. Por un segundo o dos me quedé ahí parado dudando si debía correr al banco para depositarlo y hacer un retiro. Fue un lapso de tiempo suficiente para que Mrs. O'Donnell abriera la puerta que da al bar. Me agarró un brazo, como si yo fuera un ladrón atrapado en flagrancia.

—Santiago, ¿por qué no has contestado mis llamadas? Entra.

—Hola, Mrs. O'Donnell —le dije, fingiendo una sonrisa.

Con la mano libre me indicó que debía entrar al bar. Había ya muchos borrachitos en la barra, y varias de las cabinas ya estaban ocupadas por la gente del almuerzo. Fuimos hasta una cabina al fondo, cerca de la cocina. Saludé a Pete, el hijo mayor de Mrs. O'Donnell, que era el camarero jefe; y a Sean, el hijo de Pete. Ambos asintieron con la cabeza, reconociendo el saludo. Le sonreí a un par de meseras (que también eran parientes de Mrs. O'Donnell). ¿Debo añadir que todo el negocio era manejado por los muchos dependientes de Mrs. O'Donnell? Quería volverme invisible. Sabía que todos estaban muy al tanto de mi situación, y aunque todos y cada uno siempre eran muy simpáticos conmigo, tenía la impresión de que me consideraban el tipo que estafaba a la matriarca del clan.

Nos sentamos en la cabina. Con su mata de pelo rojizo y la cara como las líneas de un mapa, Mrs. O'Donnell era una réplica exacta de Lillian Hellman. También tenía la voz entonada por el whisky de la escritora.

—Bueno, Santiago, ¿dónde está el arriendo?

—Siento mucho no haber respondido a sus llamadas, Mrs. O'Donnell —le dije, tratando de sacarla de su línea única—. Pero había planeado verla hoy mismo.

—Bueno, aquí estás ahora, ¿así que dónde está el arriendo?

Después de ocho años de estar perpetuamente atrasado en el arriendo, ya estaba corto de excusas.

—Mrs. O'Donnell, yo esperaba darle los mil dólares que quería usted, pero no tengo esa suma en el banco. No he tenido mucho trabajo últimamente. Si la cosa sigue así, voy a tener que conseguir un trabajo de tiempo completo.

Ella había oído este argumento tantas veces antes que mis palabras no parecieron tener ningún efecto.

—Te doy veinticuatro horas para que empaques tus cosas y te vayas. No me obligues a sacarte a la fuerza. Es mi última palabra.

—Mrs. O'Donnell —le protesté—, usted no está hablando en serio. Usted nunca haría una cosa así, ¿no cierto?

—¿Y quién me lo va a impedir?

Había tanta ira en el destello de sus ojos almendrados que tuve miedo de ella.

—Porque… porque usted es una mujer buena —le dije—. Usted sabe lo mucho que yo la aprecio.

—Yo soy una buena persona, eso sí es cierto. Pero no soy una idiota, Santiago. Y es por eso que tú has estado aprovechándote de mí desde hace tantos años. Todos en mi familia piensan que estoy loca. Mi abogado no puede creer que esta situación haya durado tantos años. Yo podría alquilar ese apartamento por mil quinientos dólares, incluso ahora. Además, tú sabes que yo no te hubiera dejado mudarte si hubiera sabido que eras colombiano. Yo pensé que tú eras de Venezuela, como Ben Burztyn —dijo, refiriéndose a mi amigo Ben Ami que vivía en el apartamento de abajo antes de que Rebeca se mudara.

Pero habiendo ya insultado a mi país, Mrs. O'Donnell se suavizó.

—Necesito algo de plata hoy. Me van a cortar la luz si no pago el recibo. Tú tienes que tener algo que puedas darme hoy. Si no, voy a tener que llamar a Lucy. Detestaría hacerle eso a la pobre, con todos los problemas que tiene con su marido.

—Por favor, Mrs. O'Donnell, haga lo que quiera, pero no llame a mi mamá. Yo le voy a dar plata ahora mismo. Mire —le dije, y le di el cheque de Unlimited Languages.

En vez de darme las gracias por el cheque, se puso furiosa.

—¡Entonces sí tenías plata! Debes pensar que yo soy la tonta más grande del mundo.

—Le juro que es todo el dinero que tengo. Pero tómelo; es todo suyo —le endosé el cheque.

Ella lo dobló y se lo guardó en el delantal.

—Aquí tienes —me dijo, y tiró unos billetes en la mesa—. No quiero que te vayas a morir de hambre.

Conté cinco de a veinte.

—Gracias —le dije.

—Ahora sólo me debes 14.760 dólares en arriendos atrasados.

Tuve que soltar una risita.

—Mrs. O'Donnell, a usted cómo le gusta exagerar; debe ser su temperamento irlandés.

Se contrajo de nuevo. Nunca debí reírme; sólo era indulgente cuando yo le demostraba estar arrepentido. Tal vez debería empezar a llorar, pensé. O mejor aún, rogarle para que me diera un trabajo lavando platos.

—Santiago, no puedes seguir viviendo así. Tú eres un joven inteligente. ¿Cuándo vas a organizarte?

Iba a decirle que me gustaría tener una madre que tuviera un bar, pero como eso no era muy apropiado, le dije:

—Cuando acabe el poema de Colón, voy a conseguir un trabajo de tiempo completo. Se lo prometo.

Se cogió la cabeza con las manos.

—Santiago, despierta. Esto es Nueva York. Aquí a la gente no le importa la poesía. Si de todas maneras quieres ser escritor, escribe por Dios un libro que pueda ser una miniserie. ¿Por qué no escribes —y extendió el brazo hacia el frente del bar— sobre la calle 42? Escribe sobre los tipos del basuco; sobre cómo me están dañando el negocio. Sobre eso es lo que tienes que escribir. Con eso es que se gana dinero. Además, todo el mundo tuvo que leer algo sobre Cristóbal Colón en la secundaria.

Yo ya estaba cansado y aburrido de que la gente me dijera sobre qué debía escribir, pero también sabía muy bien que no debía discutir con ella.

—Estoy de acuerdo con usted —le dije—. Odio a esos degenerados. A mí también me están volviendo loco.

—No, por favor, no vayas a convertirte en un basuquero, eso no Santiago.

—Claro que no, Mrs. O'Donnell.

—Tengo una idea, Santiago. También es una buena manera para que puedas pagarme algo de los arriendos atrasados. Hacemos un cartel contra el basuco y tú te paseas con él frente al antro porno. Unas pocas horas al día. Tal vez así le llamemos la atención a alguien.

—De ninguna manera —le dije, y me puse de pie—. Preferiría convertirme en un indigente, ¿entiende?

Ella también se levantó.

—¿Y qué tal si te paras frente al edificio del *New York Times*? Tal vez escriban un artículo denunciando la cosa.

Su ridícula propuesta me dejó sin palabras. Me puse furioso, y si no hubiera sido mi casera y no le tuviera cierto respeto y no le debiera tanta plata, le hubiera cantado unas cuantas verdades. En cambio le dije:

—Tengo que irme, estoy muy preocupado por… —iba a decir por Mr. O'Donnell, pero afortunadamente me detuve a tiempo. Yo vivía aterrorizado de que se fuera a dar cuenta que había bautizado a mi gato con el apellido de su marido fallecido.

Adivinó lo que le iba a decir, y me preguntó:

—¿Cómo está tu gato?

—Cada día está peor. Me temo que éste es el fin.

—Yo sé cómo es eso; yo tenía un gato así. Tenía que triturarle sus medicinas y ponérselas con la comida.

Me pareció la cosa más imposible del mundo que Mrs. O'Donnell hubiera amado a un gato alguna vez; sin embargo, le dije:

—Lo siento mucho.

—Claro que fue hace mucho tiempo. Antes de casarme. Lo quería tanto que después de él no fui capaz de tener otro.

—Bueno, como le dije, me tengo que ir.

—¿No quieres una hamburguesa con queso, cortesía de la casa? ¿Cuándo fue la última vez que comiste algo caliente?

Tenía hambre, pero no tanta como para someterme a la tortura de que toda su familia me mirara comer.

—Muchas gracias, Mrs. O'Donnell, pero no ahora. Tengo mucha prisa.

Me señaló con el dedo:

—Espero que me abones algo más a tu deuda antes del viernes. Recuerda que me debes 14.760 dólares.

—¿Cómo lo podría olvidar, Mrs. O'Donnell? Que tenga un buen día. Fue un placer verla.

Al pasar frente a la barra con el rabo entre las piernas, me gritó:

—Santiago, reza para que pueda pagar el recibo de la luz.

Mr. O'Donnell estaba en la cocina con un talante carnívoro. Permanecía inmóvil frente a la nevera, esperando a que saliera un ratón imaginario. Estaba tan enfrascado en la cacería que apenas me miró lo suficiente para que nuestras miradas se cruzaran.

—Está bien, haz lo que quieras, ingrato, ya que prefieres un ratón muerto a estar conmigo —le dije, algo dolido.

Fui a ver si había mensajes. Nadie había llamado. Me senté a la mesa y miré el correo. No había sino basura, fuera de un sobre en el que había un boletín con el siniestro título de *Informe colombiano*. Tenía ochenta y ocho páginas y estaba en inglés. Le eché una mirada. Todos los artículos eran sobre la guerra de guerrillas en Colombia. Qué gran cosa, me dije, era lo que necesitaba: estar en la lista de correo de un grupo guerrillero. ¿Qué tal que la policía allanara mi apartamento y encontrara literatura subversiva? Agité la cabeza para librarme de estos pensamientos paranoicos. «Esto es Nueva York, no Colombia», me dije, «tengo limpia la conciencia. Sin embargo, la gente normal no tiene una libra de cocaína en un frasco en la cocina o una pistola sin licencia en el tanque de agua del inodoro».

Empecé a recorrer el apartamento a zancadas. Hacía tanto calor y había tanta humedad que me sentí nadando contra la corriente en un enorme río de sopa de lentejas. Pensé ir al parque, a pasar la tarde bajo la sombra fresca de un árbol. Pero en el Parque Central en el verano hay más polvo que en un pueblo fantasma de una película de vaqueros. Al menos Mr. O'Donnell parecía estar bien, pensé. Si no, no estaría tan concentrado esperando cazar un ratón. Sonó el teléfono.

—Santiago, contesta. Yo sé que estás ahí —dijo la voz sonora de Ben Ami Burztyn.

—Hola, Ben —dije, levantando la bocina—. ¿Cuándo volviste a Nueva York?

—Con que controlando tus llamadas, ¿no? —dijo con rudeza—. ¿Escondiéndote de Mrs. O'Donnell, no cierto?

—Hombre, Ben, ya quisiera yo poder esconderme de esa mujer. Acabo de estar con ella. ¿Y qué hay de nuevo?

—Te llamaba para invitarte a comer esta noche, si es que no tienes otros compromisos —me dijo sarcástico.

—Claro que puedo —le dije, encantado con la idea porque Ben sólo come en los mejores restaurantes.

—Nos encontramos en Rupert's, a las siete y media —me dio la dirección—. Y vístete elegante, por favor. Con chaqueta y corbata. ¿Tienes una corbata decente?

—Ya verás el vestido que me regaló mi mamá. Parezco un galán de Hollywood.

—Hum —dijo Ben—. De todos modos, no llegues tarde.

—Voy a llegar puntual, te lo prometo.

Ben se rió entre dientes, me di cuenta.

—Te veo esta noche, chico.

—Ciao.

La llamada de Ben me puso de buen genio. Sabía que iba a ser una gran comida. Además, hacía meses que no lo veía. De pronto me sentí lleno de energía, me puse unos shorts y una camiseta. Decidí irme al muelle de la 43, a que me que diera algo de sol, a leer y tal vez a trabajar un poco en mi poema de Colón. El río siempre me hacía sentir como si estuviera en una de sus carabelas. Ya estaba en la puerta cuando volvió a sonar el teléfono. Era Tim Colby, mi agente literario.

—Santiago, estoy en la esquina con café y donas. ¿Estás en la casa?

Le dije a dónde iba y lo invité a ir conmigo.

—Está bien —dijo Tim.

Me esperaba abajo, sudando, como si hubiera caminado mucho. Cargaba un maletín, varias bolsas y unos sobres grandes de papel manila.

—Pareces un surfista del Caribe —me dijo con una sonrisa.

—Puedes dejar esas cosas arriba, si quieres —le dije.

—No hay necesidad. Sólo ayúdame con el café y las donas.

Me dio las bolsas de papel, y le dije:

—Volemos antes de que los basuqueros me vean saliendo de la casa con esta ropa.

Tim miró hacia el Paradise Alley.

—También se están apoderando de mi zona. Se reproducen más rápido que las cucarachas.

En la esquina de la 43 cogimos hacia el oeste, en dirección del Hudson.

—¿Qué son esos libros que tienes en los sobres? —le pregunté al ver cómo luchaba con los pesados paquetes, aunque pensé que vestido con sandalias, pantalones caqui, y una camisa con guacamayas y cocoteros, no parecía venir de alguna estirada oficina de editores.

—No, le estoy haciendo entregas a un amigo que trabaja en Wall Street. Pero estas cosas las voy a llevar mañana.

—¿Estás trabajando de mensajero?

—Sólo un par de días en la semana, para ganarme unos dólares extra. Trabajo para un amigo que conocí en Princeton. Ahora es un pesado en Wall Street, y me ayuda así. ¿Y tú cómo estás? —me dijo al cruzar la Novena avenida—. ¿Estás escribiendo?

—Hace unas semanas que no escribo nada. Estoy replanteando toda la idea.

Se sonrió de oreja a oreja.

—Te tengo muy buenas noticias.

—¿Ah, sí?

—Conocí a una editora que está interesada en ti.

—¿Está interesada en mí? Bromeas. ¿Leyó *Lirio del alba*? —le pregunté, aunque eso parecía algo perfectamente imposible.

—No lee español.

—¿Entonces cómo puede estar interesada en mí, si no lee español?

—Le conté que tú eras un escritor latinoamericano con mucho futuro. Le dije que le iba a dar la oportunidad de publicar a la próxima sensación latinoamericana.

Me pareció que ese no era mi futuro, pero me sentí halagado de todas maneras.

—No me digas, muchas gracias, Tim. ¿Entonces quiere publicar *Cristóbal Colón*?

—Le dije que estabas escribiendo un libro interesantísimo.

Se me apagó un poco el optimismo.

—¿Le contaste que estoy escribiendo un poema épico?

—No. Pero nadie dice que *Fuego pálido* de Nabokov es un poema. Todos dicen que es una novela. De todos modos —continuó—, estábamos hablando en un cóctel y me dijo que nunca había leído una novela de misterio de un suramericano. Dijo que le encantaría publicar una.

—¿Entonces tú quieres que yo convierta *Cristóbal Colón en su lecho de muerte* en una novela de misterio? —farfullé—. Me irrita que todo el mundo quiere que yo escriba lo que no tienen las agallas de escribir ellos mismos.

—Yo no, Santiago. Yo quiero que termines *Cristóbal Colón*. A mí ese poema realmente me encanta. Yo te dije que lo iba a traducir cuando lo termines.

La promesa de Tim me hizo sentir mejor, porque él tiene fama de ser un gran traductor.

—¿Cómo se llama la editora? —le pregunté, conciliador.

Me dijo el nombre y también el de su editorial, de la que nunca había oído hablar.

—Yo ni siquiera estoy muy seguro de qué es una novela de misterio —le dije, tenso de nuevo.

—Pero tú has visto películas de misterio.

—Pero ella quiere un libro, no una película. ¿Lo que tú quieres decir es algo así como *El tercer hombre*, de Graham Greene?

—Sí.

Agité la cabeza.

—Yo simplemente no creo que pueda hacer una novela de misterio con el descubrimiento de América. Yo creo que ni siquiera Graham Greene hubiera podido.

—Lo único que te digo es que a ella le gustaría muchísimo publicar a un joven y desconocido escritor latinoamericano.

Preferiblemente alguien que escriba una novela de misterio. Tú eres bastante joven y eres latino, así que reúnes dos de tres condiciones. Sólo piénsalo. Y no te disgustes. Tal vez se pueden reunir, y a lo mejor le caes bien, ¡quién sabe!

Habíamos llegado a la avenida Once. La brisa marina nos acarició, cálida. Respiré profundo, y la conservé unos momentos en los pulmones antes de botarla. Cruzamos la avenida y entramos al muelle por la reja que estaba abierta.

Hasta hacía poco había allí tres muelles viejos maravillosos. Demolieron dos, y sólo quedaba el muelle de la calle 43, aunque habían construido en él un auditorio para conciertos de verano al aire libre. Afortunadamente, la mitad del muelle todavía estaba abierta al público. El cielo estaba muy encapotado, sin embargo había unos hombres con diminutos vestidos de baño que se estaban asoleando. Era un clima como para maldecirlo, pero unos pocos atletas incondicionales trotaban en cámara lenta. Al final del muelle unos niños que pescaban anguilas se tiraban al río. Varios chinos vestidos de negro, de los que viven en la misión china de la avenida Once, se intercambiaban miradas indescifrables parados al borde del muelle; parecían conspiradores a punto de volar la Estatua de la Libertad o de invadir Nueva Jersey.

Nos sentamos al borde del muelle, con las piernas al aire. No hacía viento y el Hudson parecía estático, como un río de goma, pero me sentí contento de alejarme del hedor del centro de Manhattan a mitad del verano. Aquí, por lo menos, la ciudad no apestaba como el aliento de un borracho. Tim abrió la caja de las donas, y bebimos unos sorbos de café tibio. Cuando Tim iba a verme siempre llevaba donas y bizcochos, y hacíamos unas orgías de cosas dulces. Le dije que las donas estaban muy frescas.

—Son donas de Wall Street. Es lo único decente que hay allá.

Con el calor aplastante que hacía, el café tibio era refrescante. También era algo refrescante el espectáculo de los niños excitados que saltaban al río, trepaban a la plataforma y volvían a tirarse una y otra vez. Comimos en silencio. Tim parecía hipnotizado por los niños pescadores. En medio de grandes gritos, mataban a las anguilas con los zapatos, con piedras, o a golpes contra el cemento. Asqueado, me concentré en las embarcaciones de toda clase que surcaban el Hudson en una y otra dirección. Pero las aguas turbias del río me hicieron pensar en un canal de sopa de anguilas. Miré hacia el cielo y vi que iba a llover de un momento a otro. Tuve la esperanza de que un aguacero lavara la espesa capa de polvo y de basura que se había depositado sobre la ciudad como el glaseado de un ponqué. El cielo luminoso tenía un tono opalino. Una neblina tenue cubría el mundo. Un trasatlántico que pasaba hizo sonar su bocina, que sonó como el mugido quejumbroso de una vaca gigante. La atmósfera melancólica me hizo querer saltar a bordo del barco y navegar a una isla exótica, muy lejos, donde pasaría el resto de la vida como un vagabundo de playa, sorbiendo daiquiríes púrpura al atardecer.

—Esto es muy agradable —dijo Tim, estirando perezosamente el torso y los brazos—. ¿Vienes aquí con frecuencia?

—Sí, en el verano. Leo o escribo, o simplemente miro los barcos. Es como ir al campo.

—Te debe hacer pensar en Cristóbal Colón.

—El agua siempre me lo recuerda.

—¿Te acuerdas de lo que dice Melville en *Moby Dick*?

—Es un libro muy largo, Tim, y dice muchas cosas sobre todo lo habido y por haber.

—Pues Melville dice que las aguas del diluvio no han bajado, porque dos terceras partes del mundo siguen bajo el agua. ¿Sabías eso?

Al tomar rumbo hacia el mar, el trasatlántico levantó las aguas del río haciendo que las ondas lamieran los pilares del muelle, produciendo una música suave y acariciadora.

—Por eso es que Colón sabía lo importante que era descubrir nuevas tierras.

—Haces que suene como un especulador en finca raíz. Estoy seguro de que tuvo una razón más fuerte.

—¡Ah! —exclamó Tim—. ¿Esa es la Estatua de la Libertad, allá lejos?

En la distancia, emergiendo del manto gris que cubría el paisaje, la estatua se veía diminuta, como un fósforo prendido.

—¿Sabías que cuando nos la dieron los franceses era la estructura más alta de Nueva York? En esa época los edificios más altos sólo tenían seis pisos, por lo que todavía no había ascensores.

—Entonces la Estatua de la Libertad fue el primer rascacielos.

—Sí, así es —dijo Tim, y le dio un mordisco a una dona con mermelada—. Santiago, ¿tú crees que los americanos son ingenuos? —me preguntó de pronto inesperadamente.

Lo miré con atención. El pelo leonado lo tenía un poco largo, y le hacía falta lavárselo y hacérselo cortar. Tenía casi cuarenta años, pero a causa de sus intensos ojos brillantes y de su ánimo risueño, parecía como un filósofo niño. Yo le iba a contestar algo cortés, algo así como, «Bueno, no más que otros pueblos». Pero le dije:

—Sí, definitivamente.

—¿Y eso por qué?

—¡Quién sabe, Tim! Mejor pregúntale a Octavio Paz o a uno de esos deconstruccionistas franceses que saben todo de todo. Yo no tengo ni idea por qué. Nunca ha dejado de asombrarme que la búsqueda de la felicidad figure en la Declaración de Derechos. Yo creo que es por eso que los americanos viven tan deprimidos la mayor parte del tiempo. Creen que la felicidad es uno de sus derechos inalienables. Y yo, básicamente, estoy de acuerdo con Freud en que la felicidad no formó parte del contrato social. Tú sabes, la felicidad momentánea, sí —y seguí sin ninguna vergüenza con una sarta de lugares comunes—: por ejemplo, yo estoy feliz contigo en este momento. Pero si tratamos de duplicarlo… olvídate. Yo creo que todo momento es irrepetible. ¿Pero la felicidad como un modo de vida? ¿Cómo puede uno ser feliz con toda esa muerte que nos rodea? —le dije, pensando en la muerte de Bobby y en la próxima desaparición de

Mr. O'Donnell—. ¿Cómo puede uno buscar la felicidad, como principal fin de la vida, habiendo tanto dolor y sufrimiento en todas partes? Un país que cree en eso es un país de ciegos. De gente en busca de lo que no existe.

—Mierda —exclamó Tim—, está lloviendo.

En el muelle no había ninguna parte donde guarecerse. Juntó todos los sobres y paquetes y se sentó encima. Los niños que nadaban y pescaban se volvieron locos de la felicidad. Pero no estaba lloviendo, era un barco de bomberos. Había empezado a hacer un ejercicio, y había bañado el muelle con una rociada fina, fresca, y abundante. Los chinos salieron corriendo y gritando como demonios rociados con agua bendita. Los muchos orificios del barco lanzaban sábanas de una finísima neblina. Era indescriptiblemente bello, como una benevolente bestia mitológica que habría surgido de las aguas del Hudson para refrescarnos y encantarnos. Hombre de letras siempre, Tim dijo:

—Se parece a… se parece a… Moby Dick. A una ballena blanca con mil orificios.

En efecto, el monumental y salpicador espectro que se alejaba por el río crecido parecía ir rumbo a mar abierto, dispuesto a apagar todos los incendios del mundo.

9. El intérprete

Le hice señas a un taxi frente al edificio de la Port Authority y le dije al taxista la dirección de Rupert's. Con mi traje llamativo y elegante, camino a un buen restaurante, me sentí de pronto rico, espléndido, seductor. Estar cerca o con Ben Ami Burztyn siempre me hacía fantasear así. Conocí a Ben unos nueve años antes, en la cola para ver *Freaks*, la película de Todd Browning. Al darse vuelta el gigantesco hombre barbado con cara de oso, bufanda roja de aviador y boina verde, casi me saca de la fila con su pantagruélica barriga. Me preguntó abruptamente: «¿Cuántas veces has visto *Freaks*?». Le dije que no la había visto y aparté la vista, nada ansioso por conversar con un extraño. Me dio una palmadita en un hombro y me contó que él la había visto veintiocho veces. Decidí librarme de ese bicho raro tan pronto entráramos al teatro. Miré hacia otro lado. Volvió a tocarme el hombro y me preguntó, «¿Está tu agenda demasiado llena para hablar conmigo?». Decidí ser cortés, y le dije, «No, en realidad no…».

—Noto que tienes un acento. ¿De dónde eres?

Descubrimos que éramos de países vecinos. La familia de Ben había llegado a Venezuela después de la Revolución Rusa. Nos entendimos bien y nos sentamos juntos a ver la película. Ben citó secuencias enteras de diálogo, al mismo tiempo que los actores decían las palabras. Después del cine, me invitó a su apartamento a una copa de champaña. Aunque parecía un excéntrico y actuaba como un chiflado, acepté la invitación: tenía pocos amigos en Manhattan y menos aún que les gustara el cine y que fueran suramericanos.

Resultó que Ben vivía en el tercer piso encima del bar O'Donnell's. En esa época, era el único inquilino en el edificio. Abrió la puerta, que daba a un cuarto oscurísimo. Con un encendedor prendió una lámpara de gas en una mesa y luego docenas de velas en un complicado candelabro de muchos brazos.

—¿Qué le pasó a la luz? —le pregunté, no sin cierto recelo.

—Detesto la electricidad —fue la respuesta seca de Ben.

Tenía luz eléctrica en el apartamento, pero para la iluminación prefería las velas y las lámparas de gas. Sacó una botella de champaña de la nevera. Nos sentamos en una gigantesca cama junto a una ventana que daba a la Octava avenida, y bebimos champaña. Ben estaba pasando en esa época por su período Edgar Allan Poe. Me mostró un par de primeras ediciones de la obra en prosa y la poesía de Poe, una carta manuscrita hecha tiras, y viejas fotos sepia suyas. Mientras bebíamos la champaña y comíamos caviar, me contó parte de su historia. La fortuna de su familia estaba en el petróleo y los textiles. De niño había sido amigo de los hijos de la familia real de Kuwait. Sus padres querían que tuviera una carrera relacionada con los negocios, pero abandonó la London School of Economics y se vino a Nueva York a escribir la biografía definitiva de Poe. Había decidido vivir en Times Square, porque allí era donde más cercano se sentía al mundo de Poe. Cuando ya me iba a ir, me dijo que quería que conociera a su bisabuelo. Sacó un hueso humano de debajo de una de las almohadas.

—Este es un fémur de mi bisabuelo —me dijo—. Fue general en el ejército ruso.

Saludé al hueso. Ben le dio un beso y lo volvió a poner debajo de la almohada.

Nos hicimos muy amigos. Fue por Ben que conocí a Mrs. O'Donnell y me fui a vivir al apartamento del cuarto piso. Un año o algo así después se murió una tía soltera suya y recibió una gran herencia. Dejó de investigar para su biografía de Poe y se fue a vivir a París, ciudad que prefería a Nueva York. Durante los años siguientes, lo veía cuando venía a Nueva York. Cambió su afición a Poe por la del poeta francés del siglo diecinueve, Gérard de Nerval. Y con el montón de plata que tenía, se convirtió en un gastrónomo que viajaba por todo el mundo para comer en los mejores restaurantes. Se compró un dúplex en la Museum Tower, donde se quedaba en sus visitas de una noche a Nueva York. Su última compañera era una bailarina del vientre llamada Scheherazada, que empezaba su danza de los siete velos cada vez que Ben se aburría.

El taxi se detuvo; había llegado al restaurante. Le di al taxista una propina de tres dólares. Este era el peligro de estar cerca de Ben: yo también empezaba a actuar como rico. El restaurante era más bien pequeño y su decoración sin pretensiones. Al entrar, me saludó la recepcionista. Me examinó desde la punta de los zapatos para arriba y midió con la vista el largo de mis patillas. Tal vez decidió que yo era un suramericano rico o un mafioso de la coca —que era lo que parecía con la ropa que mi mamá me había regalado—, porque me dio un apretón de manos y me bañó con una sonrisa de cinemascope.

—Voy a encontrarme con el señor Benjamin Burztyn —le dije.

Retiró la mano como si le quemara y yo le hubiera dicho: «Tengo la peste bubónica y quiero besarte en la boca». Su falsa sonrisa se transformó en una mirada fría y agresiva.

—Sígame —me dijo.

Había poca gente en el restaurante y presumí que se debía al hecho de que por estar a fines de julio todos los asiduos estaban muy, muy lejos de Nueva York, o en los Hamptons. Ben estaba hablando con un mesero.

—Hola, Ben —le dije.

Ben retiró la vista del menú.

—Hola, Santiago, siéntate por favor —luego se dirigió al mesero con el tono de un monarca con la piedra afuera—: ya le dije que me trajera una botella de la champaña que usted considera la mejor de la casa.

La cara del mesero se puso roja.

—Pero, señor...

Ben cruzó las manos con las palmas extendidas y las llevó hacia la cara del mesero.

—Ya le dije lo que quiero. Déjeme en paz.

Agitado, el mesero se fue al bar, con aspecto de no poder decidir si insultar a gritos a Ben, o matarlo.

—Dios mío, Ben. ¿Qué lo es lo que pasa? —le pregunté.

—Santiago, amigo mío —dijo Ben sonriendo, como si acabara de darse cuenta de que yo estaba ahí. Y añadió, con la mano sobre mi hombro—, hoy sí estás bien vestido, chico. ¿Cómo te va?

—Muy bien, pero… —me moría de ganas de saber por qué había tanta tensión en el ambiente, pero ahora que tenía la oportunidad de verlo en plena gloria, me faltó el aliento. Tenía puesto un magnífico vestido blanco y una corbata con baño de oro. Aunque con un par de años menos que yo, tenía desde hacía poco el pelo y la barba grises. En ese momento lo hubieran podido confundir con un sultán de incógnito, con alguien criado con cucharita de plata—. ¿Por qué está todo el mundo actuando en una forma tan extraña? —le pregunté.

Entrecerró los ojos, frunció los labios y gruñó con ojos de odio y mirando hacia el bar:

—Estoy a punto de demandarlos por cincuenta mil dólares.

—¿Por qué?

Ben se puso un dedo en los labios. El aterrorizado mesero se acercaba con la champaña.

—Déjeme ver qué ha traído —le dijo Ben.

El mesero sacó la botella de Dom Perignon de la hielera.

—¡Dom Perignon! —exclamó Ben—. Los americanos están convencidos de que es la única champaña del mundo.

—Señor, usted me dijo que yo escogiera la champaña —se quejó el mortificado mesero.

Yo estaba empezando a sentirme molesto por la manera en que Ben estaba maltratando al mesero.

Con un ademán de ilustre lord criado entre sirvientes a su entera disposición, le dijo:

—Bueno, ¿qué está esperando? Por lo menos puede abrir la botella.

El mesero cumplió sus deseos y brindamos por la salud. Cuando nos quedamos solos, Ben me dijo:

—Chico, estoy demandando a esta gente porque la última vez que estuve aquí perdieron mi paraguas, que también era mi bastón.

—Lo siento mucho —le dije lleno de interés, a sabiendas de que todo lo que tenía era lo mejor—. Pero no tienes que cargarla con el pobre mesero. ¿Se le perdió a él el paraguas personalmente?

—Pero lo hicieron en París —dijo con toda la indiferencia de los ricos suramericanos hacia sus inferiores—. Era un diseño especial para mí. El puño era de oro sólido. Era un paraguas único; todavía no he podido reemplazarlo.

Unos años antes le habían extirpado un tumor maligno en una pierna. Fue una operación muy delicada y quedó cojeando, por lo que necesitaba un bastón para apoyarse.

—Y tú sabes, chico, como son los americanos —siguió diciendo—. No lo toman a uno en serio si uno no amenaza con demandarlos. Bastó que mi abogado llamara al gerente para que empezaran a pararme bolas. De todos modos, ya me prometieron que van a reemplazar mi bastón por uno exacto. Lo mandaron hacer en París. Para calmarme me invitaron a comer con tres personas más, todo por cuenta de la casa, incluidas las bebidas. Pero te juro, Santiago, que los arruino si esta noche hacen algo mal.

—Estoy seguro que todo va a ser perfecto —le dije, sintiendo que iba a empezar a sudar y que se me había formado un nudo en la boca del estómago. Abrí el menú y me puse a mirar con detenimiento las entradas, los platos fuertes y los postres—. Todo parece delicioso.

—Te recomiendo el jabalí —me dijo Ben—. El pecho de conejo y la tortuga a la parrilla también son buenos platos.

El mesero vino a la mesa. Pedimos los aperitivos y los platos fuertes, y Ben le pidió al mesero que recomendara el vino. Cuando se fue, le pregunté a Ben:

—¿Dónde está Scheherazada?

—Se quedó en Chile. Chico, yo ya no sé qué pensar de las mujeres. Les doy gusto en todo, las llevo a todas partes, y ni una sola entiende qué es lo que me hace feliz. La otra noche me fui a un bar de solteros para ensayar algo diferente. Pues bien, me senté al lado de una mujer bella, con un aspecto perfecto, al horrible estilo de Cher, no exactamente mi tipo. De pronto se volteó hacia mí y me dijo, «Si no deja de mirarme, voy a apagarle el cigarrillo en un ojo».

—Pero Ben, no debes ir a esos sitios. Estoy seguro que hay muchas mujeres que darían todo por hacerte feliz.

—Eso es lo más romántico que me hayan dicho nunca. Ojalá hubiera una mujer que me hablara como tú —me dijo, y me dio un golpecito en la mano.

—No tenía ni idea que habías ido a Chile —le dije, para cambiar de tema—. ¿Qué fuiste a hacer allá? Yo pensaba que odiabas a Pinochet y que habías jurado no volver hasta que no lo fusilaran.

Una sombra de tristeza pasó por su cara rubicunda.

—Chico, un día estaba caminando con Scheherazada en la playa de Macuto cuando de pronto, algo en el aire, un olor, tú sabes Santiago, algo como la Magdalena de Proust... me golpeó muy fuerte y se apoderó de mí. Me acordé de esas estupendas empanadas de carne que comía en Santiago cuando mi padre fue embajador allá. No sé qué fue lo que me pasó, chico. El caso es que, antes de que me diera cuenta, estaba aterrizando en Santiago.

Guardó silencio y se tomó de un trago una copa de champaña, desconsolado. Yo no podía aguantar el suspenso, se me había olvidado respirar.

—¿Y qué pasó?

—Ay, Santiago. Nunca había tenido una mayor decepción en toda mi vida. El restaurante estaba en el mismo sitio, y todavía hacían las empanadas de carne, pero el viejo cocinero había muerto y las empanadas sabían a plástico, como la comida de McDonald's —sacó la pipa, la tacó y la prendió, formando una gran nube de humo aromático. Bebí mi champaña sin decir nada. No quería hablar; no quería dañarle ese momento de perfecto abatimiento—. Chico, había viajado miles de kilómetros para volver a comer las empanadas de mi niñez, y se habían vuelto plásticas, como todo lo demás —la voz le temblaba de lo triste que estaba—. Las empanadas eran un fraude. Me dio un ataque de ira. Llamaron a la policía y me arrestaron. Afortunadamente, Scheherazada llamó al embajador venezolano, y éste llamó al presidente y lo amenazó con cortarle a Chile el petróleo venezolano si no me ponían en libertad inmediatamente… —estaba diciendo Ben cuando llegaron las alcachofas.

Una reluciente limusina blanca esperaba a Ben cuando salimos del restaurante. Reinaba en el ambiente un bochorno de pantano, y acepté que me llevara a la casa.

Aunque Ben le había puesto peros al vino que escogió el mesero, y le parecieron duras las alcachofas, el jabalí con almizcle, el conejo demasiado hecho y los postres mediocres, la cena fue un éxito. Por lo menos esa noche no había seguido con la idea de la demanda. Mi papel como mediador me hizo sentir bien; por un momento pensé ofrecerle mis servicios a Rupert's, para aplacar la ira de sus descontentos clientes suramericanos. Me sentí como un príncipe: andar en limusina en una noche como esa era mejor que volver en el subway. Y como no tenía las exigentes normas de gastrónomo de Ben, la comida me pareció excelente, aunque no sensacional.

Estábamos sentados cómodamente, Ben fumando su pipa y yo un Newport Light, cuando Ben dijo:

—Yo prefiero ser un *clochard* en París que un rico en Nueva York. Tienes que irte de esta ciudad, Santiago. Cuando quieras, te puedes quedar en mi apartamento en París.

—Me encantaría —le dije, con el deseo de que extendiera la invitación abierta a su apartamento vacío en la Museum Tower. Tenía un buen recuerdo, aunque vago, de París. Ben me había invitado a pasar un fin de semana allí, sólo para mostrarme la tumba de Gérard de Nerval—. ¿Pero yo qué puedo hacer allá? Aquí por lo menos medio me gano la vida. Además, allá me sentiría más marginado que aquí. Ahora me siento casi como un neoyorquino, ¿sabes?

—Cásate con mi prima Edna —me ordenó—. Es tan rica como yo. Y no tiene ni padres, ni hermanos o hermanas. Toda la plata que tiene es de ella. Además es una lesbiana bruja.

—Ben, me estás hablando como si yo fuera un cazafortunas.

Ya había conocido a Edna, cuando hacía su doctorado en teología. Me pareció buena persona, callada, amable, intelectual, y además una dama. Adoraba a Ben, y se casaría conmigo sólo para darle gusto.

—De todos modos —añadí—, no es por falta de candidatas. Siempre está Claudia. Pero ahora que pienso en la cosa, te cuento que preferiría casarme con Edna —le dije, después de hacer notas mentales de Claudia y de Edna.

La limusina se había detenido en el semáforo en rojo de la 42 con Octava avenida.

—Y pensar que a mí me gustaba mucho Times Square —me dijo Ben, denigrando de su viejo barrio—. Yo no entiendo cómo puedes vivir en medio de todo eso —me dijo, indicando con la mano el antro porno, los drogos y los hampones—. Chico, ese es el legado de Reagan y de Bush. Si no te ganas cien mil dólares al año, y no le has vendido tu alma a una multinacional, no tienes nada qué hacer en Manhattan. O tienes que vivir en esta olla de Times Square o irte al South Bronx y joderte fumando basuco hasta que estires la pata, chico.

—Carambas, Ben —le dije—, el dinero te volvió sabio. ¿Todos los ricos tienen tu inteligencia política?

—Los ricos son todos unos pelotudos. Yo soy diferente porque soy un artista, porque tengo alma de poeta. En París y con la mujer indicada, no me importaría ser pobre —dijo con un suspiro.

Me pregunté si Dios, en su infinita creatividad, había concebido tal criatura: ¡la mujer indicada para Ben Ami Burztyn!

—¡Ay, la vivienda de mi juventud bohemia! —exclamó filosófico, en la voz un toque de nostalgia. Yo sabía para mis adentros que Ben añoraba que los elegantes sitios donde vivía se convirtieran en una olla de la noche a la mañana.

Le di un abrazo. Sonrió y, sin mover el cuerpo, asintió con la cabeza. Al abrir la puerta de la limusina vi la diminuta figura de Salsa Picante frente a la mía. Le hice señas, pero estaba tan ocupada tratando de pescar clientes que no me vio. Inesperadamente, tuve una brillante idea. Esto es providencial, pensé.

—Ben, creo que tengo la respuesta a todas tus oraciones —le dije, y me di vuelta hacia la calle—. Salsa Picante —le grité—, ven acá que alguien aquí quiere conocerte.

Me reconoció.

—Hola, Santiago —me dijo al acercarse contoneándose y emanando sexo y lujuria—. ¿Cómo está mi churro latino?

Sentado en el carro, con los pies en el pavimento, mi mirada encontró la suya.

—Acércate, que te quiero presentar a un viejo amigo —le dije.

Recelosa, estudió a Ben, sentado en el fondo de la limusina.

—¿No es un bicho raro, o sí?

—Vamos, Salsa Picante —me quejé—. ¿Tu crees que yo te presentaría a un perverso sexual?

—¡Salsa Picante! —exclamó Ben; los ojos le bailaban de la excitación—. ¿Te gustaría comer conmigo?

—Encantada —chilló ella.

Me bajé, la ayudé a entrar y cerré la puerta tras ella. Y Ben y Salsa Picante partieron rumbo a los misterios de aquella bochornosa noche de verano.

Mr. O'Donnell estaba pegado a su sitio frente a la nevera. Era temprano para su bocado de medianoche, pero lo usual era que empezara a mendigarlo horas antes. Esa noche, sin embargo, estaba ajeno a la comida, a mí, y al calor que por lo general lo anonadaba.

—Gato pendejo, te va a dar un ataque al corazón esperando a que aparezca el ratón —le dije. Movió la cola, como barriendo mi preocupación, y ni siquiera se molestó en echarme una mirada.

—O te da un ataque o te mueres loco —le estaba diciendo cuando sonó el teléfono. No había mensaje. Lo cogí y dije, «Aló, aló». Un clic fue la única respuesta y me quedé ahí como un imbécil con el teléfono muerto en la oreja. De pronto oí un ruido abrupto y ensordecedor, como el de un camión estrellándose contra el techo. Pero el edificio no se derrumbó, el techo no se hundió. Pensé que la nevera tal vez se le había caído encima a Mr. O'Donnell. Corrí a la cocina gritando, «¿Estás bien gatico?». Él respondió a mi preocupación con una mirada burlona y como diciendo, «¿Qué te pasa?». Un fogonazo resplandeciente iluminó la cocina, y al mirar por la ventana del callejón vi rayos pintando rayas de platino en el cielo de obsidiana. La violencia de la tempestad sacudió los vidrios de las ventanas. Bajé la mirada del cielo al edificio del otro lado del callejón. El exhibicionista estaba de pie en la ventana, bailando para mí. Noté que tenía puestos unos shorts y que no se estaba acariciando. Cruzaba los brazos extendidos hacia arriba para llamar mi atención. Me quedé inmóvil. Se inclinaba, casi saliéndose de la ventana, con un cartón grande que tenía escrito «# de teléfono».

—Ni de vainas —le grité y le hice pistola, pero cuando iba a darme vuelta empezó a agitar el cartón con desenfreno y en su desesperación parecía a punto de caerse por la ventana, lo que mantuvo mi expectativa. Algo pasaba, pensé. O tal vez está muy excitado, me dijo una voz interior; todo el mundo se vuelve un obseso sexual en el verano. ¿Pero si estaba tratando de decirme algo más? O si sólo quiere sexo, ¿qué puedo hacer yo? Con saber no se pierde nada, me dije por fin, y con señas le di el número. Lo confirmó con señas y se retiró de la ventana. Corrí al teléfono para desconectarlo, pero sonó, y lo levanté.

—¿Eres tú? —me dijo una voz con acento europeo.

—Tu vecino del otro lado del callejón —le dije, escogiendo las palabras con cuidado, en caso de que estuviera grabándome.

—Oye, te cuento —dijo con un acento que no pude precisar— que hace un par de horas pillé a dos hombres que estaban tratando de meterse en tu apartamento por la escalera de incendio.

—¿Qué?

—Sí, vi que estaban tratando de meterse. Tenían herramientas y estaban empezando a sacar el vidrio, así que empecé a gritar y a decirles que iba a llamar a la policía. Uno de ellos me apuntó con un arma, pero yo me escondí y seguí gritando, hasta que se fueron.

—¿Los reconociste? ¿Serían basuqueros de abajo?

Guardó silencio.

—Hum, déjame pensar. No, en realidad parecían algo orientales, como tú.

—Yo no soy oriental —lo corregí—. Soy colombiano.

—Ah, ya veo. Yo supe que eras extranjero por la manera como hiciste las señas para darme el teléfono.

Y yo no supe si colgar, coger a Mr. O'Donnell y salir corriendo del apartamento, o llamar a la policía. En todo caso, me hizo bien hablar con alguien. Me di cuenta de que aunque no sabía su nombre, me sentía casi cercano a él; sabía más sobre sus más profundos secretos sexuales que sobre los de la mayor parte de mis amigos.

—Soy alemán —me dijo, lo que no me sorprendió para nada—. ¿Cómo te llamas? —me preguntó.

Le dije mi nombre, distraído porque estaba completamente friqueado pensando en que tal vez los mafiosos colombianos estaban tratando de meterse en el apartamento.

—Me llamo Reinhardt —me dijo.

Se me ocurrió que lo cortés era agradecerle haber ahuyentado a los ladrones.

—Muchas gracias, Reinhardt. Te agradezco mucho lo que hiciste. Mi gato, que está enfermo, se hubiera podido escapar. Hubiera sido una tragedia.

—Ahora ya sabes que es mejor tomar precauciones.

—¿Qué quieres decir?

—Tú sabes, dejar el radio y la luz prendidos cuando salgas, cosas así.

—Sí, gracias por recordármelo.

—No me gustaría que te pasara nada, churro… o a tu gato…tal vez nos podamos ver un día de éstos, ¿no te parece?

Mi otro yo quería decirle, «Claro, ¿por qué no?», pero lo que hice fue decirle balbuciendo:

—Bueno, pues, no sé…

—No para nada sexual —me dijo—. El sexo es muy peligroso ahora. Pero podemos ir a cine.

—Claro que sí, yo voy a cine todo el tiempo.

—Bueno, entonces llámame. Mi número es… —lo copié, pensando que algún día podía servirme. Y, quién sabe, tal vez una noche de éstas… La verdad es que ese nibelungo rubio, esbelto y alto me atraía mucho. Y ahora que sabía que era nórdico me excitaba mucho más.

—Gracias, Reinhardt —le dije para acabar—. Muchas gracias, de nuevo.

—De nada. Que sueñes con los angelitos.

¿Soñar con los angelitos? Agité la cabeza. Rebeca debía estar despierta todavía, ¿pero qué sacaba con ponerla nerviosa? Después de todo, los colombianos me buscaban a mí, no a ella. Era a mi apartamento al que se querían meter. Sin embargo, también ella debía estar al corriente del peligro. ¿No era posible que me mataran? Ella podía ayudar a la policía a encontrar a mis asesinos. ¿Pero qué me podía importar a mí, ya muerto, que se hiciera justicia? ¡Nada podría devolverme la vida! En momentos como ese, cuando tenía miedo y estaba nervioso, y a punto de tirar la toalla, metía la cara en la pelambre de Mr. O'Donnell y lo besaba por todas partes, hasta que el contacto con un ser viviente, palpitante, me calmaba. Pero algo me decía que si esa noche lo distraía de su ridícula cacería, me iba a arañar por todas partes.

«Pero voy a pelear, no me voy a dejar, no voy a dejar que me jodan como a un idiota», me dije, apretando los dientes. Y sintiéndome como Gary Cooper en *Solo ante el peligro*, saqué la pistola del tanque del inodoro y la envolví en una toalla para que se secara. Me pregunté si dispararía después de haberla metido en agua dos días. Pero los colombianos no sabían eso. Estaba seguro de que se cagarían del miedo si los enfrentaba en la ventana con la pistola apuntándole a las huevas. Decidí dormir en el sofá junto a la ventana. Si volvían, los oiría subiendo por las crujientes escaleras de incendio. Ahora que estaba dispuesto a enfrentarme a mis perseguidores, me puse a pensar en quiénes podían ser. Si eran los patrones de Gene, ¿debía llamar a la policía, al FBI, o a la CIA? ¿Por qué no podían ser simplemente basuqueros tratando de desvararse robándose algo valioso que pudieran vender? No, solamente mirando por la ventana podían darse cuenta de que yo sólo tenía basura. Claro, tenían que ser mafiosos colombianos que sabían que yo tenía la coca que Gene se había robado.

Aunque sólo eran las once de la noche, ya era muy tarde para llamar a la casa de mi mamá. Mañana hablaría con Gene, pensé. No puedes darte el lujo de volverte mierda, Santiago. Tienes que reunir todas tus fuerzas y tu claridad para controlar la situación. Mañana puedes hacer que te instalen un sistema de alarma. Ben Ami podía prestarme la plata. Siempre me decía que me ayudaría si realmente lo necesitaba. Bueno, por fin había llegado el momento. ¿O debía usar la plata para irme a París con Mr. O'Donnell hasta que todo eso pasara? Me sentí más loco que una cabra. Tal vez el calor me había secado el cerebro para siempre.

Me senté en el sofá sudando, con la pistola metida en la toalla en las piernas; miré hacia el oscuro callejón. ¿Me estarían espiando? ¿Estarían apuntando hacia mí con sus pistolas y a punto de disparar? Cerré los ojos, respiré profundo, conservé el aliento un poco, y luego lo boté tan duro como pude con toda la fuerza de los pulmones. Oí un pum, pop, pum: habían disparado, pensé. Soy hombre muerto. Sentí que había desaparecido de la faz de la tierra. Antes de que fuera demasiado tarde, abrí los ojos para ver a Mr. O'Donnell por última vez. Parecía estar bien, pero me toqué la cabeza y me examiné el pecho buscando la herida. No habían dado en el blanco. Miré de nuevo hacia el callejón.

Se desató un aguacero. El fuerte viento empujaba goterones a través de la rejilla de la ventana. Me quedé quieto, disfrutando el refrescante viento. La lluvia caía con la fuerza de un tifón. Esperé que se volviera un huracán que barriera a los asesinos allá abajo en el callejón, a los basuqueros de la calle, y a toda la suciedad y la escoria de Nueva York. Siempre me gustaron los buenos aguaceros de verano. Recordé de pronto mi adolescencia en Barranquilla, cuando llovía tanto en el invierno que la ciudad se paralizaba y no teníamos que ir al colegio.

Mi adolescencia, más o menos entre los doce y los quince años, había sido la época más infeliz de mi vida. Y sin embargo, por masoquismo, o por la necesidad fútil de exorcizar los fantasmas que siempre me rondaban, vivía volviendo una y otra vez a esos años con una insistencia que me perturbaba.

Barranquilla está situada a nivel del mar. La ciudad no tenía entonces —y sigue sin tener— un sistema de alcantarillado. Cuando llueve duro, como llueve en *Red Dust* con Jean Harlow, la ciudad se inunda y las calles y avenidas se convierten en arroyos que arrastran personas, carros, casas y buses llenos de pasajeros. Algunos barranquilleros emprendedores se ganan la vida en esa época del año poniendo tablas anchas que atraviesan en las calles para que la gente pueda pasar sin tener que vadear las aguas turbias, traicioneras, inmundas.

Cuando empezaban los diluvios después del almuerzo, sabía que no iba a haber colegio por la tarde. Wilbrajan y yo nos poníamos los vestidos de baño y salíamos al patio a jugar bajo la lluvia. El solar, con el mango y los plátanos, se inundaba haciendo que salieran patos y tortugas, que nosotros perseguíamos corriendo bajo los árboles, chapoteando en el agua que nos llegaba a las rodillas. Por la noche el solar se convertía en un pantano cubierto por nubes espesas de mosquitos y zancudos, y muchísimas ranas que croaban haciendo su música cacofónica. Después salía la enorme luna naranja de los trópicos y se reflejaba en las aguas iridiscentes, como un reflector dorado.

Después de que volvimos de Bogotá, mi mamá vivió con don Miguel, su amante durante cinco años. Era casado. Iba a comer todas las noches, dormía con mi mamá hasta las doce y a esa hora se iba a la casa de su familia. Esta situación, aunque muy común en la sociedad colombiana, nos dolía a mi hermana y a mí. Era muy difícil explicársela a los amigos del colegio, pero los vecinos estaban al corriente y comprendían. Don Miguel era bueno y amable con los niños, y estaba loco por mi mamá, por eso es que Wilbrajan y yo lo tratábamos como si fuera nuestro tío favorito. Por la noche, cuando cerraban la puerta de la alcoba, yo me salía a escondidas de mi cuarto, pasaba por la cocina y me iba al solar para mirarlos por la ventana haciendo el amor. Noche tras noche los espiaba, descubriendo mis propios apetitos sexuales al verlos tirar con una voracidad y pasión que me excitaba, me asustaba y me agotaba.

Debe de ser por eso que todavía soy mirón, me dije pensando en Reinhardt. Agité la cabeza para librarme del ensueño. Pero estaba amodorrado, y tenía que levantarme temprano para trabajarle otra vez de intérprete a la juez Warpick. Decidí dormir en el sofá junto a la ventana con la pistola debajo de los cojines. Me puse la piyama y llevé el reloj despertador a la cocina. Una tremenda pesadez me cayó encima y me sentí hundiéndome, cayendo como en un paracaídas, en un pozo sin aire y oscurísimo. Antes de rendirme completamente al sueño, lo último que vi fueron los ojos dorados de Mr. O'Donnell brillando en la oscuridad: salvajes, desarraigados, como los ojos del tigre de Blake.

Al caminar sobre mi pecho, Mr. O'Donnell me despertó. Su cabeza oscilaba sobre la mía. En la oscuridad, sentí que algo me rozaba la nariz; concentré la vista y vi que tenía en la boca un ratón que se contorsionaba justo sobre mi cara. «¡Uuuuy!», grité asqueado, y me senté como un resorte. Sin soltar el ratón, Mr. O'Donnell pegó un salto de tres metros y fue a dar al otro cuarto. Tan duro me palpitaba el corazón que creí que se me podía salir por la boca. Me levanté y prendí la luz. Tenía un ataque de *pavor nocturnus*. Sabía que tenía una crisis nerviosa y corrí por los cuartos prendiendo todas las luces. Me serví medio vaso de whisky, me lo tomé de un trago y para calmarme me senté junto a la ventana del callejón. Eran las cuatro y veinte de la mañana. Mr. O'Donnell entró con su presa. Con la escoba, traté de que la soltara. Furioso, dejó caer al ratón inconsciente y, como una bestia feroz de la selva, peló los dientes, gruñó y luego me rasguñó y me mordió para defender su presa. Corrí a mi cuarto, cerré la puerta y me desplomé en la cama. Después de un rato, ya medio sereno, me levanté, y prendí el aire acondicionado y la lámpara de la mesa de noche. No me importaba que se metiera alguien en el apartamento; no iba a salir de mi cuarto sino unas horas después, hasta que Mr. O'Donnell, muerto el ratón, se lo hubiera tragado. Prendí un cigarrillo y apoyé la espalda en las almohadas, preguntándome si debía tratar de volver a dormirme o si debía hacer un esfuerzo para seguir así. Y empecé a soñar despierto. Vi a Cristóbal Colón en su cuarto viaje, enfermo, enloquecido y arruinado, llegando en su carabela a la costa de Paria. A lo lejos, vio una montaña en forma de pera que confundió con una enorme teta, la enorme teta de la tierra, que tocaba el cielo.

10. ¡Ay, luna! ¡Ay, luna!

—¿Qué hay de nuevo, hombre? —me saludó Jeff cuando entré a la oficina de la Seguridad Social por la mañana.

—Buenos días, Jeff —le dije, parado frente a su escritorio. Sobre él tenía dispuesto el tablero con la figuras del ajedrez y al lado había un asiento como invitándome.

Puso a un lado el *New York Post*.

—¿Y por qué es que no quieres jugar más ajedrez conmigo?

—Siempre me desanima. Tu eres demasiado buen jugador para mí —le dije.

—Gracias, pero nunca vas a mejorar si no juegas con buenos jugadores. Así fue como yo aprendí.

En ese momento, la asistente de la juez Warpick, que parecía una versión senil de Betty Boop, entró al cuarto.

—¿Está listo, Mr. Martínez? —me preguntó, parpadeando con sus kilométricas pestañas.

Me di vuelta hacia Jeff.

—¿Ya llegó la demandante?

—Cuando yo llegué, ya estaba aquí —me dijo Jeff—. Está allá sentada al fondo del salón. Se llama —hizo una mueca— Fridania Moquette. ¿De dónde sacará esa gente esos nombres?

La llamé duro. Ese día el salón estaba repleto de demandantes con sus parientes, amigos, intérpretes, abogados y asistentes legales. Una mujer joven en el fondo se puso de pie con dificultad. Sentí un bajón cuando la vi empezar a caminar hacia nosotros, sin abogado, como la señora Rama. Empujaba un cochecito de bebé y para caminar se apoyaba en un bastón. Al acercarse tambaleándose, me di cuenta de que el bastón era un palo de golf, y de que tenía aparatos ortopédicos en las piernas.

Jeff me golpeó suavemente el muslo con la carpeta de la demandante.

Cuando ella llegó a la puerta, la abordé con la introducción de siempre:

—Me llamo Santiago. Soy su intérprete de español.

Me miró inexpresiva, como si estuviera ante un espejo. Entramos lentamente a la sala de la juez Warpick. Puso al lado de su asiento el cochecito cubierto por una manta de algodón, colocó el palo de golf sobre la mesa, y se sentó.

Yo estaba medio adormilado por la falta de sueño. Al momento entró la juez Warpick, envuelta en su túnica negra, sus rasgos de gárgola verdaderamente aterrorizantes. Me pidió que le dijera sus derechos a la demandante. Prestamos juramento y empezó la audiencia. La juez le pidió el nombre y la dirección a la mujer.

—¿Es señorita o señora Moquette? —le preguntó.

—Señorita —dijo la mujer, ruborizándose.

Me di cuenta entonces de que era muy joven. Tenía el pelo negro recogido en dos trenzas adornadas con cintas blancas y azules, y pintados los ojos con pegotes de sombra violeta y las uñas con un esmalte aguamarina, punteado por estrellitas plateadas.

—¿Dónde nació? —le preguntó la juez, como disgustada por tener que hacer las mismas preguntas una y otra vez.

—Creo que en un hospital.

No pude esconder una sonrisa. La juez me miró como queriendo pulverizarme.

—¿En qué país? Eso es lo que quiero saber.

—En Puerto Rico.

—¿Y cuándo llegó a los Estados Unidos?

Fridania encogió los hombros.

—Ya ni me acuerdo, fue hace mucho.

Una vocecita se integró al diálogo.

—Hola.

Fridania sonrió y le dio una palmadita a la manta sobre el coche.

Alargando el cuello de flamenco, la juez concentró la vista en el coche.

—Es el bebé —dijo Fridania, retirando la manta como si fuera una maga a punto de revelar una paloma o un conejo. Se pudo ver la cabeza del niñito. Con sus mechones de pelo crespo negro, parecía un Yanick Noah miniatura; y agarró con las dos manos los lados del coche. Nos sonrió. Había algo extraño en él. Aunque parecía diminuto, tenía una cara de más edad.

—Hola —me saludó el niño, y se inclinó para tocarme con la mano. Me quedé inmóvil. La asistente de la juez se enderezó en el asiento, interrumpida su habitual modorra, y puso un dedo en la grabadora, lista a detenerla en caso de que se presentara una conversación ajena a la materia de la audiencia.

—Señorita Moquette, ¿está usted lista para proseguir? —preguntó la juez.

Me di cuenta que ya estaba en son de guerra.

—Espere un segundo —dijo Fridania. Abrió la cartera, sacó un tetero con leche y se lo dio al bebé, que se lo arrebató y desapareció con un chillido en el fondo del coche.

Como si hubiera acabado de darse cuenta de lo anómalo de la situación, la juez Warpick le preguntó:

—Señorita Moquette, ¿cuándo nació usted?

—En 1974.

—Entonces tiene…

Diecisiete, calculé, y la miré bien. Y pensé: «¿A qué edad tuvo entonces el bebé?». Ésa fue la siguiente pregunta de la juez.

—A los trece y medio —dijo Fridania.

—¿Así que el niño tiene cuatro años y medio?

—Va a cumplir los cinco en la Navidad.

—¿No es ya bastante mayor para que lo lleve usted en un coche?

—No, señora, no puede caminar.

—¿Por qué?

—Porque nació sin piernas.

—¿Por qué?

—¿Cómo voy yo a saber? —le contestó Fridania furiosa—. Pregúntele a Dios, así lo hizo.

—Señorita Moquette, si usted desea seguir en esta audiencia, le aconsejo controlar su genio —farfulló la juez en respuesta—. Yo no le voy a aguantar a usted ningún berrinche, ni a nadie. ¿Entiende usted?

Bajé la cabeza y traduje casi en susurros. Quería cerrar los ojos y...

—Señor intérprete —me dijo a gritos—, tiene que hablar más duro, de otra manera la grabadora no registrará su traducción.

—Lo siento, su señoría —le dije, mirándola con odio. Afortunadamente para mí, estaba mirando fijo a la demandante.

—Hola —dijo el niño otra vez—. Ya se me acabó el tete, mami —sacó de nuevo la cabeza, y le dio a su madre el frasco vacío. Por un momento, la juez, la asistente y yo olvidamos la audiencia y fijamos la vista, fascinados, en la escena entre madre e hijo. Fridania metió el tetero en la cartera, cogió al niño por las axilas y lo sacó del coche. Era un niño perfectamente desarrollado desde la cabeza hasta la cadera. Tenía puesta una camiseta roja con la imagen de Madonna, en una vulgar imitación de Marilyn Monroe; las partes pudendas, entre pañales, estaban cubiertas por un plástico azul. Fridania lo puso en el canto. Luego sacó de la cartera un bloc de notas y unas crayolas, que puso en la mesa. El niño empezó a dibujar inmediatamente.

—¿Cómo se llama? —le preguntó la juez.

—Claus Pericles.

—¿Claus Pericles?

—Claus por Santa Claus, porque nació casi en Navidad, y Pericles por su papi.

—¿Dónde está el padre de Claus?

—No sé.

—¿Cómo se llama?

—Tampoco sé —contestó, impasible—. Me violaron unos muchachos de una banda.

—¿Por qué no abortó? —le preguntó Warpick, lo que me dejó súpito—. Yo sé por qué, porque quería entrar en la Seguridad Social lo más rápido posible —siguió diciéndole.

—Eso es cierto —contestó el niño en lugar de su mamá, y siguió dibujando animales fantásticos con los ojos rojos.

—Tiene usted que decirle al niño que guarde silencio, de otra manera no podrá seguir en la sala.

Claus puso la crayola en la mesa, y se sentó derecho mirando fijo a Warpick.

—Dígame qué razón tiene usted para solicitar ingresos adicionales.

—Porque no me alcanza el cheque para vivir.

—Pero usted recibe Medicare.

—Sí, señora.

—Y vales de alimentos.

—A veces —dijo Claus.

Me senté en las manos como si eso fuera a evitar de alguna manera que me echara a reír.

Warpick estaba empezando a perder la calma, sus rasgos fijos como los de una estatua.

—¿De qué adolece Claus… es decir, además de haber nacido sin piernas?

Fridania peinó con los dedos los crespos negros del niño.

—Cuando nació Claus —empezó— pesó cuatro libras y tenía un bulto en la espalda tan grande como una toronja y… —calló un momento, era obvio que lo que iba a decir le dolía mucho—. Y también nació sin pene, y los médicos me dijeron que era más fácil volverlo niña que hacerle un pene, y también me dijeron que lo criara como niña.

—¿Por qué no lo hizo usted? —le preguntó Warpick—. ¿Por qué no siguió usted el consejo de los médicos?

Fridania palmoteó la mesa, el niño la imitó.

—Porque si Dios hubiera querido que Claus fuera una niña, lo hubiera hecho niña.

—Yo soy un niño —gritó Claus—. Un niño, no una niña. ¿No cierto, mami?

—Sí, Claucito —lo tranquilizó Fridania. Y siguió diciendo—: lo peor fue que como nació sin pene, los orines y el popó le salen por el mismo sitio. Ya lo han operado dos veces, pero no han podido arreglar el problema.

—No más operaciones —dijo Claus. Se dio vuelta hacia mí—. No más operaciones, chico.

—¿Por qué no vive con sus padres, señorita Moquette?

—Porque ahora yo tengo mi propia familia.

—Usted es una menor, señorita Moquette. Y una inválida. Usted parece tener un grave defecto en las piernas; debería usted vivir en la casa, con sus padres. Y tal vez Claus estaría más cómodo en un centro de rehabilitación. Cuando crezca, usted ya no será capaz de cuidar de él. Parece un niño inteligente. Tendrá que ir a la escuela. Tal vez pueda aprender un oficio y así ser un ciudadano útil.

—¡Yo no voy a meter a Claus en una institución! —dijo dando alaridos. Se le hincharon las venas del cuello y sus rasgos se deformaron de la rabia.

—No es a usted a quien le corresponde decidir eso, señorita Moquette —refunfuñó Warpick—. El asunto tendrá que depender de una corte superior. Yo ciertamente voy a recomendar que el niño vaya a un centro de rehabilitación.

—Nunca —gritó Fridania en inglés—. Antes que eso, tendrán que matarme, ¿entiende? —siguió diciendo en un inglés sin acento.

—¡Nunca, nunca, nunca, nunca! —chilló Claus, y se trepó a la mesa donde empezó a brincar como un conejo. La asistente se levantó de un salto hacia atrás y apoyó la espalda en la pared.

—Señorita Moquette, esta audiencia ha terminado —dijo la juez—. Váyase con el niño.

Fridania se paró. Cogió el palo de golf, me miró y lo alzó. Yo me encogí, y me cubrí la cabeza con los brazos. Pero Fridania se fue acercando al estrado blandiendo el palo de golf de un lado a otro, con fuerza. Warpick se paró, horrorizada y gritando ronca, histéricamente.

Sin dejar de brincar en la mesa, Claus empezó a cantar, «Bamba, bamba. Bamba, bamba».

—Señor intérprete —me dijo implorante la juez—. Por favor, deténgala. Tiene usted que detenerla.

La asistente, que estaba del otro lado de la sala, lejos de Fridania, salió corriendo dando aullidos. Warpick empezó a lanzar todos los objetos a su alcance, y Fridania los bateaba con el palo de golf.

—Señor intérprete —me gritó de nuevo Warpick—. ¡Deténgala! Le ordeno que la detenga. Si no lo hace, quedará usted despedido. Nunca podrá volver a trabajar.

Yo me paré, miré bien a Fridania, que se movía tan lentamente como un caracol convaleciente, y decidí que la juez Warpick se podía defender sin mi ayuda. Me di vuelta para salir de la sala.

—¡Usted nunca va a volver a trabajar! —la voz de Warpick flotó a mis espaldas mientras avanzaba por la antesala. Entré a la oficina para despedirme de Jeff. Allí encontré a la asistente de la juez, desplomada en el asiento de Jeff, llorando y tratando de explicar lo que había pasado en la sala.

—Oye, Santiago, ¿qué diablos es lo que está pasando allá?

—La juez te necesita, Jeff.

—¿Ah, sí? Yo estoy ocupado ahora —me dijo.

Alargué la mano para estrechar la suya, que me dio con una mirada interrogante.

—Voy a renunciar —le informé—. Pero tú me vas a hacer falta.

—Hombre, no puedes hacer eso. ¿Con quién voy a jugar ajedrez? —pero se dio cuenta de que la cosa iba en serio y me preguntó—: ¿Y qué vas a hacer, hombre?

—No sé, le dije encogiendo los hombros. Voy a escribir una novela de misterio, supongo.

—¿En serio?

—Adiós —le dije, pasando saliva.

Al salir del edificio Federal Plaza sabía que nunca iba a volver a entrar allí de nuevo en calidad de intérprete. Sabía que

Unlimited Languages no me iba a llamar a mí de nuevo, y que era la única agencia que me conseguía trabajos como intérprete en casos de seguridad y bienestar social. Sentí ganas de sentirme eufórico y libre como los héroes de las películas y las novelas cuando se defienden solos, pero en este caso la que me había defendido era Fridania, y lo que sentí fue terror. También me dije que era improbable que la juez Warpick se pusiera a llamar a todas las agencias de Nueva York para acabar con mi carrera de intérprete.

Hacía sol afuera. Después de la lluvia de la noche, la ciudad parecía ordenada y limpia; el clima estaba fresco y vigorizante. Ya había empezado el temible mes de agosto, pero ese día había un tris de otoño en la atmósfera. Generalmente, después de salir me iba derecho a la casa. Pero ese día me dieron ganas de vagar por las calles. No se me habían olvidado los hombres que habían tratado de meterse en el apartamento. Quería sentarme a echar paja horas enteras con un amigo. Voy a visitar a Harry Hagin, pensé. Siempre me alegra el día. Me puse las gafas de sol y empecé a caminar en dirección de la esquina donde lo había visto vender helados la última vez. Harry no estaba allí. Caminé unas cuadras hacia el este, pensando que tal vez se había corrido hacia el distrito financiero.

Encontré vendedores de perros calientes, pretzels, libros, gafas de sol y helados de fruta, pero ni rastro de Harry. No trabajar los lunes no era típico de Harry, pensé. Empecé a deprimirme. Me sentí como si me estuvieran poniendo encima un gigantesco hipopótamo, que me iba a aplastar sobre el pavimento. No podía pasar por Wall Street sintiéndome así. Mi vida estaba en crisis, y yo estaba reaccionando como un avestruz.

«Piensa positivo, Santiago», me dije. «Haz algo, compra el *New York Times*, y estudia los empleos en la sección de clasificados». Empecé a sudar, pensando cuántas veces había hecho eso en los últimos años, y cómo había desistido después de leer la primera columna, al darme cuenta de las escasas capacidades que yo tenía para el mercado. «Al diablo con el pasado», murmuré, «tengo que cambiar todo eso». Estaba hablando solo, y los entes de Wall Street me miraban con recelo. Era obvio que, escribiera o no la novela de misterio, tenía que ganarme la vida de alguna manera. Irme a vivir en la casa de mi mamá en Queens ya no era una alternativa para mí. Y para probarme a mí mismo mi recién adquirida seriedad, compré el *Wall Street Journal*, me lo metí bajo el brazo y corrí hasta la estación del subway. El tren E estaba vacío a esa hora, y me senté a leer el periódico y a disfrutar el aire acondicionado. Abrí el *Journal* en la sección de clasificados: me dio un bajón. Parecía intimidante, como la página de obituarios del *Times*, pero sin fotos. Cerré el periódico con violencia, como si acabara de ver al diablo en sus páginas. Tal vez iba a atreverme a leerlo ya en la casa, tomándome una cerveza fría. Pero el subway tardó tanto en llenarse en la estación de la calle Chambers, que lo volví a abrir para escapar de mis locos pensamientos. Pasé las páginas y le di una ojeada a todos los titulares hasta que llegué a Times Square.

Me sentía excitado, frenético. Al llegar a la esquina de la Octava avenida con la 43, vi un montón de gente agolpada en la esquina. Fuera de la gentuza y los basuqueros arremolinados, había policías y bomberos. Los bomberos estaban inflando cojines de seguridad y extendiendo redes. ¿Había un incendio en el hotel? De golpe vi que también había sacerdotes y monjas y, por supuesto, fotógrafos. Me di cuenta de que algo de grandes proporciones estaba pasando en Times Square. La gente de la televisión no tardaría en llegar. Todo el mundo estaba mirando hacia arriba. No salía humo del edificio, pero un hombre estaba sentado en el alféizar de una ventana y amenazaba con tirarse al vacío. Agitando un crucifijo, un cura iba empezar a subir por la escalera de incendios de un carro de bomberos. Un par de monjas rezaban de rodillas. Los basuqueros miraban la escena como si fuera una película de acción. Todo aquello los estimulaba. Con aspecto de demonios airados y dementes, empezaron a gritar en coro: «¡Salta! ¡Salta!».

Empecé a irme corriendo de ahí, pensando que no quería ver eso. Iba a cruzar la calle cuando la multitud rugió y el hombre empezó a caer de cabeza. Me quedé inmóvil: no supe si cagarme en los pantalones o volverme ciego. El suicida cayó a centímetros de mí, haciendo un ruido sordo. La cabeza se le abrió y brotó un chorro de sangre como agua de una manguera. El hombre estaba medio desnudo. No tenía puesta sino una camiseta, y las piernas le brillaban como si estuvieran enceradas. Uno de mis brazos estaba todo rojo, como si le hubieran echado salsa de tomate. Me toqué la cara y el pelo. Estaba todo empapado en sangre. Di un alarido y cerré los ojos. Los basuqueros, demoníacos, soltaban risitas ahogadas y daban alaridos.

Momentáneamente enajenado, atravesé la calle volando, apenas eludiendo los carros que pasaban. Al ir a subir a mi apartamento, casi choco con alguien sentado en las escaleras.

—¡Puta vida, carajo! —dijo a gritos mi sobrino Gene—. ¿Qué te pasó, cuadro? ¿Qué es eso? ¿Pintura?

—¡Es sangre, Gene! —le dije entre sollozos. Empecé a llorar a moco tendido y me derrumbé a su lado en los escalones.

—Sammy, ¿acabas de matar a alguien? ¿A quién mataste? ¿Por qué? ¿Por qué? Cuadro, ¿por qué?

Un par de clientes de la agencia de empleos bajaban por las escaleras. Me pegué a la pared escondiéndoles la cara, pero dejando espacio para que pasaran. Cuando llegaron a la puerta, le dije a Gene:

—Un hombre se acaba de tirar de un edificio a una cuadra de aquí, y casi me cae encima.

—¡Qué viaje, mano! ¡A ese muñeco lo tengo que ver!

—No, no vas a verlo —le dije—. Vamos al apartamento.

Ya adentro, le pedí a Gene que cerrara la puerta con llave y corrí al baño. Al prender la luz, me impactó tanto mi imagen ensangrentada en el espejo que sentí un vértigo y tuve que sentarme en el inodoro. No supe cómo me quité la camisa, y con la camiseta me sequé el pelo, la cara, las manos. Cuando me sentí más fuerte, me quité los pantalones y los zapatos. Me recosté contra el tanque de agua frío y cerré los ojos.

—¿Estás bien, Sammy? —me preguntó Gene al entrar al baño.

Abrí los ojos. Gene tenía a Mr. O'Donnell entre los brazos, y acariciaba su cara con una mejilla.

—Hola, Micifú —dije yo—. Gene, ¿me haces un favor? Coge toda esta ropa con sangre, métela en un bolsa de plástico y tírala a la basura.

Hizo cara de asco y me pasó a Mr. O'Donnell. Lo puse en las rodillas y sentí que rastrillaba mis muslos con sus garras. Gene hizo toda clase de gestos de disgusto al llevarse la ropa. Noté que Mr. O'Donnell tenía mejor aspecto, estaba casi rejuvenecido.

—Deben ser las proteínas del ratón que te comiste ayer —le dije.

En ese momento una mosca negra, brillante, del tamaño de un abejorro, entró al baño haciendo un zumbido metálico. Mr. O'Donnell pegó un salto desde mis piernas, la atrapó en el aire y fue a dar a la bañera, donde se puso a masticarla. Hizo unos ruidos secos, crujientes, y se relamió el hocico, como si acabara de comerse una delicia gastronómica.

—Fuera de mi vista, bestia asquerosa —masculló, y lo hice irse del baño espantándolo con la toalla. Me senté de nuevo. Estaba temblando mucho, y de pronto empezó a tronar una música en la cocina. Gene había puesto uno de sus incomprensibles casetes. Entró de pronto al baño, sin golpear, impetuoso y torpe como un caballo salvaje. Tenía dos vasos en las manos, y me dio uno.

—Mira, creo que necesitas esto —me dijo—. Me tomé un sorbo de whisky y me estremecí al pasarlo, quemándome la garganta.

—¿Por qué no te das un buen baño? —sugirió Gene—. Yo te lo puedo preparar.

Me conmovió su preocupación, ya fuera falsa o auténtica. Era uno de los pocos casos en que se había ofrecido para hacerme algo. Empezó a llenar la bañera con agua hirviendo. La dejó corriendo y regresó con un frasco de extracto de vainilla, que mezcló con el agua. Estaba tan alterado que no quise discutir. Pero antes de que se fuera, le dije:

—Gene, ¿por qué no le bajas un poco el volumen a la música?

—Son los Beastie Boys —me dijo, dolido, como si acabara de pedirle que apagara una sublime sinfonía de Brahms—. Voy a oírlos allá lejos, fresco.

Asentí. Cerró la puerta con un golpazo que me sobresaltó. Me quité los calzoncillos y me metí en el agua hirviendo. Hundido hasta la cabeza, me puse a respirar profundo y a zangolotear los dedos de los pies. Lleno de vapor, el cuarto de baño parecía nublado y misterioso. Empecé a fantasear: ese no era mi cuarto de baño sino un antiguo baño inca. En lugar del agradable y suave aroma de la vainilla, olí palo santo y sahumerios quemados; en lugar de estar en una bañera llena de agua del acueducto, flotaba en una piscina de aguas termales que emanaban de un volcán sagrado. Estaba empezando a relajarme cuando, contra mi voluntad, un coloquio de voces se enfrascó en un debate en mi cerebro. ¿Qué hacía Gene allí? Rara vez me visitaba, y nunca sin avisarme. ¡Había venido por la coca, por supuesto! Me lo imaginé registrando el apartamento de arriba abajo, metiendo las narices en todas partes. Por eso era que me había sugerido el baño. No era que estuviera preocupado, era una hábil y artera artimaña, y yo había caído en la trampa por culpa de esa ingenuidad amistosa mía, que siempre me hacía actuar contra lo que me convenía. «Dale un chance al muchacho», me ordenó la serena voz de la razón. «Él no es malo, sólo tiene miedo». «¿Ah, sí?», la interrumpió la hiriente voz de la paranoia, «Sigue pensando como un condón marca "Eterno Optimista" y un día de estos vas a terminar en el arroyo, perforado por balas colombianas». Estaba empezando a friquearme otra vez.

Ya estaba saliendo de la bañera cuando sonó el teléfono. Oí las pisadas de hombre de las cavernas de Gene corriendo hasta el teléfono. Me quedé quieto. Tal vez uno de sus amigos lo había llamado para charlar. Pero las fuertes pisadas se aproximaban ahora a la puerta del baño. Cogí la toalla al abrirse la puerta y Gene asomó la cabeza.

—Son las Naciones Unidas, Sammy.

—¿Las Naciones Unidas? ¿Estás seguro?

—Sí, algo de las Naciones Unidas.

—Espera, yo contesto —le dije, me puse la toalla en la cintura y corrí al teléfono.

—Aló —dije casi sin aliento.

—Santiaaagooo, Santiaaagoo —canturreó Virginia, la dueña del Taller de Lenguas, una de las agencias de intérpretes para las que trabajaba—. Tengo un buen traaabaaajoo para tiii en las Naciooones Uniiidas. Es un almuuuerzooo. ¿Tú puuuee-deees? —terminó diciendo con esa voz suya casi de soprano.

Virginia era una vienesa fanática de la ópera. Tenía más de setenta años y todavía dirigía su agencia. La había conocido en el Metropolitan un día que Rebeca me había invitado a *La Traviata* como regalo de cumpleaños. Desde entonces, Virginia vivía convencida de que yo iba a la ópera todo el tiempo.

—¿Las Naciones Unidas?, ajá —le dije, bastante impresionado—. Claro que puedo, Virginia.

—Me pidieron al mejor intérprete, y por supuesto pensé en ti en primer lugar —me dijo, hablando ahora sí normalmente. Me dio toda la información, que copié con gran dificultad, teniendo en cuenta que estaba empapado y que Gene estaba a mi lado sin perderse detalle de todo lo que yo decía o hacía.

—¿Vas a trabajar de intérprete en las Naciones Unidas mañana? —me preguntó visiblemente impresionado, después de que colgué.

—Sí —le dije, impostando un tono displicente como si trabajara de intérprete en las Naciones Unidas todo el tiempo, cuando en realidad jamás había ido.

—Allá es donde debes conseguir un trabajo de tiempo completo, Sammy, en vez de esa mierda que haces en la Seguridad Social.

No había malicia en su consejo, pero no me gustó nada su crítica tácita de mi trabajo como intérprete. En castigo le dije:

—¿Por qué más bien no haces un café mientras me visto?

—¿Puedo hacerlo con el Mr. Coffee que te regalé en la Navidad?

—Claro, hazlo como quieras.

Se fue a la cocina, dando zancadas firmes y atrevidas como las de un gigante adolescente. Me sequé lentamente en mi cuarto, pensando en ese extraño día. Sólo una hora antes, estaba pensando que se había acabado mi carrera como intérprete. Y ahora sabía que al día siguiente iba a trabajar en las Naciones Unidas. «¿Quién sabe qué resultaría de eso? ¿Pero si meto la pata?», me pregunté. «No, no, Santiago», me dije, apagando la cinta negativa que habían empezado a sonar. «Soy un excelente intérprete, me repetí. No es una coincidencia, las Naciones Unidas son como hechas para mí. Me voy a lucir mañana y van a quedar tan impresionados que me van a dar montones de trabajo. Mi situación económica mejorará, y ya no tendré que traducir las historias sórdidas y horrorosas de las vidas de las demandantes de la Seguridad Social». Mientras me ponía la camiseta, los shorts y los tenis, pensé que hasta mi mamá iba a quedar impresionada. En adelante sólo traduciría los discursos de hombres de Estado y de políticos. Pero pensé que los demandantes de la Seguridad Social eran más admirables y honestos que todos los políticos del mundo —sobre todo los latinoamericanos—, de los que sin duda tendría que ser intérprete. Además, por deprimentes que fueran las vidas de los demandantes, tal vez eran un tema más alegre que los criminales nazis, la hambruna, la tortura y los genocidios, y todo lo que las Naciones Unidas tiene que discutir.

Una bolsa de plástico sobre las almohadas me distrajo de mis pensamientos. Eran los periódicos colombianos de los últimos días que me había enviado mi mamá. Equivocadamente presumía que a mí me interesaba leer esos periódicos, que seguía interesado en lo que pasaba en Colombia. Sin embargo, tal vez entendía algo en mí mismo que yo siempre negaba. El hecho es que miraba los periódicos con cuidado y que por lo menos un par de artículos me interesaban. Examiné la primera página de *El Espectador*, y leí los titulares distraídamente. Lo puse a un lado y dejé que mi cabeza se hundiera en las almohadas. Gene entró con dos tazas de café humeante. Mr. O'Donnell lo siguió y de un salto se subió a la cama, mientras Gene ponía mi café en la mesa de noche y se sentaba en mi escritorio.

—¿Cómo te sientes ahora? —me preguntó.

Mr. O'Donnell caminó sobre mis piernas y se acomodó en la ingle. Me senté derecho y con una mano lo hice a un lado. Al retirarse, clavó las uñas en los shorts. «¡Ay!», exclamé y me cubrí el sexo. Miré severo a Mr. O'Donnell y probé el café, tan dulce que me empalagó.

—¿Qué tal quedó el café? —me preguntó Gene con ansiedad.

—Está muy bueno. Gracias, Gene.

—Tienes un aspecto terrible, Sammy. Nunca te he visto tan vuelto mierda. Estás como si necesitaras relajarte o algo.

No estaba muy seguro de que sintiéndome yo como me sintiera, Gene no fuera al menos en parte responsable de ello.

—Óyeme, ¿y tú qué andas haciendo en Manhattan? —le pregunté, receloso del motivo de su visita.

Se encogió de hombros.

—Nada —dijo, y se comió con los ojos a Mr. O'Donnell mientras se tomaba su café, visiblemente satisfecho—. ¡Qué gato tan grande! —dijo con admiración, como si elogiara el genio o el don poético de Mr. O' Donnell.

—No cambies de tema. Viniste por la coca, ¿no cierto?

—No, mi cuadro. Lo único que yo quería era salir volado de Queens, aunque fuera por un solo día. Y también quería hablar contigo, cuadro. Mira que tú eres mi único tío. Y tú eres amigo mío, ¿no cierto? —terminó diciendo, con aire de estar ofendido.

—Eso creo —le dije entre dientes, ante la perspectiva de ser pariente de un futuro Al Capone—. Creo que tus amigos me están siguiendo —le dije con una mirada acusadora—. Tenemos que salir de esa coca. Anoche dos tipos subieron hasta la ventana por la escalera de incendios y estaban tratando de meterse.

—Oye, cuadro, me encanta la forma en que tú llegas a esas conclusiones —dijo, exasperado—. ¿Cómo sabes tú que eran colombianos? Tal vez eran basuqueros de esos que se la pasan vagando por aquí. Tú sabes muy bien que no vives exactamente en Park Avenue —me dijo, con la fría crueldad de los jóvenes.

—Pues para que veas, ya llevo muchos años viviendo aquí y nunca nadie trató de meterse al apartamento.

—Sammy, cuadro, déjate de esas vainas. ¿Cómo puede saber mi... ex jefe que tú tienes la coca? Eso es pura paranoia tuya.

—Mira, si no lo sabían antes, ahora saben. Estoy seguro que te siguieron a Manhattan.

—No puedo creer esta mierda tuya —dijo, y se paró frotándose las manos—. ¡Mi propio tío tratando de joderme, coño! Voy a irme ya mismo, y nunca jamás voy a volver a verte.

—No, hasta que no hayas aprendido a hablar inglés correctamente —le dije con brusquedad—. Está bien, está bien, está bien —le dije, cambiando de tono—, supongo que tú tienes razón. Estoy todo alterado por toda la mierda que me ha pasado en estos días. Por favor, no te vayas. ¿Está bien?

—¿De verdad, Sammy? ¿No estás cabreado conmigo? ¿Te gustaría ir al parque? —me propuso entusiasmado. Viendo que yo vacilaba, siguió diciendo—: ¿Cuándo fue la última vez que fuiste al parque? Tienes que inspirarte en la naturaleza, cuadro.

—Seguro, Mr. Wordsworth —le dije, sabiendo muy bien que mi alusión le resbalaba.

—Podemos hacer un picnic, cuadro —siguió diciendo—, y pasar toda la tarde de locha. Yo me dedico a conquistar sardinas y tú... tú puedes hacer lo que quieras. ¿Cómo te parece?

—Yo sólo quiero descansar un poco —le dije.

—¿Te acuerdas que tú me llevabas al parque cuando yo era chiquito? —dijo Gene, poniéndose nostálgico mientras yo me preguntaba qué le había pasado al niñito bonito y encantador que había conocido—. Tú me decías, «Gene, ¿quieres ir al parque de los paticos?». Era chévere esa forma tuya de llamar al lago de los patos el parque de los paticos.

—Está bien —le dije, y me puse colorado—. Ya basta. Vamos a pasar la tarde en el parque.

—Yo estoy que me voy ya —me dijo Gene.

Pero ahora que había aceptado ir, me eché atrás.

—Espera, Gene. No puedo ir al parque así no más. Estate tranquilo un momento. Mira, tenemos que pensar en lo que vamos a llevar, ¿está bien?

Gene se sentó de nuevo en el escritorio, aunque parecía un caballo de carreras a punto de arrancar. Mr. O'Donnell ya se había dado cuenta de que íbamos a salir. Me miró en la forma lastimera, nostálgica, llena de reproche de siempre que se daba cuenta de que yo iba a irme. Gene también cayó en la cuenta.

—Llevemos a Mr. O'Donnell también —lo alzó de la cama y se puso a darle besos en la cara.

—Déjalo quieto, a él no le gusta que lo apercollen así. Y no es buena idea llevarlo, olvídalo —le dije, pero al mismo tiempo se me ocurrió que los mafiosos colombianos podían volver y que se podía escapar—. Bueno, está bien, Gene, lo vamos a llevar al parque. Voy a sacar su caja.

Tan pronto dije «caja», Mr. O'Donnell salió disparado como un torpedo de los brazos de Gene y se escondió debajo de la cama.

—¿Qué le pasa? —me preguntó Gene, intrigado por la desconcertante reacción.

—Tal vez piensa que lo voy a llevar a la Sociedad Americana para la Prevención de la Crueldad contra los Animales. Sólo ve la jaula cuando lo llevo donde el veterinario.

Tratamos de persuadirlo de que saliera de debajo de la cama… sin ningún resultado.

—Espera —le dije a Gene—. Yo sé cómo sacarlo de ahí.

«Kal Kan», le grité como un tonto y empecé a caminar hacia la cocina, donde seguí canturreando, «Kal Kan, Kal Kan». Abrí la nevera, hice como si sacaba el Kal Kan, y cuando empezó a frotar el lomo contra mi pierna lo agarré. Gene sacó la caja y entre los dos nos arreglamos para meterlo. Entonces me dio miedo de que por el trauma del agite le podía dar un ataque al corazón. Y yo estaba tan exhausto después de esa dura prueba, que ya no tenía ni ganas de ir al parque. Pero si cambiaba de idea Gene se iba a frustrar.

Metimos mantas, cojines, platos de cartón, repelente para insectos, bronceador y otras cosas en una tula, y salimos del apartamento como si fuéramos a un safari. Ya en la calle, Mr. O'Donnell empezó a quejarse, patético. Caminamos lentamente por la Octava avenida y entramos al mercadito coreano para comprar las cosas del picnic.

—Hace días que no como nada que se me quede en la barriga —dijo Gene. Como estaba viviendo con mi mamá, no entendí cómo podía ser posible tal cosa.

—No te preocupes, vamos a comprar una cantidad de comida —lo tranquilicé.

—No quiero comer ni duraznos ni palitos de zanahoria —me advirtió—. Tú compras lo que tú quieras comer, y yo compro lo mío.

Eso me pareció bien. Nos fuimos por diferentes pasillos, yo con la caja y Mr. O'Donnell, él con la tula. Compré media docena de cervezas, naranjas, peras, bizcochuelos de arroz y yogurt, y fui a la caja a pagar mis cosas. Gene había desaparecido detrás de los estantes, así que puse la caja en el suelo y lo esperé. Mr. O'Donnell estaba haciendo unos ruidos espeluznantes, como si estuviera poseído por el mismo demonio que poseyó a Linda Blair en *El exorcista*. La gente que estaba en el mercado empezó a mirar la caja, alarmada. Yo ya estaba poniéndome tenso y nervioso, cuando apareció Gene con tres barras de chocolate Hershey, una botella de dos litros y medio de coca-cola, una caja de crispetas de maíz con mantequilla, una bolsa de chitos y dos bolsas grandes de papas fritas. Lo iba a regañar por la basura que iba a comer, pero decidí que sería una equivocación ponerme a discutir con él antes de que empezara el picnic.

La tarde dorada y seca estaba fresca, y un cielo aguamarina la arropaba. Caminamos aperezados hasta el Columbus Circle, donde al pie de la estatua de Colón al borde del parque, un trompetista negro tocaba muy fuerte la melodía melancólica de «Yesterday» de los Beatles, ante un público numeroso y en atento silencio. Sentí las hirientes notas de la música como astillas clavadas muy hondo bajo la piel. Le hice señas a Gene para que nos fuéramos. Como ya era más de mediodía, en el parque pululaban los *joggers*, y muchos almorzaban o fumaban marihuana. Seguimos caminando lejos del gentío hasta que llegamos a un prado donde había un partido de béisbol. Los jugadores estaban uniformados y eran jóvenes, pero serios. Escogimos un sitio a la sombra de un árbol, que estaba lejos del juego pero no demasiado como para no poder seguirlo. Extendimos las cobijas y sacamos los cojines y toda la comida de las bolsas. Mr. O'Donnell guardaba un silencio tan extraño que me pregunté si algo le pasaba. Cuando abrí la caja, estaba sentado sobre las patas traseras y salió de un salto antes de que pudiera cogerlo. Sus ojos, como tulipanes amarillos abiertos, abarcaron la escena, y brillaban excitados por el descubrimiento de que no estaba en la Sociedad Humanitaria. Se preparaba para explorar los alrededores.

—Ah, no —dije—. Creo que esta vaina no va a funcionar. Se me olvidó traer una correa o algo para sujetarlo. Así sin nada se puede escapar.

Pero como si se hubiera propuesto contradecirme, Mr. O'Donnell se estiró lánguidamente y luego se desplomó sobre un costado, con los ojos hacia el campo de béisbol.

—Cónchale, fíjate bien, Sammy —exclamó Gene—. Le gusta el béisbol.

—No, no, a él lo que le gusta es la ópera.

—También te gusta el béisbol. ¿No cierto, Mr. O'Donnell? ¿No cierto que te gusta el béisbol? ¿No cierto que tú eres un gato chévere?

Mr. O'Donnell batió la cola para indicarnos que estaba mirando el partido y al mismo tiempo oyendo lo que decíamos.

Gene abrió una de las cervezas, se tomó un gran trago, abrió una de las bolsas con los dientes, se atarugó la boca y se puso a mascar haciendo ruidosos crujidos.

—¿No es esto lo máximo? —dijo con la sinceridad fingida de un actor novato—. ¡La naturaleza, el verano, el béisbol, la cerveza, todo esto! Si yo pudiera escoger vivir de una manera todo el resto de mi vida, escogería esto. ¿Tú no? —terminó diciendo como si acabara de declamar un soliloquio de Shakespeare. Y con una expresión tan embelesada que me pregunté si la cerveza no se le había subido ya a la cabeza. Era obvio que no iba a permitir que yo no le parara bolas a su tonta pregunta. Me di cuenta de que hablaba en serio. Recordé que a los quince años, a mí me obsesionó el significado de la vida, del amor, de Dios, de la existencia, del universo, de todo.

—No sé. No creo —le dije, porque no se me ocurrió nada mejor.

Tal vez vivir en las montañas, pensé, o en un puerto deportivo en la playa y navegar en un mar cristalino. Pero también me di cuenta de que «lo máximo» —Gene y yo en armonía, Mr. O'Donnell feliz y sereno, la cerveza fría, la tarde radiante, los tipos bateando— era de verdad algo muy bueno, y que a pesar de mi turbia vida, al menos en ese momento podía darme el lujo de ser feliz.

Nos concentramos en el partido. Mr. O'Donnell se quedó dormido y sus ronquidos sonaban como los zureos de una paloma. Después de un rato ya nos sabíamos los nombres de los jugadores, y cuando sus compañeros los vitoreaban, nosotros nos les uníamos. Aquello era mejor que el béisbol profesional, en el que yo era hincha de los Mets. En cambio en éste, lo que quería ver era lanzamientos brillantes, fenomenales hits, grandes atrapadas, sin que importara quién los hacía. Cuando gritábamos demasiado duro, Mr. O'Donnell se despertaba sobresaltado, giraba hacia nosotros y nos echaba miradas de reproche antes de volver a dormirse.

Miramos el partido, y bebimos y comimos toda la tarde. En cierto momento, Mr. O'Donnell se despertó y pidió comida. Se comió un yogurt entero de mora y un par de chitos antes de volver a dormirse. Cuando el partido se acabó, tal vez por las cervezas que me había tomado, tal vez por la languidez de la tarde, me sentí relajado y con modorra.

—Gene —dije—, voy a dormir una siesta. ¿Está bien?

—Fresco, viejo. Haz lo que quieras.

—No sé si meter a Mr. O'Donnell en la caja.

—No le vayas a hacer eso al pobre gato. Está feliz así como está.

—Pero creo que se puede escapar.

—No te preocupes. Yo lo cuido. Tú duérmete, ¿quieres?

—Gracias Gene, te lo agradezco. Pero no me dejes dormir demasiado. Despiértame antes de que oscurezca, ¿está bien?

—Está bien.

Me estiré, puse la cabeza en un cojín y cerré los ojos. Desde la oscuridad escuchaba los ruidos del parque, los trinos de distintos pájaros, el rugido del tráfico tan lejano que parecía agradable, los trozos de frases dichas por personas que pasaban cerca. Y empecé a soñar en mí mismo, cuando tenía trece o catorce años, en Barranquilla.

Por la tarde o durante las vacaciones y los fines de semana, me iba a los barrios más encopetados. Caminaba frente a las grandes mansiones, deseando vivir en una de ellas. Me sentaba en el borde de una acera, y me ponía a crear fantasías enteras sobre mi vida dentro de una de esas casas en particular, con todo y padres, mascotas, hermanos y hermanas. Y cuando tuve más o menos la edad de Gene, ansiaba escapar de mi vida. Quería irme lejos de todo lo que me rodeaba, aunque me entristecía abandonar a mi perro, Espartaco, y a mi hermana. Después, el sueño cambió de escena. Era de noche, había salido la luna y el cielo tenía un color azul profundo y esmaltado. Estaba en una finca con mi mamá, y paseábamos por un paraje de onduladas colinas, sin ninguna vegetación fuera del pasto sobre el que caminábamos. Espartaco apareció de pronto en la cima de una colina; parecía un lobo, muy erguido, bravo, vigilante, como un guerrero. Con sus manchas blancas y negras, parecía vestido para una fiesta de disfraz. Lo llamé por su sobrenombre, «Pita», y bajó corriendo por la colina hasta donde yo estaba. Le acaricié la cabeza y le dije a mi mamá, «Espartaco ya no ladra», a lo que ella respondió, «Es por lo que está tan gordo como tú». Después se oyó una bella y pura voz de tenor que cantaba, «Ay, luna que brillas. Ay, luna».

Cuando desperté ya era bastante tarde; eran las seis y media pero todavía había mucha luz. Otros equipos estaban jugando. Abrí la caja de Mr. O'Donnell: mi corazón dejó de latir. Me negué a creer que había pasado lo que más temía. Mr. O'Donnell se había escapado y Gene andaba buscándolo, desesperado, por todo el parque. Ya iba a irme en su busca, cuando vi a Gene que se acercaba. Tenía una bolsa en la mano, pero el gato no estaba con él.

—¿Dónde está Mr. O'Donnell? —le grité.

—Está en la bolsa. Lo llevé de paseo. Es tan malo como el mismo diablo. Lo hubieras visto tratando de atrapar pájaros y ardillas en los árboles, y…

—Huevón —lo interrumpí—. Me hubiera podido dar un ataque al corazón.

—¿Fue que no viste mi nota?

—¿Cuál nota? —le dije con un gruñido.

—Junto a tu almohada. ¿No la ves?

Y sí, junto al cojín que había usado de almohada había un trozo de una bolsa de papel con algo garabateado.

—Lo siento, Gene —le pedí excusas, y me sentí avergonzado—. Creo que me desperté de mal genio.

—¿Tuviste una pesadilla?

—No, en realidad no. Estaba soñando sobre cuando yo tenía tu edad —le dije, acariciando al gato en el cuello—. Últimamente he estado soñando mucho en mi niñez. Quién sabe qué querrá decir. Todo lo que sé es que tuve una niñez y una adolescencia muy infelices.

—Sammy tú no tuviste una niñez desgraciada, lo que pasa es que fue muy larga —me dijo Gene.

—Pero en las dos últimas semanas, he sentido como si mi vida hubiera pasado de blanco y negro a color.

—Seguro, tu mejor amigo murió, te comprometiste…

—No me voy a casar con Claudia, ¿te queda claro?

—¿Por qué no?

—Porque soy gay. Y porque… bueno, a ti no te importa.

Prendí un cigarrillo y di varias rápidas chupadas como Bette Davis en *Amarga victoria*. Miré hacia el cielo. El sol había cubierto tres cuartas partes de su recorrido desde el amanecer, y ahora flotaba sobre la estructura gótica, maligna, del edificio Dakota donde quién sabe qué ritual satánico se desarrollaba en ese momento. Los rayos del sol caían oblicuos, tibios y suaves. Las copas de los árboles se mecían con la leve brisa, y una bandada de ocas ruidosas volaba hacia el norte. El cielo tenía un tono azul inmaculado, pero la luz era dorada, como el ocaso en un pintura iluminista. La atmósfera seca indicaba que la noche sería fresca.

—¿Quieres irte ya a la casa o quieres quedarte otro rato? —me preguntó Gene.

—¿Tú qué quieres hacer? ¿Te quieres quedar un poco más? A mí me gustaría ver un poco más este partido —dije, y señalando hacia los jugadores con la cabeza, añadí—: estos tipos parecen muy buenos.

—Es una buena onda.

Interpreté esto como una aceptación a quedarse. Me puse a mirar hacia el campo de béisbol, pero empecé a elevarme de nuevo. Esa hora del día me hacía pensar en la casa del pueblo de mis abuelos. El acre olor de la boñiga del ganado impregnaba el aire. Era mi hora favorita del día. Si no me iba al muelle a mirar el atardecer, me sentaba en una mecedora frente a la casa y observaba a las muchachas que llevaban canastos llenos de pescados frescos, que volvían antes del anochecer. Después, cuando el sol se estaba poniendo, se levantaban vapores del lecho cenagoso del río, donde se revolcaban cerdos chillones y los gallinazos buscaban carroña. Luego, ya oscuro, el olor de las ciruelas maduras, de los nísperos y de las flores de marañón convertía la noche en un afrodisíaco. Mis abuelos y tíos llegaban a la casa a caballo después de un día en la finca. Pasaban por la calle musgosa, decorada con piedras blancas, lisas y redondas que parecían huevos fosilizados de dinosaurio puestos en hilera. Descalzos, casi desnudos, los niños llevaban los burros de sus familias al corral. Las palenqueras de aspecto africano anunciaban las cocadas, contoneándose por la calle y cantando con sus voces de soprano, «Alegría, alegría con coco y maní». Y ya de noche, salían los mosquitos, miles de murciélagos cubrían el cielo, las luciérnagas brillaban en los solares y el olor de las madreselvas se regaba por todo el pueblo como un elixir, que se mezclaba con el de las cenas hechas en cocinas al aire libre.

—¿Quieres una pitada? —me preguntó Gene, despertándome de mis ensueños. Se estaba fumando un grueso barillo.

—No, me pongo paranoico —le dije y aproveché para regañarlo—. Tienes que dejar las drogas, no son buenas para ti —le dije, severo y no sin darme cuenta de que sonaba como la detestable Nancy Reagan.

—Pronto voy a dejarlas. Te lo prometo.

—La gracia es dejarlas mientras estás vivo.

—Yo sé que tú quieres una pitada. Esta es la mejor hierba de Queens, cuadro.

Metí una pitada larga y sentí que la resina de la marihuana me quemaba los pulmones. También me sentí agradablemente trabado.

—¿Qué fue lo que hiciste en Colombia todos esos años después de la universidad… fuera de andar con la cabeza llena de basura? —me preguntó Gene.

—No me acuerdo muy bien.

—A mí me parece que lo que tú estabas era tronado —dijo Gene.

—Era como estar en un coma espiritual, ¿me entiendes? Sólo hasta ahora estoy empezando a salir de eso.

—Yo creo que debes tronarte de vez en cuando, antes de que seas demasiado viejo.

—Gene, cuando tenía tu edad lo más fuerte que metía era cigarrillos.

—Mr. O'Donnell parece tan feliz en tus piernas —dijo Gene, cambiando de tema—. ¿Qué crees tú que está soñando? Mira, se está sonriendo.

—Con lo que deben de soñar los gatos, tal vez con un ratón gordo, por ejemplo. O con un plato lleno de Kal Kan, o con palomas, o moscas jugosas. O tal vez se está soñando con Montserrat Caballé cantando Violeta.

—¿De verdad que le gusta la ópera? Eso sí es muy raro, man.

—Le gusta Montserrat Caballé cantando *La Traviata*. Yo no sé si le gusta alguna más.

—Lo hubieras visto entre los árboles; era impresionante, cuadro. El gato más feliz. Óyeme, ¿tú crees que los gatos tienen algo así como un último deseo? Tú sabes, cuadro, como los prisioneros condenados a muerte.

Pensé la cosa.

—Es algo diferente, creo. Los condenados saben que van a morir; yo no creo que los gatos sepan.

—¿Y cómo sabes tú, coño? Tú no eres gato —Gene calló un momento—. Yo creo que sé cuál es su último deseo.

—¿Cuál?

—Ser libre.

—¿Qué quieres decir?

—Ser libre en el parque. Andar suelto. Volverse loco matando palomas y ardillas y pájaros. Te apuesto lo que quieras a que eso es lo que quiere. De todos modos, ¿no era un gato de la calle antes de que tú lo tuvieras?

—Sólo porque tú no haces sino pensar en armas y en matar no quiere decir que mi gato quiera diezmar la fauna en vías de extinción del Parque Central.

—Cónchale, te apuesto lo que quieras que él quiere tener su último ataque al corazón mientras se traga una paloma o algo.

Esta visión de Gene me estremeció. Alcé a Mr. O'Donnell y le di un beso en la nariz fría.

—Sea lo que sea, ¿cuándo se supone que estira la pata?

—En cualquier momento —le dije—, pero yo prefiero no hablar de eso, si no te importa.

—Pero Sammy, si realmente lo quisieras, lo dejarías ir. Dejarías que muriera siendo libre.

—Ni por el diablo —le dije, molesto por su insistencia—. Tú puedes hacer eso cuando tengas tu propio gato, si quieres, pero yo nunca me perdonaría hacerle a él una cosa tan estúpida.

—Tú lo que has debido hacer es ir al bosque conmigo. Hubieras visto cómo le brillaban los ojos cuando enfocaba a los animales, sobre todo a las ardillas. Así moriría feliz, eso es todo lo que digo.

Tal vez había algo en lo que decía, aunque sonaba sospechosamente como una de esas chácharas seudo-hippy nueva era.

—Mr. O'Donnell —dije, y con suavidad le di un golpe con un dedo para despertarlo—. ¿Tú preferirías eso? ¿Te gustaría más que te dejara suelto en el parque?

—Seguro, cuadro —respondió Gene en su nombre—. Si tú te estuvieras muriendo preferirías morirte en la naturaleza, en Times Square o en un hospital?

—Deja que conteste él mismo —le dije, y puse a Mr. O'Donnell sobre la cobija. Me paré—. Vamos, ayúdame a empacar estas cosas.

Empecé a reunir la basura sin mirar a Mr. O'Donnell. Cuando terminamos de empacar, la caja seguía abierta. Estaba sentado al lado, mirando los árboles.

—Está bien, Mr. O'Donnell —le dije—. Adiós, mi viejo gato. Eres libre, puedes irte donde quieras.

Se dio vuelta y me miró fijo a los ojos, estiró las patas y se metió de un salto en la caja, sin que yo lo animara a hacerlo.

Le di una palmada a Gene en la espalda.

—¿Ves? Me prefiere a mí, sobre las ardillas y los conejos. Me ama tanto como yo lo amo a él.

Gene estaba boquiabierto. Tenía una expresión de total perplejidad.

—¡Qué gato, cuadro! Esto es absolutamente increíble.

Rasqué a Mr. O'Donnell entre las orejas y cerré la caja. Era la manera perfecta de acabar ese día. Medio compensaba por la horrible mañana. El parque ya estaba casi cubierto por las sombras. Un par de estrellas y un planeta brillaban en el cielo azul cobalto.

11. Esta isla, este reino

El despertador sonó a las ocho. Tenía que estar en las Naciones Unidas al mediodía y todavía había tiempo de sobra para alistarme. Gene seguía dormido en el sofá de la sala. No tenía puesta sino la ropa interior y parecía gigante, carnoso y amorfo como un pálido león marino. Las sábanas estaban en el piso y se había quedado dormido leyendo *Rolling Stone*. Mr. O'Donnell, que dormía sobre una almohada, saltó de la cama cuando me vio entrar a la cocina. Le di de comer, puse agua para el café, y me fui al baño a lavarme la cara y los dientes.

Hacia las diez, me vestí. Como Gene seguía durmiendo y tuve que andar de puntillas por el apartamento, decidí salir temprano. Llevaba varios meses pensando que tenía que hacer limpiar mi máquina de escribir. La metí en la caja y salí. Fui hasta el taller de reparación de la calle 40, entre la Séptima y la Octava avenidas. No había nadie en el almacén fuera del empleado en la caja.

—¿En qué lo puedo ayudar? —me preguntó.

Le conté que varias de las teclas estaban trabadas y que quería que le arreglaran todo. Me pidió que abriera la caja. No había acabado de quitarle la tapa, cuando concluyó:

—No puedo hacer nada por usted.

—¿Por qué?

—Por que ya no tenemos las piezas para ese modelo de máquina.

«Ajá», pensé, «lo que está tratando de hacer es venderme una máquina nueva».

—Bueno, como no puedo comprar una máquina nueva, ¿usted sabe de un sitio donde me la puedan arreglar?

—Hay otro almacén del otro lado de esta misma calle, más arriba. Puede ensayar allá, pero no creo. El fabricante ya no hace repuestos para esa clase de máquina.

—¿Cómo así? —le pregunté, incrédulo—. Es casi nueva.

—Tiene como diez años, ¿verdad?

Asentí con la cabeza.

—Vea usted mismo —me dijo, abarcando con el brazo todas las máquinas que tenía—, nosotros ya no vendemos máquinas de ese modelo.

Miré las máquinas que tenía en exhibición y noté que todas tenían un aspecto de alta tecnología sin relación con mi primitiva máquina eléctrica. Le di las gracias al hombre, y me fui al otro almacén. Allí se repitió el cuento, y además el tipo me dijo que tirara la máquina a la basura. Algo me decía que ambos tenían razón. En la esquina de Broadway y la 40, al ir metiendo lentamente la máquina en el contenedor de la basura, sentí también que me estaba librando de otra clase de peso: mi última década de anacoreta. ¿Dónde había estado todos estos años? ¿Cómo había podido desconectarme tanto de todo? ¿Era posible que esa máquina fuera el símbolo de todo lo que tenía que librarme? ¿Cuál era el proceso por el que me había vuelto un anacronismo a los treinta y tres años? ¿Estaría de alguna manera relacionado con todos los recuerdos de mi niñez y adolescencia que habían salido a la superficie durante las últimas semanas? Agité la cabeza. Sabía que esa no era la clase de pensamientos que debía tener en preparación para mi carrera de intérprete en las Naciones Unidas. Tenía que concentrarme en la soleada mañana. Habíamos tenido una serie de días maravillosos, lo que equivalía a un milagro en Nueva York en agosto. Al caminar hacia el East River caí en la cuenta de que habiendo vivido la mitad de mi vida en Nueva York, nunca había pasado y mucho menos entrado al edificio de las Naciones Unidas. Pero en vez de deprimirme, me dije que debía ver esto por el lado positivo: hoy era un nuevo principio. Me sentí mucho mejor. Ya estaba entre la 43 y Lexington, donde tenía que pedir el pase para identificarme a la entrada en el Taller de Lenguas.

Había visto el edificio de las Naciones Unidas en las películas, así que de alguna manera era algo ya visto. Le mostré el pase azul a los guardias en la entrada principal. Había llegado una hora antes, así que decidí pasear por la amplia y bien cuidada terraza. El viento batía centenares de banderas de vivos colores en las altas astas. Variados grupos de turistas iban agitados de un lado a otro. Caminé hacia el este y bajé por una escalera bordeada por hileras de lo que parecían ser cerezos y que llevaba a una rambla en la orilla del East River. Las fábricas, cascarones feos, del otro lado del río contrastaban desfavorablemente con el reluciente edificio de la ONU. El único rastro de belleza en esa vista era un aviso de luz neón de pepsi cola, rosado, blanco y azul. Las aguas verde pálidas del East River estaban abarrotadas de barcos de vela, botes a motor, yates, e incluso un gigantesco remolcador. Hacia el norte surgía la imponente estructura del puente Queensboro. Era una vista muy pintoresca, pero yo estaba nervioso; me sudaban las palmas de las manos y sentía una desagradable tirantez en la boca del estómago.

Hubiera podido quedarme paseando en la rambla otros veinte minutos, pero decidí que entre más rápido entrara al edificio y llegara a mi destino había menos que temer. Aspiré profundo varias veces el aire que parecía fresco pero que estaba evidentemente contaminado. Después de pasar por complicados chequeos y registros, me hallé por fin dentro del colosal vestíbulo. Así es como uno se debía de sentir en la Torre de Babel, pensé, al oír palabras de lenguas exóticas de los tropeles de turistas que, llevados por guías, se apresuraban de un panel informativo a otro. En el Taller de Lenguas me habían explicado dónde debía presentarme; iba a ser el intérprete en el almuerzo anual de Parlamentarios para el Desarme Global. A medida que me iba internando en las oficinas, los chequeos de seguridad se volvían más estrictos, había menos gente, y sólo se veían diplomáticos y empleados. Cada vez me sentía más como un personaje de una película de suspenso de Hitchcock —*El hombre que sabía demasiado* o alguna así—. Tomé un ascensor para ir al segundo piso. Se abrió en una pequeña sala de recepción. De inmediato, un guardia de seguridad con un blazer azul me preguntó qué estaba haciendo allí. Me indicó el camino con breves y precisas instrucciones. Fui a dar a un amplio comedor. Apenas iban a ser las doce pero ya había personas almorzando. Todas las mesas tenían floreros con flores naranja y amarillas, y por las ventanas se filtraba la luz plateada del mediodía. Percibí deliciosos aromas y sentí envidia de la gente elegantemente vestida que tomaba sorbos de vinos aromáticos y conversaba en voz baja. Giré a la izquierda por un pasillo que llevaba a un pequeño comedor. Las mesas estaban colocadas en una herradura, la central cerca de la pared sur. Los meseros me miraron, curiosos. Les dije que yo era el intérprete, lo que aceptaron mirando al vacío. Como ninguno de los congresistas del mundo o de los funcionarios de la ONU había llegado, me quedé de pie junto a los ventanales observando los variados barcos que se cruzaban en el East River.

Los meseros estaban haciendo los últimos toques para el almuerzo. Pusieron más flores, distribuyeron panecillos, sirvieron una ensalada de langostinos y langostas en un lecho de lechuga romana maravillosamente fresca, y destaparon varias botellas de vino. Se me había olvidado comer algo al desayuno y los olores que perfumaban el salón casi me hacen desfallecer del hambre. Decidí concentrarme en algo que no fuera la comida; tenía que conseguir una nueva máquina de escribir. No había caso de comprarme un computador, por lo caro. Pero necesitaba la máquina para terminar mi poema sobre Cristóbal Colón, y comprarla me dejaría casi sin un centavo en el bolsillo. Tal vez mi mamá me podía prestar algo, aunque sabía muy bien lo difícil que era hacerle sacar dinero de su cuenta de ahorros.

De pronto, se oyó un murmullo de voces que se acercaba y los delegados entraron al comedor. Me habían dicho que me presentara ante Mr. McClanahan, la persona que había contratado mis servicios en el Taller de Lenguas. Me acerqué a un hombre delgado de poco más de treinta años, el clásico tipo del ejecutivo: muy cuidado, aparentando eficiencia y con un vestido elegante y conservador. Me concedió una sonrisa apenas perceptible, me dio la mano distraídamente y me dijo que esperara hasta que todos los delegados se sentaran. Ya sentados, acomodados de prisa —parecían tener tanta hambre como yo—, me di cuenta de que yo no tenía asiento. McClanahan le indicó a un mesero que trajera uno, y me hicieron un puesto cerca de la ventana, en uno de los extremos de la herradura. Quedé sentado a la izquierda de un cincuentón de semblante rosado. Me saludó con la cabeza, sonrió y me preguntó de dónde era. Después se presentó como el delegado de Botswana. Como no sabía dónde quedaba Botswana, guardé silencio.

Creyó que yo era un delegado, y me dijo:

—No lo vi en la reunión de esta mañana. ¿Acaba de llegar? ¿Ya conoció a los otros delegados de habla española?

Le dije que era el intérprete.

—¡Ah! —dijo, frunciendo el ceño, y enseguida se puso a hablar con la mujer que estaba a su derecha.

Racista asqueroso, pensé, metiendo a los botswaneses y a los sudafricanos en el mismo saco. Como el resto de la gente, iba a ponerle mantequilla a un pan y a beber un sorbo de vino, pero ya iba a morder el pan cuando un hombre delgado, muy *Ivy League*, se puso de pie y se presentó como vice primer ministro de Nueva Zelanda o algo así.

—Buenas tardes, damas y caballeros —dijo para empezar la reunión—. Bienvenidos al Tercer Congreso Internacional de la Comisión de Seguridad de los Parlamentarios para el Desarme Global —y extendió el brazo con la palma de la mano abierta para indicarme que debía traducir sus palabras introductorias. Muy contrariado, tuve que colocar el pan en el plato para empezar mi trabajo—. Las Naciones Unidas —explicó— nos han ofrecido los servicios de un excelente intérprete para los miembros de la delegación de habla española.

Todos los asistentes me miraron y traté de mostrarles mi mejor sonrisa. El vice primer ministro inició una larga e intrincada exposición de lo que representaban los Parlamentarios para el Desarme Global. Caí en la cuenta de que no me estaban pagando para almorzar, pero de todos modos la extensa explicación de ese hombre me pareció una absoluta pérdida de tiempo, hecha con el propósito de sabotear el disfrute de mi almuerzo. El funcionario siguió hablando sobre el origen reciente de la fundación, las principales resoluciones de los congresos pasados y los objetivos de la actual cumbre. Pero mientras pontificaba y yo traducía sus palabras, los delegados devoraban la ensalada, el pan y el vino. El vice primer ministro seguía hablando sobre la importancia de la organización, y de lo necesaria que era para evitar la autodestrucción del mundo con las armas atómicas, cuando los meseros retiraron los platos de las ensaladas y pusieron en su lugar grandes y jugosos filetes de salmón y verduras perfectamente hechas. El aroma del pescado, asado y con un salsa ligera de mantequilla y jugo de lima, y las verduras de aspecto delicioso, me marearon. Mi verdugo concluyó con una hipérbole, pronunciada con la mayor naturalidad:

—¡Parlamentarios para el Desarme Global, no olviden que el futuro de la humanidad está en sus manos!

Los delegados dejaron de comer un momento para aplaudirlo. Me apresuré a beber un gran sorbo de vino. Estaba sudando; llevaba veinte minutos traduciendo sin parar y tenía la boca seca. Estaba a punto de cortar el primer trozo de salmón, cuando el vice primer ministro se puso de nuevo de pie y dijo:

—Si tienen ustedes alguna pregunta, con el mayor gusto se las responderé.

Me metí el trozo de salmón en la boca, rezando para que nadie preguntara nada y pudiera por fin almorzar en paz. Lo pasé con otro sorbo de vino. Para gran disgusto mío, sin embargo, el delegado de Malasia levantó la mano.

—Mr. Frost —se dirigió al neozelandés—, la delegación de Malasia tiene el mayor interés en conocer la fuente de financiación de la Comisión de Seguridad de los Parlamentarios para el Desarme Global.

Disgustado, puse el tenedor en el plato y aparté mi vista del magnífico almuerzo. Algo me dijo que para justificar su viaje pagado a Nueva York, algunos de los delegados se sentían obligados a hacer toda clase de preguntas insulsas.

Frost, medio aturdido ya en ese momento, vaciló antes de responder.

—Nuestros principales patrocinadores son la familia Rockefeller y la Fundación McArthur.

—¡Los Rockefeller! —exclamó un delegado en español.

—The Rockefellers —repetí yo en inglés, olvidando mi almuerzo e interesado ya en el diálogo. El que había intervenido era el delegado peruano. «¿Quién será ese loco?», me pregunté. «¿Tal vez un miembro de Sendero Luminoso?».

—Si hubiéramos sabido que la imperialista familia Rockefeller financiaba este congreso, el Perú se habría abstenido de participar en él.

Traduje su frase, divertido y avergonzado a la vez por lo que decía. Detallé al delegado colombiano que estaba sentado a su lado. Tenía puestos un traje inglés gris con chaleco y una corbata roja, y parecía un primo andino de Peter Lorre. El tipo me recordó a los *businessmen* amigos de mi mamá en Jackson Heights.

Alcancé a oír que Mr. Frost estaba diciendo:

—La familia Rockefeller está muy interesada en el desarme nuclear, así es, señor.

Los delegados hispanoamericanos me miraron para oír la traducción. Traduje las últimas palabras que había oído y les dije en español:

—Lo siento, pero no pude oír bien lo que estaba diciendo; estaba hablando demasiado bajo.

Una delegada centroamericana levantó la mano. Dios mío, pensé, se va a quejar de mí.

—Señor —dijo—, ¿puede usted hablar un poco más duro para que el intérprete pueda oírlo?

Quise que me tragara la tierra. Justo en ese momento se había ido a pique mi incipiente carrera de intérprete de las Naciones Unidas.

—Señor intérprete —me dijo Frost.

—¿Qué? —le dije yo, y me puse de pie de un salto.

—Siéntese, por favor, señor —me ordenó Frost, con esa voz suya, plana y como de computador—. Cuando no pueda oírme bien, por favor dígame.

Me senté en el instante en que desaparecía de mi vista el maravilloso salmón.

—Lo que desean saber los delegados latinoamericanos —dijo el delegado peruano— es qué planes de acción tienen los Parlamentarios para el Desarme Global en relación con la difícil situación de América Central.

Los meseros distribuyeron unas suculentas fresas y un café aromático.

—El tema exclusivo de los Parlamentarios para el Desarme Global es exclusivamente el desarme global. Hay muchos otros comités de la ONU ante los cuales usted puede plantear sus inquietudes.

—Pero, señor presidente —prosiguió el irritable delegado—, ninguna de las naciones latinoamericanas aquí presente posee armas nucleares. En nuestro continente no se percibe la guerra atómica como uno de nuestros más urgentes problemas.

Buena intervención, pensé, al darme cuenta de que ninguna de esas naciones tenía el poder económico para hacer o comprar armas nucleares. ¿Qué tenían, entonces, que hacer allí?

—Quizás deba recalcarle a todos los delegados el hecho de que los Parlamentarios para el Desarme Global es una organización independiente, cuya única preocupación es detener la proliferación de armas nucleares y la amenaza que representan para toda la humanidad, no sólo para las naciones industrializadas. Esta tarde —dijo a manera de conclusión— habrá muchas interesantes sesiones que serán muy esclarecedoras para ustedes. En nombre de las Naciones Unidas, les doy una vez más la bienvenida al Tercer Congreso, con el deseo de que todos ustedes tengan una agradable y fructífera estadía en la Gran Manzana.

Se sentó, sonrió y atacó el postre. Era obvio que tenía tanta hambre como yo. Aunque no vivía con mi famélico presupuesto, estaba seguro de que también lamentaba, como yo, haberse perdido el regio almuerzo.

Me comí el postre lentamente, saboreando con fruición el delicioso café colombiano, casi tan bueno como el que hacía mi mamá en Queens. Una hora más tarde, después de muchos licores que no compartí, los delegados se pusieron de pie para retirarse. Yo me paré y los seguí, pero cuando estaba a punto de salir del salón, Mr. Frost se acercó a mí sonriendo.

—Señor intérprete —me dijo con el tono zalamero y postizo de los políticos—, muchísimas gracias por desempeñar tan bien un trabajo tan difícil.

Estoy seguro que debo haberme sonrojado.

—Ah, muchas gracias, señor —le dije, cortés, pensando que debería ser amable con ese tipo de sangre gélida que en unos años estaría sin duda gobernando un buen trozo del planeta.

—Puede usted estar seguro de que lo recomendaré a mis superiores —se despidió y me dio la mano. Luego se dirigió a un grupo de delegados de países lejanos.

Caminando de vuelta a casa, los pensamientos se agitaban en mi cerebro como ropas en una secadora. ¿Había hecho un buen trabajo? ¿Me contratarían las Naciones Unidas? ¿Quería pasar el resto de mi vida traduciéndole a esa gente? ¿Siendo intérprete? ¿Ser un intérprete todo el resto de mi vida, en todo aspecto de mi vida?

En este estado mental tan poco sereno llegué a la esquina oriental de la 43 y la Octava avenida. Al mirar hacia arriba me estremecí, pensando en el hombre que se había suicidado la víspera. En el sitio donde había caído todavía había una mancha negra. Mientras esperaba que cambiara el semáforo, pude ver al otro lado de la calle a decenas de basuqueros que mendigaban frente al Paradise Alley. Una ira terrible se apoderó de mí. Di las gracias de no tener una ametralladora para barrer con miles de balas a esos bichos indeseables. Tal vez una de esas noches debería incendiar ese antro porno, pensé. Bien tarde, debería regar gasolina en el sitio y prenderle fuego. Con estas ideas incendiarias llegué a la puerta de mi edificio. Iba ya a entrar cuando alguien me jaló la manga de la chaqueta. Me di vuelta, dispuesto a golpear al que fuera.

—Santiago, ¿qué te pasa? ¿Estás bien?

—¡Salsa Picante! —exclamé con una sonrisa que borró mi depresión—. No te imaginas cuánto me alegra verte. Si supieras los días que he tenido últimamente.

—Y me lo dices a mí, hombre. Yo por mi parte me voy a trabajar a otro sitio. De todos modos —se rió—, muchas gracias por presentarme a Ben Ami.

—¿Se llevaron bien? No he hablado con él desde esa noche.

—Está en París. Quería que me fuera con él. Creo que vuelve esta noche. Sí, es un gran tipo. Muchas gracias, Santiago.

—De nada, Salsa Picante. De todos modos me gustaría charlar un poco más contigo pero estoy ansioso por subir a mi apartamento ahora. Tal vez nos podamos reunir los tres pronto.

—Espera un momento. No sé si te debo decir esto. Pero hace unos minutos vi que entraban aquí unos pintas más bien malosos.

Toda clase de alarmas se dispararon. Para tranquilizarme le dije:

—Tal vez eran unos clientes de George.

—No, no me pareció que fueran pakistaníes, ¿me entiendes?

—¿Eran basuqueros?

—No, parecía que eran de… de….

—¿Colombianos?

—Sí, te lo digo sin ánimo de ofenderte.

—¡Carajo!, esto puede ser serio. Tengo que ir a ver.

—Grita, si necesitas ayuda.

—Gracias —le dije, y subí las escaleras corriendo. La puerta de separación del segundo piso estaba abierta, y la dejé así en caso de que tuviera que salir volado del apartamento. Subí, y al poner la llave, la puerta se abrió sola.

—Gene, Mr. O'Donnell —dije a gritos e irrumpí precipitadamente en la sala.

Un pariente no muy lejano de los monos me apuntaba desde muy cerca con una pistola desagradable.

—Entre pues, hombre —me dijo con un acento paisa inconfundible—. Cierre la puerta —me ordenó. La cerré de un golpe con el brazo, sin darme vuelta.

Después sacudió la pistola y me indicó que fuera al otro cuarto, donde encontré a Gene sentado en la mesa, todavía en ropa interior, fumándose frenético un Marlboro y a las claras cagado del susto. Junto a él, también con una pistola en la mano, estaba sentado otro paisa.

Ansioso, recorrí con la vista todo el cuarto en busca de Mr. O'Donnell, pero no lo vi.

—¿Qué pasa? —fue todo lo que pude musitar.

El matón a su lado, pequeño y delgado como una cuchilla de afeitar, moreno, con las manos casi negras y las bolsas de los ojos abultadas, gritó furioso:

—Este vergajo se robó una libra de nieve. Démele ya, y no le va a pasar nada. Si no…

Puso el cañón de la pistola contra la sien de Gene, y algo me dijo que no hablaba en broma.

—Sammy, cuéntales… yo no la tengo —dijo Gene, lloriqueando como un niño a punto de llorar a moco tendido.

—Está bien, está bien —dije yo, sabiendo que tenía que actuar rápido, antes de que apareciera la sierra eléctrica y la sangre de nuestros brazos y piernas pintara de rojo el piso. Pero también sabía que si les dábamos la coca así no más, nos matarían después de todos modos—. Señores —les dije, diplomático, tratando de disimular el miedo y el asco que sentía—, les vamos a devolver la cocaína. Pero, tranquilos, por favor.

Parecía que los ojos de Gene se le fueran a salir de las órbitas, y movió muy levemente la cabeza como diciendo que no.

—La coca está en el baño —dije.

—¿Dónde? —preguntó entre dientes el simio sentado.

—Venga conmigo y le muestro.

—Párese. El matón, ya de pie, le dio un golpe a Gene en la mejilla con la boca del arma.

Yo entré primero. El colombiano que me recibió en la puerta me clavó la pistola arriba del coxis. Todos los cuatro nos metimos en el baño.

—Está en el tanque de la taza —les dije. Retiré la tapa y el mafioso que cubría a Gene, dijo silbando:

—¡Cuidado! Puede ser una trampa; Darío, meté vos la mano.

—Eh, ave María purísima, yo a esa vaina no le jalo —dijo el tal Darío con la boca casi cerrada—. Ahí puede haber una culebra.

—Está bien, sácala tú —me dijo el otro a mí.

Al meter la mano, oí a Mr. O'Donnell corriendo de un lado a otro en el otro cuarto, haciendo mucho ruido.

—¿Qué pasa ahí? —gritó el hombre, girando hacia la sala. Cogí muy rápido la pistola en el fondo del tanque mientras le hacía al tipo un gancho en el cuello. Le metí el cañón en la boca.

—Si tratas de hacer algo, te vuelo los sesos, cabrón —le dije, ronco, tratando de imitar a Jim Cagney de la mejor manera.

El otro mafioso puso su pistola en la sien de Gene.

—Bota el arma antes de que cuente hasta tres o mato al muchacho. Uno... dos...

La única alternativa que tenía era apuntarle la pistola a la cabeza y disparar. El arma hizo un ruido seco. Apreté el gatillo otra vez, y de nuevo no pasó nada.

El hombre que tenía agarrado se liberó.

—¡Matálo! —le dijo al otro, y me escupió en la cara.

—Si lo matan —intervino Gene—, nunca les voy a decir dónde está la coca, y no me importa nada lo que me hagan a mí.

—¿Qué es una libra de coca? —dijo el hombre lleno de odio—. Quemá ya al hijueputa.

Bueno, aquí se acabó la vaina, pensé, cuando un chillido estridente me hirió los tímpanos. Era Salsa Picante diciendo:

—Quietos, cabrones hijueputas, o me los toteo —y de inmediato sonaron dos disparos hacia los pies de los hombres. Gene y yo nos abalanzamos sobre los asombrados matones, les quitamos las armas, y los sacamos del baño.

—De espaldas y con los brazos contra la pared —les ordenó Salsa Picante, apuntando su pistola de uno a otro.

Estaba empezando a registrar a uno de los tipos, cuando oí una ruidosa estampida subiendo por la escalera.

—Dios mío —dije—, son sus amigos.

—No, seguro que no —me tranquilizó Salsa Picante—. Es la policía. Yo les avisé antes de subir.

—¿La policía? ¿Tú llamaste a la policía?

—Santiago, yo soy agente encubierto —me explicó, y sacó un walkie-talkie de debajo de las faldas—. Salsa Picante hablando. Ya llegaron los refuerzos al 687. Gracias. Cerrando.

Y me sonrió. Gene y yo nos cruzamos miradas atónitas.

—Debías vestirte —le dije, en el momento en que entraban tres policías con ganas de disparar. Reconocí al teniente McGavin, con el que había hablado mucho sobre los basuqueros de la calle.

—Hola, Santiago —me dijo mirando a Gene con curiosidad.

—Teniente, éste es mi sobrino Gene. Se está quedando conmigo unos días.

McGavin y los otros dos policías sudorosos estaban jadeando después del esfuerzo de subir corriendo las escaleras. El teniente les dijo a los matones:

—Hola, cabrones, será mejor que tengan sus tarjetas verdes al día.

Mis compatriotas siguieron impasibles. Parecían aturdidos, como si lo que estaba pasando fuera lo último que se hubieran podido imaginar. Los esposaron, les dijeron sus derechos en inglés y yo los traduje. Nunca antes había gozado más en mi papel de intérprete.

Gene se excusó para ir al baño a vestirse. Mientras los policías chequeaban las tarjetas de los tipos y llamaban para dar los datos en la estación, yo me senté, ansioso, preguntándome qué iba a pasar. ¿Me acusarían a mí también de posesión ilegal de armas? No, porque Salsa Picante había visto cómo había conseguido yo la pistola. ¿Y si los matones cantaban? ¿Si arrestaban a Gene? ¿Debería yo darle la coca a la policía, antes de que los mafiosos me implicaran?

Los policías saltaron de la felicidad cuando oyeron el informe de la estación. Ambos tipos estaban en la lista de los criminales más buscados, y los habían identificado como sicarios de una de las mafias de la cocaína más poderosas de Queens.

—Teniente —dijo Salsa Picante—, lléveselos y póngalos a la sombra. Yo me voy a quedar aquí con Santiago y Gene para escribir el informe sobre los hechos.

Cuando ya estaban a punto de irse, el teniente McGavin se detuvo pensativo y dijo:

—Lo que no entiendo es por qué estos tipos se metieron aquí? ¿Qué buscaban?

Confiesa, gritó una voz en mi cerebro.

—Bueno, teniente, yo espero que…

—Ah, no, no —me interrumpió McGavin—. Nosotros sabemos muy bien de tus esfuerzos por limpiar esta cuadra, y ahora acabas de desmantelar una de las bandas del narcotráfico más sanguinarias. Hacía tiempos que estábamos tratando de arrestar a estos tipos, pero hasta ahora había sido imposible porque no salían de Queens. Tú y tu sobrino tendrán que ir mañana o pasado a la comisaría del centro, para una conferencia de prensa. Voy a recomendarle a la alcaldía que te concedan la medalla de servicios cívicos. Tú y tu sobrino son unos héroes. Ya quisiéramos que hubiera más ciudadanos como ustedes, preocupados por el bienestar general. Y ahora, amigos —les dijo en español a los mafiosos—, vamos.

Les dimos la mano y las gracias y nos despedimos. Gene, Salsa Picante y yo nos quedamos solos en el apartamento.

Ella y yo nos acomodamos en el sofá y Gene se sentó en la mesa. Acababa de conocerla y no podía quitarle los ojos de encima. Mr. O'Donnell entró a la sala, sigiloso, cerciorándose de que se había acabado el alboroto. Saltó al sofá, husmeó a Salsa Picante y se echó en mis piernas. Miré a mi alrededor y vi a un mafioso adolescente, a una puta de Times Square, y a un gato callejero a punto de morir, y me maravillaron los protagonistas de mi vida.

—¿Tienes que escribir un informe ahora? —le pregunté a Salsa Picante, todavía asombrado de que fuera una agente encubierta.

—No, lo puedo hacer después. Acabo de decirles que me quedaba aquí para charlar contigo.

—Qué bien —le dije—. Ah, Dios, estoy que me muero del hambre.

—Yo también —dijo Gene.

—¿Salimos a almorzar? —preguntó Salsa Picante—. Yo los invito.

—Gracias, pero estoy demasiado cansado; ni siquiera creo que tengo las fuerzas para bajar las escaleras.

—Podemos pedir comida china a domicilio. ¿Cómo les parece?

—Yo odio la comida china —dijo Gene.

—Bueno, pero yo ya dije que me estoy muriendo de hambre —dije yo con un suspiro.

—Ya sé qué hacer —dijo Gene, levantándose—. Yo les hago el almuerzo mientras ustedes charlan.

Me estremecí ante su propuesta, pero no podía rechazarla, no tenía otra alternativa.

—Creo que no hay casi nada en la nevera —dije sin embargo.

—Fresco, cuadro —dijo Gene—, yo me encargo de todo. Voy a improvisar. En cinco minutos tengo el almuerzo listo. Mientras tanto, ¿no quieren una taza de café? Acababa de hacer café antes de que... se metieran los paisas esos.

—Chévere un café —dijo Salsa Picante—. El mío sin azúcar, por favor.

—El mío lo mismo. Gracias, Gene.

Gene trajo el café y se fue a la cocina. Mr. O'Donnell, mendigando como siempre cuando sucedía algo en la cocina, se fue detrás.

—Todavía no puedo creer que eres policía y no puta —le dije a Salsa Picante.

—Sí, agente encubierta. Ese es mi trabajo. Estamos haciendo una investigación. Tú sabes, reuniendo pruebas a ver si podemos cerrar el antro de basuqueros de la calle. Pero no es fácil, Santiago. En primer lugar porque es de la mafia y hay mucha plata detrás. También porque como es un sitio porno, la cosa tiene que ver con la libertad de expresión. Como es la ley, no se puede hacer nada.

—Pero tú no te llamas Salsa Picante, ¿verdad?

—No —se sonrojó—. Mi nombre es Rosita. Rosita Levine.

—¿Eres latina?

—¿Te parece que tengo pinta de latina? No, soy una niña judía de Brooklyn. Cuando nací, la mejor amiga de mi madre era cubana. Se llamaba Rosita Matamoros, por eso fue que mi madre me puso Rosita. Quiere decir «rosa pequeña», tú que eres intérprete debes saberlo. Y fue por eso que se me ocurrió ponerme Salsa Picante, que también es un nombre compuesto, ¿entiendes?

—¡Ah! —exclamé yo, sintiéndome cada vez más desconcertado. Gene había prendido el radio, que tronaba en la cocina, pero a través del fuerte martilleo del rock alcancé a oír la licuadora funcionando, y lo que sonaba como una ametralladora disparando miles de balas. Un tóxico olor de perros calientes invadió el cuarto.

—Te quería hablar sobre otra cosa.

—Dime —le dije.

—Es sobre Ben. Tú sabes cómo es de… de romántico, tú sabes. Tengo miedo de que cuando sepa que soy policía, ya no le voy a gustar. ¿Tú qué piensas?

—Bueno, no sé —le dije—. Estoy seguro que lo de puta tal vez le pareció muy… interesante. Pero también —le dije recordando cómo le gustaba a Ben la protagonista de *Freaks*— creo que también le gusta que seas una…

—Una persona pequeña.

—Sí. Una persona pequeña.

—Entonces, ¿sí tengo esperanzas. ¿Tú crees en serio que la cosa no se acaba?

—¿Tanto te gusta?

—Estoy loca, loca por él, Santiago. Es la persona más querida que he conocido. No son muchas las mujeres que tienen la suerte de conocer a un hombre como él.

Gene sacó la cabeza por la puerta de la cocina.

—El almuerzo está listo. Por favor, a la mesa.

—Gene, querido, ¿puedo ayudarte? —dijo Salsa Picante, mostrando por primera vez su instinto maternal.

—Fresca, todo está bajo control.

Nos sentamos a la mesa mientras Gene traía todo, puestos, platos, cubiertos, servilletas y vasos. Después llegó con una bandeja llena de perros calientes humeantes cubiertos de mayonesa. Luego una jarra de malteada de chocolate.

—¡Y la obra maestra del chef! —anunció al presentarse con un gran bol de palomitas de maíz nadando en mantequilla derretida.

—¿Y bien? —dijo, radiante, parado frente a nosotros, a la espera de felicitaciones.

—Vas a ser muy buen marido —le dijo Salsa Picante. Este elogio no le cayó muy bien a Gene.

—Todo parece… estupendo —le mentí yo y cogí un puñado de palomitas.

Después de comer, cuando Salsa Picante dijo que se tenía que ir, Gene me dijo que la iba a acompañar a pie hasta la comisaría y después se iba a Queens. Yo estaba cansado y me sentía tan confuso que no se me ocurrió decirle que se quedara.

Cuando me quedé solo recordé que la coca todavía estaba en la cocina y decidí tirarla por el retrete. El pote de vidrio estaba vacío y se veía que lo acababan de lavar porque todavía estaba húmedo por dentro.

Había sentido tantas emociones contradictorias durante la última semana más o menos, que en vez de ponerme frenético la cosa no me importó nada. Después, cuando Gene hubiera tenido tiempo para volver a Queens, lo iba a llamar para aclarar las cosas. Me sentí agotado, como si estuviera arrastrando un caballo muerto. Decidí acostarme un rato. Alcé a Mr. O'Donnell, cerré la puerta del cuarto y prendí el aire acondicionado. Mr. O'Donnell se metió en el clóset para investigar quién sabe qué, y se quedó ahí.

Era el primer momento de tranquilidad y de soledad que había tenido en muchos días. Pensé en Bobby y en que se había muerto, pero lo que sentí era como si no hubiera existido nunca, y eso de alguna manera no estaba bien. Pensé también que lo había conocido casi toda mi vida y que no tenía ningún recuerdo tangible de él, ni siquiera una foto, sólo recuerdos que el tiempo deformaría y borraría. Me dije que tenía que llamar a Joel y pedirle que me regalara una foto de Bobby. En ese momento sentí su presencia al lado de la cama. Estaba sobrio, no como la última vez que lo había visto. Fuera lo que fuera, era invisible, pero parecía como un poco de aire tibio que palpitaba para expresarse. «Me rindo», dije. «Si quieres, Bobby, puedes hablar conmigo, si es eso lo que quieres». Y me quedé dormido.

En mi sueño vi al Paradise Alley en medio de las llamas, y lleno de basuqueros que aullaban atrapados adentro. Yo contemplaba la escena parado en la esquina. No había más testigos, ni policías, ni bomberos, ni neoyorquinos boquiabiertos, fuera de mí, mirándolos como si estuvieran en la vitrina de un círculo del infierno. Al mirar, empecé a achicarme, cada vez más, hasta que seguía siendo yo, pero de siete años. Cambió la escena, el círculo del infierno se convirtió en la casa de Barranquilla, después de que mis padres se separaron, pero antes de que nos fuéramos a Bogotá. Tenía puestos unos pantalones cortos, tenis y una camisa de algodón. Era de noche. Mi mamá y un extraño, un extranjero, estaban sentados muy juntos en la sala. Mi mamá llevaba un vestido blanco muy estrecho, tenía la permanente y estaba maquillada. Irradiaba sensualidad. Me había llamado para presentarme al extranjero, que estaba obviamente borracho. Era alto, rubio, corpulento, y sudaba. Su cara rosada me dio asco. Hablaba en inglés, y me dio unos chicles. Los acepté por educación, pero después cambié de idea, los tiré en el regazo de mi mamá y salí corriendo. Me escondí en el jardín detrás de unas matas de yuca, y me puse a llorar, acurrucado. Me dio miedo la oscuridad de la noche, pero estaba tan nervioso que no pude volver a la casa, y nadie, ni siquiera mi niñera, salía a buscarme. Se oían boleros y me llegaban las notas altas, ricas, de la risa de mi mamá. La odiaba por haber llevado a ese hombre a la casa; odiaba a mi padre por abandonarme. Me dieron ganas de escaparme, de irme a otra ciudad, de volverme gamín. Pensé lo bueno que sería que una pareja buena sin hijos me adoptara, y me llevara lejos, muy lejos, a otro país.

Me quedé así acurrucado por lo que me pareció una eternidad, sintiendo a veces hambre, a veces frío. Finalmente, la música y las risas se apagaron, también las luces de la casa. Entré sin que nadie se diera cuenta. Para ir a mi cuarto tenía que pasar frente a la alcoba de mi mamá. Se oían quejidos y gritos de dolor, y me asomé, y vi a mi mamá y al hombre extraño haciendo el amor. Me fui temblando de la ira a mi cuarto, donde estaba dormido Eduardito, mi hermano menor. No había cumplido el año. Había nacido con un defecto en el corazón y decían que no llegaría a ser adulto. En un rincón del cuarto había un altar con velatorios prendidos a san Judas Tadeo. Arremetí como un loco contra el altar, cogí la estatua del santo y la tiré al suelo con fuerza, y barrí los velatorios con el brazo. Antes de que me diera cuenta las cortinas se estaban incendiando. Aterrorizado por lo que había hecho, salí corriendo del cuarto y entré al de Wilbrajan. Estaba dormida, la desperté, y salimos a la carrera de la casa, ella todavía medio dormida. Empezó a llorar cuando vio que salía humo de la casa y se dio cuenta de que mi mamá y Eduardito todavía estaban adentro. Las sirvientas salieron de la casa tosiendo y llorando. Los vecinos se despertaron, y había un poco de gente en la calle mirando la casa envuelta en llamas, se oían muchos gritos y Wilbrajan se unió a la gritería: «¡Mami! ¡mami! ¡mami!», y a mí se me ocurrió que mi hermanito también podía morirse y también empecé a llorar a mares, y... me desperté con las caricias de Mr. O'Donnell que me había despertado de la pesadilla. Lo apreté contra el pecho y le dije:

—Cómo me alegra que estés aquí, gatico, no sé qué haría sin ti.

Pero me di cuenta de que estaba incómodo y lo solté. Saltó a la mesa de noche y al vacío, dando una voltereta antes de desplomarse en el suelo. Le estaba dando un ataque horrible.

El momento que tanto había temido finalmente llegaba. Parecía que los ojos de Mr. O'Donnell se le fueran a salir de las órbitas; botaba espuma por la boca y mostraba los dientes como un felino con rabia; el pecho se le hinchaba y contraía al resollar; y con las patas traseras daba golpes al vacío como si fuera una pared sólida.

—Minino —grité, sin saber qué hacer. Me dio miedo que me mordiera si lo tocaba. No parecía sufrir ni estar deshecho, sino con mucha furia, como si estuviera librando un feroz combate con la muerte y no quisiera irse como un bobo. Corrí al teléfono y marqué el número de Rebeca; tenía el contestador. Dejé un mensaje: «Rebeca, Mr. O'Donnell se está muriendo. Cuando llegues, sube por favor». Colgué y volví a la alcoba. A Mr. O'Donnell se le habían vuelto los ojos verde esmeralda, pero la violencia de las conmociones había disminuido.

—Mr. O'Donnell, gatico, por favor no te mueras —le dije para animarlo.

Se me ocurrió que tal vez podía salvarse si lo llevaba al hospital; allí tal vez podía sobrevivir unos días o unas semanas. Saqué la caja del clóset pero aún no me atrevía a cogerlo. Busqué una toalla de playa, lo envolví y lo metí en la caja. Escribí la dirección del hospital, me aseguré de que tenía plata para el taxi, y bajé lentamente las escaleras asegurándome de que la caja no se moviera mucho. Ni la caja de Pandora hacía unos ruidos más horribles.

El viaje en taxi al hospital se me hizo interminable, y recordé esos otros viajes en taxi cuando lo llevaba a la Sociedad Humanitaria para que lo castraran, las inyecciones y los chequeos. Siempre maullaba lastimoso y yo tenía que hablarle y meter los dedos por los huecos de la caja para que estuviera seguro de que yo estaba ahí y de que no tenía nada que temer. Durante el trayecto hizo unos ruidos agudos y penetrantes, y arañaba la caja con violencia.

Al llegar al hospital, el tamaño del edificio me sorprendió; parecía un hospital de verdad, no de juguete como la Sociedad Humanitaria. La mujer en la recepción apuntó mi nombre, la dirección, una breve historia médica de la mascota, y señaló los ascensores. Subí al quinto piso, donde salí a una sala de espera. Un hombre con ojos de loco me habló y me contó que su gato había saltado de su apartamento en el séptimo piso, y se había roto dos patas. Dos veterinarios con batas blancas salieron corriendo de unos paneles de vidrio y me pidieron que les entregara a Mr. O'Donnell para ponerlo en una cámara de oxígeno. Uno de ellos abrió la caja y lo sacó. Extendí los brazos como queriendo quitárselo. Cruzamos miradas con Mr. O'Donnell, la suya como nunca la había visto. Me decía al mismo tiempo: «Te amo, tengo miedo, no me dejes solo, adiós». Tenía los ojos muy amarillos, como faroles, y mostraban horror. Pensé en la última mirada de Bobby, y en ese momento comprendí la diferencia entre el hombre y los gatos. Los hombres saben que van a morir, de modo que pueden alistarse y hasta ansiarlo; los gatos saben que se acerca el fin, y eso es todo. No pueden aceptar la muerte, no pueden confiar en ella; tal vez son entidades demasiado metafísicas como para que necesiten creer en la idea de un más allá. El gato es su propio dios y el hombre es su creación.

Y me senté, atontado, mirándome fijo las manos, escuchando las historias del loco sobre su gato, sobre las muchas veces que se había tirado por la ventana. Me sentí aliviado cuando una enfermera salió y me dijo que Mr. O'Donnell ya estaba en la cámara de oxígeno y que llamara al día siguiente al hospital para preguntar por él. Aunque parecía comprensiva, lo que me dijo era una fórmula, pensé. Antes de salir tuve que acabar de llenar los formularios. Prendí un cigarrillo afuera y me fui a la estación de subway más cercana; eran las once de la noche y estaba casi desierta. Esperé, apoyado en pared. Al oír el rugido del subway ya en la boca del túnel, di unos pasos hacia adelante y las carrileras se convirtieron en un arroyo dorado que casi me invitaba a saltar. Hacía ya mucho sabía que los días de Mr. O'Donnell estaban contados, pero en ese momento me sentí atraído por la idea de unirme a él en la muerte.

Me bajé en la estación de Times Square y ya iba a seguir hacia el oeste por la 43 cuando llegó a mis oídos una música desde algún sitio entre la 46 y la 47. No tenía ganas de meterme a mi apartamento para estar solo con mis pensamientos. Cualquier distracción me pareció bien, y me fui hacia el gentío. A medida que me acercaba aumentaba el volumen y la estridencia de la música. Casi no quedaba espacio libre de pavimento donde hacerse. La banda estaba en la mitad de la zona de seguridad, entre las estatuas de George M. Cohan y la del padre Duffy. Eran tres músicos con enormes instrumentos de viento y tocaban una música alegre de bailadero toda loca, como para resucitar a los muertos. Los músicos soplaban, las mejillas hinchadas y brillantes, en sus tubas y trombones; y se mecían con ellos marcando el ritmo sincopado con fuertes pisadas. Y todo el mundo se mecía con ellos. La mayor parte eran turistas de verano y gente de fuera que venía a teatro, pero había muchos como yo, de Times Square. Unos muchachos negros se habían trepado a una de las grandes macetas de cemento con árboles raquíticos. Todo el mundo sonreía y mucha gente aplaudía, entregada al bullicio de la música.

Detrás de la banda el aviso rojo de coca-cola desplegaba combinaciones geométricas de líneas y colores, y las luces centelleantes de Broadway, la legendaria Vía Blanca, que era cualquier cosa menos blanca, nunca había estado tan bella, tan brillante, tan atractiva, tan deslumbrante. Era uno de esos raros momentos en que una masa se rinde ante la ciudad, aceptando toda la tensión que sufrimos al crecer y convertirnos en ciudadanos responsables que asumimos obligaciones y nos conformamos. Me di vuelta para mirar al otro lado y hacia el este, donde una luna de marfil llena se posaba sobre la punta roja de la antena del edificio Empire State. Así, de espaldas a la gente, recorriendo la música mis venas hasta el cerebro, pensé en esta isla, en esta ciudad, donde convivían indigentes y ricos, poderosos y débiles, sanos y enfermos, hermosos y horribles, arrogantes y humildes; y a la que negros, asiáticos, hispánicos, anglosajones, europeos y sus descendientes, refugiados, exiliados, gente de todo el mundo, venía como a su Meca, como a un Bizancio donde pululaban ladrones, y putas y putos, y asesinos y suicidas, y policías y turistas y corredores de bolsa, y desplazados y grandes estrellas y mendigos, todos mezclados y en busca de un trozo del esquivo sueño que prometían todos esos avisos de neón, en busca de momentos como éste, cuando la noche es como vino rojo y es verano y por un instante se pueden olvidar todas nuestras heridas, todos nuestros dolores.

Miré hacia arriba y vi el noticiero luminoso de Times Square que iba de un lado a otro pasando información sobre el tiempo, bancarrotas, asesinatos y catástrofes de todo el mundo, y luego mostró, en el extremo, sólo para mí, para mostrarme, a través de las lágrimas que me nublaban la visión, que yo también tenía un lugar allí, en letras doradas y con un fondo aterciopelado negro, un letrero que decía: *Mr. O'Donnell, el más maravilloso gato de la calle 42, murió esta noche, agosto 2, 1990.*

12. Todo el mundo está feliz en Manhattan y Mr. O'Donnell se va al cielo

No puse el despertador porque al día siguiente no tenía que trabajar. Pensé que iba a dormir hasta el mediodía, pero me desperté a las diez. Al abrir los ojos me di cuenta de que todo había cambiado. Llevaba dos años acostumbrado a ver a Mr. O'Donnell al despertarme.

Fui a la cocina para hacer café, y me lo recordaron los platos en el piso, la peinilla de metal que colgaba de un clavo, la bolsa de comida seca y las latas de Kal Kan en el aparador. Aunque sabía que Mr. O'Donnell había muerto, llamé al hospital para oír la versión oficial. La mujer que me dio la noticia fue amable y discreta; me informó que Mr. O'Donnell había fallecido en la noche, poco después de que yo lo llevara. Le di las gracias y colgué. Iba a volver a la cocina cuando timbró el teléfono. Era Rebeca. Le conté todo.

—Oye —le dije, calmado pero sintiendo un gran vacío en el pecho—, ¿quieres subir a tomarte un café?

—Me encantaría.

Abrí la puerta, y esperé que Rebeca subiera. Ya estaba vestida para el trabajo. Nos abrazamos y nos dimos palmadas en la espalda. Como ella era la que había encontrado a Mr. O'Donnell en el callejón, había asumido el papel de madre adoptiva y también había llegado a quererlo.

Nos sentamos en el sofá a tomarnos el café. Me miraba con tal compasión que, para romper el silencio, le dije:

—¿No vas a llegar tarde al trabajo?

—Hoy empiezo a las doce, pero voy a llamar para decir que estoy enferma.

—En realidad, estoy bien —le dije, pensando que lo iba a hacer por causa mía.

—Estoy que me muero de la jartera ahí. A Dios gracias, me voy a Caracas la semana entrante —hizo una pausa—. Santiago, tengo una idea. Deberíamos hacer un velorio para Mr. O'Donnell esta noche.

—Rebeca, ¿estás bromeando?

—No, es en serio. Es algo que debemos hacer por él. Debemos celebrar el hecho de que se haya ido al paraíso gatuno. Porque yo no tengo ni la menor duda de que allá es donde está. Y de todos modos, sus amigos deben reunirse para recordarlo.

—¿De verdad crees que le debemos hacer un velorio? —le pregunté, perfectamente asombrado y preguntándome si Rebeca iba a asentarse algún día—. ¿Y qué amigos son ésos de los que hablas?

—Mr. O'Donnell tenía miles de admiradores que lo adoraban. Todo el mundo que tuvo algo qué ver con él lo adoró. Era el más perfecto manojo de alegría que jamás respiró.

—Podíamos invitar a Harry Hagin —dije, recordando el dibujo de Mr. O'Donnell que hizo cuando se fugó en la primavera.

—Y Francisco también vendría si estuviera en Nueva York —dijo Rebeca, aprovechando la oportunidad de mencionar a su amado—. Siempre le mandó saludes al minino en las cartas, ¿no cierto? Pero también hay otro montón de gente —siguió la cháchara—. Va a ser una reunión maravillosa, ya verás. Un velorio para Mr. O'Donnell y una fiesta de despedida para mí. Después de todo, es posible que no vuelva a verte en mucho, mucho tiempo.

—Dios mío, Rebeca, ni que te fueras a Júpiter. Pero de todos modos, una fiesta tal vez no es mala idea. Eso de celebrar la muerte de alguien es algo muy colombiano.

—Yo me encargo de los detalles. En Jackson, una vez le organicé la más estupenda *fête champêtre* a mi tía Annabel. Entonces a las siete, ¿está bien?

Asentí.

—Pobrecito tú, amorcito, con todo lo que te ha pasado últimamente. Pero no tienes que mover un dedo, yo me encargo de todo. Lo único que tienes que hacer es arreglar esto un poquito.

—Yo voy a quedarme aquí todo el día, por si necesitas algo —le dije en todo caso.

Se acabó el café.

—Muchas gracias, belleza. Y ahora tengo que salir corriendo, hay un montón de cositas que tengo que hacer.

Nos abrazamos de nuevo, y al salir sentí todo el peso de mi soledad. Cuando Mr. O'Donnell estaba vivo, siempre tenía la impresión de que compartía el apartamento con alguien. Me di cuenta de que reinaba un extraño silencio en todo el apartamento. Para borrar la sensación de espanto que sentía me puse a arreglar todo. Fui a la cocina por la escoba y el trapo del polvo, pero al darme cuenta de todo lo que tenía que hacer para que el sitio se viera decente, la enormidad de la tarea me abrumó de antemano. Me refugié en la seguridad de la alcoba y, abatido, me puse a dar vueltas en la cama. De pronto, me puse a mirar fijamente el sitio donde se había desplomado la víspera Mr. O'Donnell. Horrorizado, volví a ver sus contorsiones y bocanadas. Cerré los ojos y cuando los abrí, vi una cerda de sus bigotes en el piso. La recogí. No era una cerda particularmente bonita o larga, pero resolví meterla en la cajita donde durante los últimos dos años guardaba las que se le caían del bigote. La pasé suavemente por la mejilla y luego la apreté con los labios. Saqué todas las cerdas de la caja, las extendí en la palma de una mano y con la otra las palpé. Me di cuenta de que si no encontraba otra por ahí, esa sería la última de la colección; eran los únicos recuerdos materiales de mi gato. Cerré el puño con las cerdas blancas que me picaban, y me puse a llorar.

Pasé el resto del día ordenando el apartamento, lo que no fue nada fácil. Estaba trapeando el piso cuando la ausencia de Mr. O'Donnell me golpeó de nuevo; le encantaba ver el trapeador moviéndose, y siempre lo atacaba como si fuera un animal, su presa.

Hacia las seis estaba tan agotado que lo único que quería hacer era dormir una siesta, pero Rebeca me pidió que bajara. Fue difícil entrar a la sala: había comprado muchos arreglos de flores grandísimos, un jamón ahumado, dos cajas de vino blanco, litros de vodka, escocés, ginebra, ron, cientos de velas, panes enormes, tres o cuatro clases de aceitunas, lo que parecía un mercado campesino entero de frutas y verduras, dips, soda, coca-cola, bebidas dietéticas, jugos, agua Perrier...

—¿Te volviste loca? —le dije—. Todo esto ha debido costarte una fortuna,

—Es posible que nunca en la vida pueda volver a dar una fiesta en Nueva York, así que decidí botar la casa por la ventana.

—No me digas, con todo esto podrías alimentar a todos los indigentes de Nueva York. Yo pensé que sólo ibas a invitar a Harry Hagin.

—¿Y de dónde sacaste esa idea, belleza? Va a ser una bacanal, un fiestononón del carajo. Todo el mundo dijo que venía, claro. Y les pedí que trajeran algo. Yo estoy tan excitada que casi no puedo respirar.

Yo estaba demasiado asombrado como para decir algo.

—¿Estás bien, cariño? Tienes que empezar a subir todas estas cosas —me dijo—. No puedes perder un minuto. Yo tengo que arreglarme. Quiero verme más bella que una orquídea venezolana, cubierta de rocío, bajo la luna.

—¿Quién más va a venir fuera de Harry? —me las arreglé para preguntarle, lleno de recelo como estaba.

—Lucy viene y va a invitar a unas amigas. También invité a Tim, a Ben, que va a traer una nueva que tiene, y va a venir mucha otra gente. Son demasiados y no puedo darte toda la lista.

—¡Mi mamá va a venir! Ella detestaba a Mr. O'Donnell, Rebeca.

—Nadie en todo el mundo odiaba a Mr. O'Donnell, Santiago. Lo que pasa es que tu mamá siempre prefirió a Simón Bolívar. Además, éste es un momento en que todo lo pasado, pasado está.

—¿Y de qué amigas te habló ella? —le pregunté horrorizado, pensando en lo que mi mamá y las matronas de Queens pensarían sobre Salsa Picante. Nunca como en ese momento me dieron más ganas de salir volando de Times Square. Me sentí tan mareado que tuve que sentarme.

Rebeca cruzó los brazos y me miró fijo.

—Santiago, cariño, no vayas a aguar la fiesta y a echar a pique la celebración de mi viaje. Ah, pero antes de que se me olvide. Voy a traerlo... —me dijo, y se fue al otro cuarto.

—¿Y ahora qué —me dije—, mi sentencia de muerte? Regresó con un marco de plástico grande.

—Esto es para enmarcar ese magnífico dibujo que hizo Harry Hagin de Mr. O'Donnell. Después tenemos que ponerle un buen marco, pero éste está bien por hoy —me dijo, y me lo entregó—. Hay que colgarlo en un sitio donde reciba todos los honores. Pero ahora, tú que eres un ángel, lleva todas estas golosinas arriba. ¿Quién crees tú que va a llegar primero? —me dijo duro, obviamente hablando consigo misma.

Mi mamá, por supuesto, fue la primera que llegó. Y no llegó con sus amigas sino con una jaula cubierta. ¡Había traído a Simón Bolívar!

—¡Ay, Dios mío, Virgen santísima! —exclamó mi mamá cuando salimos a recibirla a la puerta—. Estas son unas escaleras asesinas. Tengo que sentarme antes de que empiece a dolerme el pecho. Rebeca, estás perfectamente divina.

—Muchas gracias, Lucy —le dijo Rebeca, haciendo gala de todo lo que sabía de español.

—Santiago, mijito, dejé dos bolsas abajo. Por favor, súbelas antes de que los drogos se las roben. Yo no sé cómo puedes vivir en esta zona —pero al darse cuenta de que Rebeca también vivía en el edificio, añadió—: claro que tiene sus ventajas. Es muy central y está muy cerca de Broadway.

Encontré las bolsas al pie de la escalera y las subí. Mi mamá y Rebeca ya estaban acomodadas en el sofá.

—Sammy, el apartamento está estupendo. Siempre es que las flores arreglan todo —comentó mi mamá.

—Rebeca compró todo —le dije, y puse las bolsas en el piso.

—Muchas gracias, Rebeca. Tú eres muy buena con Sammy. Él también necesita una esposa, ahora que tú te vas a casar.

—Toca madera, Lucy. Francisco todavía no se me ha declarado.

—Créeme, lo va a hacer ahora en Caracas, vas a ver. Yo conozco a los hombres, y te digo que este viaje significa boda —le dijo mi mamá en su muy peculiar inglés.

—Ojalá tengas razón.

—Yo nunca me equivoco en estas cosas, querida. Nunca. Siempre tengo razón en estas cosas del amor. Además Francisco es tan simpático: es el mejor peluquero que he visto. Además le tenemos devoción a los mismos santos. Escogiste bien, Rebeca. Ahora lo que tienes que hacer es aprender español. Y te digo una cosa —añadió, llevada por el entusiasmo—, para celebrar tu matrimonio, Sammy y yo vamos a ir a Caracas a la ceremonia religiosa. Así aprovecho y puedo visitar a mi hermana Aurora, que no la veo desde hace años.

—Sería un gran honor para mí que ustedes dos fueran a mi matrimonio. Pero, Lucy, tienes que prometerme desde ahora mismo que vas a ser mi dama de honor.

—Claro, con mucho gusto seré tu dama de honor. Gracias por pedírmelo, querida —luego me dijo a mí—. Bueno, Sammy, ¿qué haces ahí parado? Lleva las bolsas a la cocina y desempaca. Y sírveme un aguardiente. Puro. Y uno para Rebeca, y otro para ti, si quieres —añadió magnánima, como si yo fuera su criada.

Mientras desempacaba escuchaba las risitas de mamá y Rebeca en el otro cuarto. Mi mamá había traído un botellón de dos litros y medio de aguardiente Cristal, dos flanes de piña, un pote grande con frisoles antioqueños con cerdo, un jamón grande, cinco libras de queso campesino colombiano, bocadillos, arequipe, brevas con arequipe, muchas galguerías, y casetes de cumbias, vallenatos y otras músicas de la costa Caribe colombiana.

Serví tres generosos tragos de aguardiente y los llevé.

—Propongo brindar por Mr. O'Donnell —dijo Rebeca.

Con una sonrisita para mí, mi mamá le dijo:

—Y no hay que olvidar tu matrimonio.

—¿Quién es? —dijo una tercera voz.

—¡Dios mío, mi pobrecito Simón Bolívar —dijo mi mamá.

Dejó el vaso al lado y se fue a destapar la jaula, mientras Rebeca y yo nos quedamos con los vasos en la mano.

Con sus ojos malignos, Simón Bolívar me echó una mirada, luego se fijó en Rebeca, y después se puso a mirar el cuarto.

—¿Te sientes mejor ahora, cuchi cuchi? —le preguntó mi mamá.

—Lorito real, lorito real —dijo el espantoso loro con su hiriente chillido.

—Ahora sí podemos brindar —dijo mi mamá.

—Por Mr. O'Donnell —dije yo.

Cuando nos tomamos el trago sonó el timbre.

—Estoy tan excitada —dijo Rebeca—. Hacía tiempos que no me divertía tanto. ¿Quién será?

Era el Parnaso Colombiano en pleno, las musas de Queens. Olga, la más pequeña, traía las flores; Carmen Elvira, la más alta, dos cajas, una con un ponqué, la otra llena de galletas; Irma, la más robusta, dos bolsas grandes de Balducci.

—Bienvenidas —les dije en la puerta—. Me encanta que hayan venido.

Tuve que agacharme para recibir el beso de Olga.

—Por favor, Sammy —me dijo al entregarme las flores—. Ponlas en agua antes de que se sequen.

—Yo me encargo de las flores —anunció Rebeca.

Le di los ramos de rosas y liberé a Carmen Elvira de las cajas. Ninguna de las señoras conocía a Rebeca pero Carmen Elvira, sobre todo, no podía esconder la curiosidad.

—Esta es Rebeca Alevant, mi vecina —les dije, para que vieran claras las cosas.

Carmen Elvira, evidentemente convencida de que Rebeca no era un secreto amor romántico mío, al momento dejó de interesarse. Y las cuatro se presentaron —con nombres completos—, camino a la sala. Mi mamá corrió a besarlas y se acomodaron en el sofá.

—Sammy, por favor sé educado —dijo mi mamá—. Ofréceles un trago a tus amigas.

—Sí, claro, mamá —le dije, irritado por su mandonería—. Hay aguardiente, y coca…

—¡Aguardiente! —gritaron todas en coro.

—Sammy, yo voy a tener que bajar a conseguir unos floreros para las flores. No sé si tenga algo apropiado para unas flores tan bellas. Ya vuelvo —dijo Rebeca.

Me fui a la cocina con las bolsas. Mientras desempacaba, oí que mi mamá les decía:

—Si hubiera sabido que iban a llegar tan temprano, las hubiera esperado. Tuve que tomar un taxi desde Jackson Heights. No podía traer la comida y a Simón Bolívar en el subway. Hubiéramos podido pagar el taxi entre todas.

—Eso es lo que se llama mala planeación. Algo típico colombiano —comentó Irma con su tono de banquera práctica.

—Sí, mijita, pero no tienes en cuenta que somos profesionales además de amas de casa —balbuceó Olga, secundándola—. Yo tuve que irme derecho del trabajo a la casa para sacar la pizza del congelador. Pizza con coca-cola es lo que van a comer hoy. La cocinera está en huelga.

Me sorprendieron las cosas de las bolsas. Creí que habían llevado tamales, arepas o buñuelos. Pero lo que había en ellas eran artículos exclusivos de Balducci: salmón ahumado, caviar negro, cremosos quesos franceses, huevos de codorniz y corazones de alcachofa.

—Si nos hubieran invitado antes y no esta mañana —dijo Irma—, nos hubiéramos puesto de acuerdo para hacer una deliciosa comida colombiana. ¡No hay nada como nuestros platos!

—Bueno, querida —dijo mi mamá—. El gato se murió anoche mismo, y no pudimos planear nada.

Serví los aguardientes y los llevé en una bandeja.

Olga cruzó las piernas exhibiendo las rodillas y me dijo, mostrándome todos los dientes:

—Gracias, churro.

—Gracias, cariño —me dijo Irma con su lacónico estilo de Wall Street.

Siempre falsa, Carmen Elvira las superó:

—Muchísimas gracias, Sammy. Eres adorable.

Rebeca llegó con cuatro botellas para poner las flores.

—Bueno, Sammy —me dijo mi mamá—, no te quedes ahí parado como una estatua. Muéstranos lo buen anfitrión que eres. Trae el queso colombiano. Nada va mejor con el aguardiente.

—Yo tengo tanta hambre que me puedo comer un lechón entero —dijo Irma.

—Ay, mujer, tú no piensas sino en comer. Eso es lo que pasa cuando uno tiene tanta presión en el trabajo —dijo Olga—. Mírame a mí, yo estoy como una sílfide porque como poquito, poquito, y porque estoy contenta siendo secretaria. Mientras que tú pareces una gorda de Botero —le dijo Olga, malévola.

Sonó el teléfono. Le pedí a Rebeca, que salía de la cocina con las flores, que contestara.

—Yo tengo que llevar el queso —le dije.

Ya estaba cortando el queso en pedacitos diminutos (al estilo colombiano), cuando Rebeca llegó corriendo.

—Santiago, es para ti —me dijo, agitando los brazos, los ojos bailándole—. Es del *New York Post*.

—¿El *New York Post*? ¿Será Suzy? ¿Será de la página seis? —exclamó desde el otro cuarto Carmen Elvira, husmeando como siempre.

—Hola —contesté yo el teléfono, seguro de que era para venderme una suscripción, o que se trataba de un error.

—¿El señor Santiago Martínez?

Carmen Elvira se había ido detrás y sentí su aliento caliente en la nuca.

—Sí —dije al teléfono.

—Señor Martínez, le queremos mandar un fotógrafo para que le tome una foto. Mañana vamos a sacar un artículo sobre cómo ayudó usted a la policía en el desmantelamiento de una importante red de narcotraficantes colombiana.

Me quedé boquiabierto.

—Y queremos ilustrar el artículo con su foto.

—¿Por qué?

—Porque usted es un héroe, señor Martínez. ¿Está de acuerdo en que le mandemos el fotógrafo?

—¿Cuándo?

—Ahora mismo. Necesitamos la foto antes de que se imprima el periódico.

Carmen Elvira estaba tan concentrada tratando de oír, que pensé que me iba a arrebatar el teléfono.

—Está bien —contesté. Le di al hombre mi dirección, y colgué.

Nos miramos fijo con Carmen Elvira. Prendí un cigarrillo y volví a la sala, donde las señoras guardaban silencio. Parecía que estuvieran en una iglesia. Nunca antes había sentido tanta expectativa ante mis palabras. Pasé saliva, saboreando mi momento de triunfo.

—El *New York Post* va a mandar un fotógrafo para sacarme una foto. Esta misma noche —añadí para mayor efecto.

—Sí, pero ¿por qué? —indagó Carmen Elvira.

Escogí las palabras con cuidado:

—Pues es que ayer dos tipos se metieron en el apartamento. Gene y yo, que estábamos aquí, los cogimos, y parece que la policía los buscaba desde hacía mucho tiempo.

—Carambas, Santiago —me dijo Rebeca, aparentando contrariedad—. Eso pasó ayer, casi bajo mi mismo techo, y sólo me doy cuenta ahora por causalidad. ¡Qué buen amigo eres tú!

—Sammy estaba guardándose la sorpresa para celebrar hoy —dijo mi mamá—. Pero yo ya sabía. Gene le cuenta todo a su abuela. Pero claro que yo realmente no le creí. ¡Ese muchacho tiene tanta imaginación!

—Tenemos que sacar un artículo bien destacado sobre esto en *Colombian Queens* —dijo Irma—. Tiene que ser el artículo principal de este número.

—Pero, mijita, ya le mandamos el material al impresor —le recordó Olga.

—Pues tenemos que sacar algo, querida. Tal vez la poesía —dijo Irma.

—¡Que no vaya a ser la *Oda a mi madre* —dijo Olga—. Le prometí a mami que en este número saldría el poema para su cumpleaños.

Carmen Elvira sacó la grabadora.

—Sammy, amorcito, el trabajo de una periodista es de veinticuatro horas. Tienes que contestarme unas preguntas antes de que lleguen los demás invitados.

Pero en ese momento sonó el timbre.

—Llegó el *New York Post* —dijo Rebeca a gritos.

—Ay, Virgen santísima —dijo mi mamá—. ¿Tengo el pelo bien?

Traté de calmar los ánimos y les dije:

—No puede ser el *New York Post*, es demasiado pronto.

Tenía razón, eran Ben Ami y Salsa Picante. Ben estaba apoyado en la pared, y boqueaba como una ballena arrojada en la playa. Tenía en las manos una gran bandeja cubierta con papel aluminio.

—Mira lo que te traje, Santiago, un pernil de jabalí —me dijo de saludo.

Tomé la bandeja y me hice a un lado para darle paso (era tan gordo que tuvo que entrar de lado). Lo siguió Salsa Picante, con dos botellas de champaña. Tenía puestas una falda de algodón y una blusa en lugar de su uniforme regular, y no estaba muy maquillada, pero aún así parecía una puta de Wall Street. Tuve que agacharme para que me diera un besito en la mejilla.

—Chico, se me habían olvidado las escaleras. Ahora recuerdo por qué fue que me fui de aquí —dijo Ben mientras avanzaba lentamente hacia el sofá—. Doña Lucy, me alegra tanto verla —le gritó a mi mamá.

—Ben, querido —dijo mi mamá. Se levantó y se lanzó a su encuentro. Se dieron besos.

—Ben trajo un pernil de jabalí y champaña —dije yo.

—Ahí tienes tú para que veas, eso sí es clase —me dijo mi mamá, mirando a las demás. Y luego fijó la mirada en Salsa Picante.

—Por favor, permítanme presentarlos —dije yo con el pernil todavía en las manos—. Este es mi viejo amigo, Ben Ami Burztyn y su... amiga Rosita Levine.

—Yo detesto «Rosita». Le dije que se siguiera llamando Salsa Picante —me corrigió Ben.

—Salsa Picante —tradujo Olga, y mi mamá y las otras dos miembros del Parnaso soltaron unas risitas entrecortadas. Salsa Picante parecía perpleja.

—Hola, Rebeca —dijo Ben, al salir ella de la cocina con una bandeja con pasabocas.

—Hola, Ben, voy a estar en Caracas la semana entrante —le dijo Rebeca ofreciéndole uno.

—Se va a casar —le dijo mi mamá a Ben.

—Felicitaciones, Rebeca —dijo Ben, estrechándola contra su barriga, junto con la bandeja. La soltó y dijo—: Salsa Picante, tráeme esas botellas. Esto es motivo para un brindis. Esta es (dijo a gritos el nombre en francés) y cada botella vale mil dólares —se ufanó como cualquier nuevo rico venezolano.

Siempre la dama sureña, Rebeca me dijo:

—Pero no tenemos copas de champaña.

Salsa Picante acudió en mi ayuda.

—Brindemos con vasos de papel.

Puse el pernil en la mesa y me fui a la cocina a traer los vasos. Ben destapó las botellas, servimos la champaña y brindamos. Ben se adelantó:

—Por la felicidad de Rebeca —dijo.

—Y yo también voy a hacer un anuncio —añadió y pasó la segunda botella—. Salsa Picante y yo nos comprometimos esta noche. Muéstrales el anillo, Salsa Picante.

Salsa Picante extendió el brazo, haciendo destellar un diamante del tamaño de un cubito de azúcar.

—¡Oh! ¡Ah! ¡Ah! ¡Oh! ¡Ah! —chillaron las señoras como excitadas quinceañeras.

Acabados los brindis, Ben me pidió que cortara el pernil. Ya iba para la cocina con el jabalí cuando Carmen Elvira se acercó a Ben.

—Tu compromiso es una gran noticia para los lectores de *Colombian Queens*—le dijo—. ¿Serías tan amable de responder a unas preguntas?

Cuando regresé de la cocina, mi mamá, Rebeca, Olga, Irma y Salsa Picante estaban todas apretadas en el sofá, charlando animadas. Ben y Carmen Elvira estaban sentados en la mesa. Mientras yo servía el pernil, Carmen Elvira le dijo a la grabadora, «Ben Ami Burztyn, el peripatético hijo de nuestra hermana república de Venezuela acaba de anunciar su compromiso matrimonial en una recepción ofrecida hoy por su gran amigo, el poeta laureado colombiano, Santiago Martínez Ardila.

Sonó el timbre y, decepcionado, tuve que dejar de escuchar las conversaciones.

—¡Ay, no había subido por estas escaleras desde que era una muchacha— reconocí la familiar voz grave de Mrs. O'Donnell, que subía por las escaleras. ¡Y no venía sola! La cabeza de Medusa de mi casera surgió en el rellano del tercer piso. Retrocedí dos pasos. Dios mío, pensé, viene con los hijos y la policía para echarme a la calle.

Iba a regresar corriendo al apartamento y a cerrar la puerta, cuando oí su vozarrón:

—Santiago, ven aquí a ayudar.

Me precipité hacia ella. Traía una bandeja enorme y pesada. Vi que el que la seguía era Tim Colby. Sentí que me temblaban las piernas al bajar a su encuentro.

—Aquí tienes —me dijo Mrs. O'Donnell al entregarme la bandeja—. Es chile con carne, lo hice esta tarde. Siento mucho lo del gato.

Caí en la cuenta de que era la primera persona que me daba el pésame.

—Gracias —farfullé, sintiendo que me sonrojaba—. ¡Qué bueno verla!

—Bueno, pero si Lucy no me llama para contarme lo del velorio, tú nunca me hubieras invitado, ¿no es cierto? ¿Ya llegó?

—Claro, le va a encantar verla, Mrs. O'Donnell. Hola, Tim —saludé a mi agente.

—Le tuve que pedir el favor a este simpático caballero que me ayudara a subir la cerveza. Y ahora déjame pasar —dijo ella.

Le sonreí a Tim. Mrs. O'Donnell culminó dificultosamente el tramo. Esperé a que entrara, y solté entonces un gran suspiro.

—Ay, Tim, esa vieja me acaba de dar el mayor susto de mi vida. Pensé que venía con los papeles del desahucio.

—No, no —dijo Tim—. Tú le caes bien. Y antes de que se me olvide: siento mucho lo de... —y susurró el nombre de Mr. O'Donnell—. Pero, ¡ánimo!, te tengo una gran noticia.

—¿Qué? —le pregunté, y empecé a subir con el chile picante.

—La editora sobre la que te hablé está loca con la idea.

—¿Qué idea?

—La de escribir una novela de misterio sobre Cristóbal Colón. Me recordó que ya casi estamos en 1992, y que van a hacer mucho ruido por el aniversario. Y mi querido Santiago, esto es cosa de muchos dólares.

Habíamos llegado al rellano.

—Ojalá —le dije—. Ya estoy cansado de la Octava avenida.

—Nunca vas a tener una mejor casera —me dijo Tim—. Me la encontré en la puerta y me preguntó si iba para el velorio y quién era yo. Le conté que yo era tu agente, y me preguntó si yo podía pagar lo que debes de arriendo. Le dije, «No se preocupe, señora, pronto va a ser rico». Y le conté la historia de García Márquez y su casera en París. «¿García qué?», me preguntó. Yo le dije, «Ya sabe, el tipo que escribió *Cien años de soledad*». Y ella me dijo, óyeme bien lo que dijo: «Si no han hecho miniserie de eso, no lo conozco. Tengo mucho trabajo como para leer libros» —Tim se echó a reír—. Oye, esa es una historia de antología.

Era apenas un cuento un poco divertido, pensé. Pero me pregunté si a él le hubiera parecido tan cómico de ser ella su casera.

—Necesito un aguardiente —le dije a Tim.

Justo cuando entraba al apartamento sonó el teléfono.

—Tim, por favor, lleva la cerveza a la cocina. Estás en tu casa. Tengo que contestar el teléfono.

Me deshice del chile y contesté:

—Aló.

—¿El señor Santiago Martínez? —dijo la voz inconfundible de una operadora de larga distancia.

—Sí.

—Una llamada de Caracas para usted.

—Está bien.

—Santiago, es Francisco.

—Hola, Francisco.

—Siento mucho lo de Mr. O'Donnell.

Con las interferencias y el escándalo de la voces en la sala, lo oía con dificultad.

—Qué amable que me hayas llamado —le dije a gritos.

—Prendí una vela en su honor —dijo Francisco.

—Gracias, Francisco —le agradecí, sinceramente conmovido.

—Yo amaba a ese gato, era tan especial. ¡Qué gato, chico, qué gato!

Me estaba poniendo triste con esa conversación.

—Rebeca está aquí. ¿Quieres hablar con ella?

—Sí, por favor, si no es molestia.

—Rebeca, larga distancia de Caracas —grité con la mano en la bocina.

Con la velocidad de una mesera de *drive-in* en patines se presentó Rebeca en el cuarto, con una bandeja de pasabocas en las manos.

—¿Es Francisco? ¿Es Francisco? —me preguntó.

—¿A quién más conoces en Caracas, tonta?

Puso la bandeja en el escritorio, me arrebató el teléfono y dijo con un arrullo:

—Francisco, Francisco, mi amor.

Me la llevé de la mano a la alcoba, y cerré la puerta. Le di la extensión y nos sentamos en la cama.

—Palomita adorada —dijo Francisco—. Te tengo una gran noticia (traduje): a una cliente mía la nombraron Señorita Venezuela.

—Felicitaciones —le dije yo, sobrepasando mis deberes de traductor.

—Voy a tener mucho, mucho éxito —dijo Francisco—. Ahora sí te puedo ofrecer la vida que te mereces, reinita mía. ¿Te quieres casar conmigo?

—Creo que me voy a desmayar —exclamó Rebeca, y cerró los ojos con el teléfono contra el pecho.

—Rebeca, ¿qué te pasa? —le preguntó Francisco.

—Creo que se va a desmayar —le dije—. Estoy seguro que eso quiere decir sí.

—Sí, sí, mi amor —dijo ella efusiva, y abrió los ojos. Luego se puso a comerme a besos.

—Me está besando —le conté a Francisco.

—Chico, yo de ti no soy celoso. Oye, Santiago, ¿quieres ser nuestro padrino? Te puedes venir a Caracas a vivir con nosotros —añadió.

La idea de ser intérprete de los tórtolos indefinidamente no me pareció muy atractiva.

—Es muy amable de tu parte, Francisco —le dije—. Pero yo creo que lo primero que tienen que hacer es aprender un idioma común solos.

Haciendo caso omiso de mi sugerencia, Francisco le dijo a Rebeca:

—Estoy contando cada segundo antes de tu llegada, mi reinita. Bueno, ya es hora de que cuelgue —dijo Francisco—. Adiós, Santiago. Siento mucho lo de Mr. O'Donnell. Adiós Rebeca, mi amor.

—Adiós —dijo ella, y soltó un suspiro.

—Ciao —dije yo, para romper la monotonía lingüística.

Rebeca se puso de pie de un salto, y se fue corriendo a la sala. Yo la seguí trotando.

—¡Me propuso matrimonio! —gritó al irrumpir en la sala.

—Ves cómo yo sé todo sobre los hombres —le contestó a gritos mi mamá, y corrió a besarla.

Las demás señoras la felicitaron, aplaudieron y brindaron. Noté que Carmen Elvira todavía estaba entrevistando a Ben, pero que había perdido interés en él, y ahora le echaba miradas a Tim.

—Una última pregunta, Ben —dijo—, ¿todavía estás en buenos términos con Bianca Jagger?

Estaba muerto de ganas de oír la respuesta de Ben, pero en ese momento mi mamá me gritó:

—Sammy, trae otra botella de aguardiente.

Al salir de la cocina con la botella, Carmen Elvira se me acercó.

—Sammy, querido —me dijo en la forma más halagadora posible—. Quiero que sepas que todo está maravilloso —y después de la zalema me dijo lo que realmente estaba pensando—. ¿Me presentas a tu agente, por favor? Lo quiero entrevistar para la revista —añadió, al ver que me resistía—. Además, ahora que vamos a publicar nuestro libro de poemas, traducido por ti, por supuesto, necesitamos a alguien que nos represente. He oído decir que es difícil entrar en el mercado americano sin agente.

—Sammy, el aguardiente —me gritó mi mamá.

—Claro —dije, y caminé hacia donde estaban charlando Ben y Tim. Ben hizo un gesto al ver venir a Carmen Elvira, pero aun así los presenté y les serví sus tragos. Me fui hacia donde estaban mi mamá y Salsa Picante charlando alegremente.

—Aquí tienes, mamá —le dije, y le di la botella de aguardiente—. Puedes dejarla aquí a tu lado, si quieres.

—Cheverísimo —dijo, y vi que ya estaba completamente entonada.

Sonó el timbre. Abrí la puerta y oí los estruendosos pasos de Gene subiendo las escaleras. Ahora sí puedo, me dije, hacerle todas las preguntas que tengo en mente. Miré hacia abajo, y vi a Gene, seguido por Wilbrajan y por los crespos rubios de Stick Luster. Y después de ellos subía Harry Hagin con dificultad. Traía un paquete.

—Hola, Sammy —me saludó Gene. Me dio un abrazo de oso y me susurró al oído—: eché la coca por el retrete Fresco, mi cuadro —y siguió camino a la sala.

Me sorprendió mucho que Wilbrajan se viera radiante y feliz. Me ofreció la mejilla para que la besara, aunque sin ganas o como si yo tuviera gripa, o algo peor.

—Hola, hermanita —le dije.

—Sammy, Sammy —dijo Stick, y me dio un abrazo como el de Gene—. ¡Cómo alegrarme verte!

—Vamos, Stick —dijo Wilbrajan, altiva, y tomó a Stick del brazo, alejándolo de su amigo de la niñez, antes de que yo pudiera decirle una sola palabra.

—Hombre, te tengo una gran sorpresa —me dijo Harry Hagin al culminar el ascenso con una gran sonrisa.

—¿Ah, sí? ¿Qué es?

—Tienes que esperarte, ¿está bien?

Sabiendo que le encantaría, le dije:

—Finalmente enmarqué tu dibujo de Mr. O'Donnell.

—Por fin estás aprendiendo.

Dos mujeres vagamente familiares aparecieron en el rellano del piso de abajo.

—¿Quiénes son esas mujeres? —le pregunté a Harry.

Les echó un rápido vistazo y con su intuición de artista sentenció:

—Mira, yo creo que… están buscando a alguien.

¿Serán viejas amigas de mi mamá de las que no me acuerdo?, me pregunté mientras subían el tramo hasta mi piso.

—Te engañamos, idiota —gritó Claudia, y se rió y aplaudió. ¡Ella y Paulina estaban disfrazadas! Tenían puesta la misma ropa: faldas negras, blusas de algodón blancas y tenis. Claudia se escondía tras unas gafas de montura negra, una peluca castaña corta, y nada de maquillaje o joyas, fuera de una modesta cadenita de oro con un dije barato.

Madre e hija parecían como misioneras latinas de los testigos de Jehová.

—¿Dónde está la Biblia? —les pregunté en broma.

—Hombre, yo sabía que tú te darías cuenta —rugió Claudia, y me dio una palmadota en el hombro. Había cambiado de aspecto, pero conservaba sus bruscos modales.

—Nos están siguiendo la pista, mijito —me susurró Paulina, con una mirada de soslayo hacia atrás.

—Esta misma noche nos vamos a largar de este cagadero —añadió Claudia—. Si quieres, vente con nosotras.

—Yo le dije a Lucy que ahora que se murió tu gato, nada te retiene en Nueva York. Virgen del Carmen, esta vaina se fue al carajo. Vamos Claudia, entremos. Y no te pierdas ni un minuto de mi vista, muchacha. ¿Me oíste?

Claudia me hizo un guiño y me mandó un beso al entrar. Cerré la puerta tras ellas.

Las cumbias de mi mamá estaban a todo volumen, y Gene estaba prendiendo cantidades de velas en la mesa. Ben y Tim charlaban en el sofá y todas las señoras estaban paradas en torno a Harry Hagin, frente al dibujo enmarcado de Mr. O'Donnell, que ahora presidía la sala desde la pared.

—Ten este aguardiente —le dijo Rebeca a Harry, solícita.

—Mr. Hagin, ¿sería usted tan amable de responder a unas pregunticas para los lectores de nuestra revista? —le preguntó Carmen Elvira.

Al ver que Harry vacilaba, Irma insistió:

—Lo vamos a poner en la carátula. Nosotras imprimimos cincuenta mil copias de *Colombian Queens*. Un perfil en nuestra revista es la fórmula de la fama instantánea.

—No sé si usted sabe que hay montones de importantes coleccionistas de arte colombianos —dijo Olga, pensando obviamente en los capos de la coca que le compraban todo a los pintores de moda.

Y Paulina le dijo:

—Mr. Hagin, acabamos de comprar un apartamento en la Trump Tower. Allá ya tenemos un Salle, un Schnabel, un

Keifer y cantidades de cosas de los italianos, pero nos encantaría una pintura grande suya.

—Yo tengo que sacar la plata de mis ahorros —dijo mi mamá—, pero le puedo pagar un buen precio por un retrato de Simón Bolívar.

—Gracias, Lucy. A usted no le cobraría nada por mis cuadros, pero lo que pasa es que yo no pinto loros.

—Le doy dos mil dólares —insistió mi mamá.

—Bueno, por ahora le traje un regalo a Santiago —le dijo Harry.

—¿Qué? ¿Qué es? —preguntó Carmen Elvira.

—Es un óleo. Un homenaje a Mr. O'Donnell.

Todo el mundo miró a Mrs. O'Donnell. Ella abrió los ojos expectante, tal vez pensando que Harry iba a descubrir un retrato de su fallecido marido. Después, todo el mundo me miró a mí.

—Ben, Tim, Gene —los llamó Rebeca, para romper la tensión—. Vengan, que Harry va a mostrarnos su última obra maestra.

—Tenemos que brindar por eso —dijo mi mamá, y le llenó el vaso de aguardiente a Mrs. O'Donnell.

Harry desenvolvió por fin la pintura. Todas las mujeres, también Mrs. O'Donnell, me miraron con envidia.

—¡Ah! —opinó mi mamá—. ¡Es bellísimo!

—Puro Edgar Allan Poe —dijo Ben con su vozarrón.

—Es muy calle 42 —dijo Claudia.

—Es la pintura más chévere que he visto —dijo Gene.

—Es una obra maestra —dijo Paulina con un suspiro—. Queremos uno así como ése para la Trump Tower.

Tal vez se había dado cuenta de que yo no me iba a casar con Claudia, y pensó que tal vez así podía hacer que Harry le solucionara el problema.

—Definitivamente, va a ser nuestra carátula —dijo Olga—. Vamos a sacar setenta y cinco mil ejemplares.

El cuadro era una visión expresionista de Mr. O'Donnell, con una especie de corona en la cabeza, y un esqueleto de rata auténtico pegado en la boca.

—¿Qué significa la corona? —preguntó Mrs. O'Donnell.

—Es una aureola —explicó Harry—. Se llama *Mr. O'Donnell entra al cielo*. Y espero que así Sammy lo tenga siempre presente.

—Pero Harry —le objeté—, debe ser muy valioso.

—Algún día va a estar en el Museo de Arte Moderno —dijo Harry.

—Nosotras también tenemos un homenaje a Mr. O'Donnell —dijo Irma, chillando y pegando salticos.

—Irma va a recitar la elegía —dijo Carmen Elvira.

—¡Qué poético! —dijo mi mamá, pensando en voz alta.

—¡Ay, Dios mío! —gruñó Wilbrajan.

—Colombianos todos poetas —comentó Stick.

Harry puso la pintura en la mesa, apoyada contra la pared. Algunos se sentaron, mi mamá apagó las cumbias, y el resto hizo un corro amplio.

Irma, en el centro del cuarto, empezó a hablar:

—Señoras y señores, ésta es la primera obra de creación colectiva del Parnaso Colombiano en la lengua materna de Shakespeare. Les ruego, eso sí, perdonar mi pronunciación —cerró sus ojos, se colocó las manos en sus senos rubenescos, y recitó:

> Pues rendiremos honores a Mr. O'Donnell,
> el gato de Santiago.
> Pues era el mejor gato de Times Square.
> Pues era del callejón pero amaba la ópera.
> Pues era enemigo de ratas y ratones.
> Pues a amaba a su dueño, como el dueño a él.
> Pues su corazón era demasiado grande.

—Me suena conocido —le susurré a Tim, que estaba parado a mi lado.

—Es una parodia de *Pues voy a reparar en mi gato Geofredo*, de Christopher Smart —me informó Tim—. ¿Recuerdas?: «Pues voy a reparar en mi gato Geofredo. Pues es servidor del Padre Celestial, a quien sirve debida y diariamente...».

Afortunadamente, la elegía era más corta que el poema original de cuatro páginas de Smart. Irma ya iba a concluir:

> Pues está vivo en el Cielo.
> Pues Dios ama a Mr. O'Donnell.
> Pues ahora el arte lo ha inmortalizado.

Hubo nutridos aplausos. Después de recibir millones de besos y de abrazos, Irma se acercó a Tim.

—¿Cómo le pareció, señor Colby? —le preguntó, obviamente buscando su aprobación.

Siempre caballero y diplomático, Tim le respondió:

—Me pareció muy apropiado para la ocasión. Felicitaciones.

—A Tim le encantó —les dijo Irma duro a sus musas colegas.

Rebeca andaba por toda la sala, distribuyendo un impreso.

—Este es un recuerdo de Mr. O'Donnell —me dijo, al darme una hoja con la foto del gato. Debajo estaban impresas las fechas, verano de 1988 (cuando lo encontró en el callejón)-agosto de 1990. Y debajo, con caligrafía gótica, estaba impresa la «Oración a los animales», de Albert Schweitzer.

Rebeca pidió un momento de silencio para leer la oración, en despedida de Mr. O'Donnell.

—Espera un momento —dijo mi mamá—, yo siempre rezo de rodillas.

Gene la ayudó a arrodillarse, no sin antes haber puesto ella una vela enfrente. Paulina y Mrs. O'Donnell la imitaron.

Todos leímos: «Escucha, oh, Dios, nuestra humilde oración por nuestros amigos, los animales». Rebeca leyó maravillosamente. Y terminamos: «Haz que seamos verdaderos amigos de los animales y que compartamos las bendiciones de los compasivos».

Siguió un instante de silencio. Todavía arrodillada, mi mamá fue la primera que habló:

—No puedo salir de mi sorpresa de que le estemos haciendo un velorio a Mr. O'Donnell, y de que no hicimos nada por Bobby, que se murió hace tres días y es como si no hubiera vivido nunca. Por mi parte —se levantó y siguió diciendo—, yo creo que no sirve para nada hacerle un homenaje a un gato. Yo quiero a mis dos gatos porque matan ratones, y ellos a cambio me aguantan, porque les abro latas para que coman. Sólo por eso, estoy segura.

Con un ademán melodramático, Wilbrajan se paró enfrente. Ay, Dios, pensé, ahora nos va a cantar uno de sus lúgubres tangos. Pero no, sino que dijo:

—Hagamos un minuto de silencio por Bobby que no puede estar físicamente aquí, pero que está con nosotros espiritualmente.

Incluso los que no conocían a Bobby bajaron la cabeza. En medio del silencio oí sollozos entrecortados. Ya estaba a punto de levantar la cabeza y limpiarme las lágrimas, cuando sonó el timbre. «¿Quién puede ser?», pensé en voz alta. «Ya llegó todo el mundo».

—Es del *Post* —dijo a gritos Rebeca.

—¿El *Post*? —dijo Paulina, horrorizada—. ¿Por qué?

—Porque Sam y Gene ayudaron a desmantelar una banda de narcotraficantes —le contó mi mamá.

—Claudia, muchacha —gritó Paulina—, de nosotras no puede salir foto en los periódicos.

—No entiendo qué tiene eso —le dijo Wilbrajan, despreciativa—. Mi foto ha salido en el *Post* y en el *Daily News*.

—Ustedes se pueden esconder en la alcoba mientras sacan las fotos. Sólo tienen que cerrar la puerta y no va a pasar nada —le dije yo a las Urrutias.

Paulina y Claudia se encerraron en la alcoba, y yo abrí la puerta. Eran dos fotógrafos, que de inmediato me enceguecieron con los fogonazos de sus cámaras.

—Tú eres Santiago Martínez, ¿verdad? —me preguntó uno de ellos—. ¿Tu sobrino también está aquí? Queremos una foto de los dos, si es posible.

—Y no olvides al gato —le dijo el segundo fotógrafo al primero—. ¿Qué es lo que pasa aquí? ¿Una fiesta?

—El gato se murió, y estamos haciendo un velorio en su honor —les dije.

—Esta sí es un historia de interés humano. ¿Es una costumbre colombiana? ¡Dios mío! ¡Qué historia! —dijo el segundo, y empezó a buscar otra cámara, o algo, en su maletín.

Carmen Elvira les sirvió dos tragos.

—¿Qué es esto? —dijo el primer fotógrafo, y alzó el vaso para examinar su contenido.

—Es aguardiente Cristal —les contó Carmen Elvira.

—Agua de fuego —dijo el fotógrafo—. Es como tequila, o algo así, ¿no es cierto? —y se bebió el trago de un sorbo.

—Gracias, señora —le dijo a la coqueta Carmen Elvira.

Entramos a la sala, donde reinaba un silencio sepulcral y todo el mundo estaba muy serio, salvo Wilbrajan, que había logrado sacar a todo el mundo del sofá y estaba acostada en él como una maja de Goya, en una pose seductora.

—Yo soy Gene —se presentó mi sobrino a los fotógrafos—. Yo fui el que ayudé a Sammy a capturar a las narcos. Así fue la vaina. Yo estaba aquí solo… bueno, solo con el gato solamente. ¿Entienden?

—Te entiendo. Estabas aquí solo —le dijo uno de ellos—. Pero ahora párense contra la pared —nos ordenó a ambos. Luego, al notar el cuadro de Harry, nos preguntó—: ¿Qué es eso? ¿Un retrato del gato? Tal vez deberían sostener la pintura los dos.

—¡Estupenda foto! —dijo el otro.

—Cuidado, hombre. Cójala con cuidado. El óleo todavía está fresco —le dijo Harry.

—¿Él es el pintor? —me preguntó el fotógrafo.

—Sí —le dije.

Y sacaron un par de fotos de Harry con la pintura.

—Ojalá mi madre viviera para ver esto —comentó mi amigo.

Y después nos pusieron a posar a Gene y a mí a un lado y otro de la pintura.

—Quiero que saquen mi nombre completo y todo lo que pasó —les dijo Gene—. Y no vayan a olvidar que yo soy actor. ¿OK?

Después de las fotos les dieron otro trago y Ben les encargó una foto de todo el grupo. Aunque Wilbrajan estaba bastante molesta porque no le habían pedido que posara con nosotros, aceptó magnánima salir con el grupo. Cuando terminaron los fotógrafos dijeron que tenían que volar a revelar las fotos para la edición de la mañana, y se fueron.

Tan pronto cerraron la puerta, Paulina y Claudia salieron de la alcoba, mi mamá puso sus cumbias de nuevo y siguió la rumba a todo dar. Mi mamá sacó a Simón Bolívar de su jaula, y con el loro en un dedo y una vela prendida en la otra mano, bailó en círculo por toda la sala cantando con el disco, «La cumbia cienaguera que se baila sabrosona». Estaba completamente prendida y feliz. Gene cogió una vela y, para bailar al estilo colombiano, hincó una rodilla y empezó a girar en torno a mi mamá como un gallo haciéndole la corte a una gallina. Paulina fue la siguiente en coger una vela y escogió de pareja a Mrs. O'Donnell que, para gran asombro mío, no necesitó que le rogaran para salir a bailar. Diciendo que no había bailado la cumbia desde que era niño, Stick cogió de la mano a mi hermana, que de mala gana se unió con él a la cola que, encabezada por mi mamá y Gene, se desplazaba hacia el pasillo de salida del apartamento. Los siguieron Ben Ami y Salsa Picante, Irma y Olga, Harry y Rebeca, Tim Colby y Carmen Elvira. Sólo Claudia y yo nos quedamos solos en la sala.

Yo estaba parado de espaldas a la ventana, cuando Claudia se acercó. Se me ocurrió que debía invitarla a bailar.

—No, Sammy, las cumbias son muy cursis. Prefiero hablar contigo. ¿Que hay allá afuera? —me preguntó señalando hacia la ventana.

—La escalera de incendios —le dije—. ¿Quieres salir un rato?

—Sí, vamos.

Abrí las rejas, salí primero, y luego la ayudé a ella. Nos paramos muy juntos en el rellano de la escalera, mirando el callejón oscuro y un pedazo de cielo cubierto de negro. El olor de la basura sin recoger apestaba, pero hacía más fresco que en el apartamento, muy caliente por la cantidad de velas prendidas y la gente. Nos sentamos en el poyo de la ventana y Claudia apoyó la cabeza en mi hombro. Me estaba empezando a sentir incómodo con toda esa forzada intimidad, cuando Claudia me dijo:

—Oye, mira a ese tipo allá —y señaló hacia el edificio de enfrente. Reinhardt, con un diminuto bikini rojo, nos hacía señas con los brazos desde su ventana.

—¿Lo conoces? —me preguntó.

—Hablamos una vez.

—Ah, entonces son amigos.

—No, en realidad no. Hablamos una vez, eso es todo.

—Yo sabía que tú eras un dañado.

—Vamos, Claudia —protesté yo—, no fue ni es lo que tú estás pensando.

—De todos modos, Sammy, ¿cuáles son tus planes, ahora que se murió el gato? Y que Rebeca se va. Tú no puedes seguir viviendo encima del bar de Mrs. O'Donnell toda la vida —me dijo—. Y ahora que nada se interpone entre nosotros, ¿por qué no te vas con nosotras a Europa?

—Muchas gracias, Claudia… pero sólo porque se murió Mr. O'Donnell, no quiere decir que haya cambiado nada.

—Eso es lo que tú crees. Pero nada sigue siendo lo mismo después de un minuto. Es por una ley de la física, o algo así. ¡Uau! —exclamó de pronto abruptamente. Iluminado por un juego de luces y al ritmo de una música de rock a todo volumen, Reinhardt bailaba seductor para nosotros, con una mano dentro del bikini.

—Es muy sexy —dijo Claudia, y puso un brazo sobre mis hombros—. Uy, estoy excitadísima, Santiago. Estoy que te puedo comer vivo si te descuidas, Santiago.

En realidad, sin su disfraz punk me pareció más atractiva, menos intimidante. Pensaba en esto cuando vi que su labios abiertos se acercaban a mi cara. La besé sin abrir los labios. Pero no sentí nada: fue como cuando besaba la nariz fría de Mr. O'Donnell. Me di vuelta para mirar hacia el apartamento. Carmen Elvira estaba junto a la ventana sonriéndonos y escribiendo frenéticamente en su bloc.

El último invitado se fue bastante después de las doce. Empecé a limpiar pero estaba rendido. Me senté en el sofá y miré hacia afuera por la ventana. Reinhardt estaba en la suya, completamente desnudo y con la polla parada. Sin hacer ninguna seña, miraba hacia mi ventana muy concentrado. Me paré y lo llamé por teléfono.

—Reinhardt, es Santiago —le dije, sintiendo que una ola de calor me recorría el cuerpo—. Si quieres, ven esta noche.

Cuando desperté sentí que algo hormigueaba en mi pecho. Medio dormido, lo hice a un lado con la mano pensando que era Mr. O'Donnell. Recordé entonces que Mr. O'Donnell había muerto, y abrí bien los ojos. Reinhardt, alto y esbelto, dormía junto a mí. Respiraba suavemente, como un niño. Acerqué mis narices a las suyas, para beber del aliento que exhalaba. Era fragante, como agua de rosas. El cuarto estaba fresco por el aire acondicionado, y él dormía profundo. De pronto, al ver a este extraño en mi cama, sentí ganas de salir corriendo para estar solo. Lo cubrí con un sábana, rocé sus labios con los míos y me fui a la cocina, donde prendí la cafetera. Mientras esperaba que se hiciera, vi los platos de Mr. O'Donnell en el piso y decidí botarlos. Eché a la basura los restos de comida que tenían, y los puse en el lavaplatos. También decidí vaciar su caja de arena higiénica. Eché el contenido a la basura, la llevé al baño y la puse en la bañera para lavarla después.

Sentado en el sofá saboreé dos tazas de café. El clima, típico de agosto, se había vuelto de nuevo caluroso y húmedo. No tenía trabajos ese día, así que podía volver a acostarme o hacer lo que quisiera. Me pregunté si debía despertar a Reinhardt, o dejar que durmiera hasta que se despertara, o si debía regresar y meterme en la cama con él. Esto era lo que deseaba, apretar su cuerpo contra el mío, o besarlo como por la noche, cuando me pareció que un beso que nos dimos duró una media hora. Había sido el sexo más desenfrenado y tierno que jamás había tenido. Había estado, claro, de vez en cuando, con personas anónimas. Pero aquello había sido muy distinto. Reinhardt era mi vecino y, después de incitarnos en juego tanto tiempo, sentía que lo conocía íntimamente, aunque no supiera nada sobre él. El hecho de que nos hubiéramos acostado, ¿quería decir que él era ahora mi novio? ¿Lo haríamos de nuevo alguna vez? No sabía la respuesta a ninguna de estas preguntas. Deseé que Bobby estuviera todavía vivo para llamarlo y preguntarle qué debía hacer. Rebeca no era homófoba, ¿pero qué sabía ella sobre los gays? Lo que sí era muy claro para mí esa mañana era que después de todas las revelaciones de los últimos días, mi vida estaba a punto de cambiar. No sabía qué quería decir eso, pero por primera vez en mi vida me sentí maduro y dispuesto a librarme de las cadenas del pasado.

Un ruido de rasguños interrumpió mis elucubraciones. Miré a mi alrededor y no vi nada. Decidí quitar las rejillas de la ventana. Ahora que Mr. O'Donnell había muerto no era necesario tenerlas. Al acercarme a la ventana creí ver algo en la escalera de incendios. ¿Una paloma, una rata? Quité la rejilla para ver qué era. Un gatico gris y blanco, que parecía muy asustado, me miró fijamente con sus grandes ojos verdes y curiosos. Ambos nos quedamos inmóviles. Cuando recuperé el aliento le dije muy suavemente, «Hola, gatico. Entra, no tengas miedo». Dejó la timidez y, en un solo movimiento, saltó por la ventana abierta y aterrizó en el sofá. «Miau», me dijo. «Miau». Pensé que cuando Mr. O'Donnell se escapó en la primavera se había apareado con una gata del callejón, y que el gatico era de esa camada. Me agaché y le ofrecí una mano abierta. Husmeó las yemas de los dedos y, al sentir el olor de su padre, palpó con sus patas la palma de mi mano antes de subirse. Alcé hasta la cara esa cosita peluda y palpitante, y le dije, «Tú te llamas Cristóbal Colón». Luego le di un beso. Ronroneó y ronroneó desvergonzado, igual que su padre.

Este libro
se terminó de imprimir en los
talleres gráficos de Editorial Nomos S.A.,
en el mes de julio de 2003,
en Bogotá, Colombia.